KB012618

회귀자 사용설명서

WISHBOOKS FANTASY STORY

회귀자 사용설명서 29

흙수저 판타지 장편소설

초판 1쇄 찍은 날 | 2020년 12월 16일
초판 1쇄 펴낸 날 | 2020년 12월 23일

지은이 | 흙수저
펴낸이 | 예경원

기획 | 위시북스
편집책임 | 이은송
편집 | 위시북스

펴낸곳 | 예원북스
등록번호 | 제396-2012-000132호
등록일자 | 2012. 7. 25
KFN | 제1-580호

주소 | 경기도 고양시 일산동구 호수로 646-24 위너스21 II 빌딩 206A호 (우)10401
전화 | 031-819-9431 팩스 | 031-817-9432
E-mail | yewonbooks@naver.com

ⓒ흙수저, 2018

ISBN 979-11-365-4810-8 04810
       979-11-6098-877-2 (set)

※ 파본은 구입하신 서점에서 교환하여 드립니다.
※ 저자와 협의하여 인지를 붙이지 않습니다.
※ 이 책은 예원북스와 저작자의 계약에 의해 출판된 것이므로 무단 전재 및 유포, 공유를
   금합니다.
※ 이 도서의 국립중앙도서관 출판시도서목록(CIP)은 서지정보유통지원시스템 홈페이지
   (http://seoji.go.kr)와 국가자료공동목록시스템(http://www.nl.go.kr/kolisnet)에서
   이용하실 수 있습니다.

29
흙수저 판타지 장편소설
WISHBOOKS FANTASY STORY
회귀자 사용설명서
Wish Books

회귀자
사용설명서

CONTENTS

215장
가치

'꼭 지금이었어야 해? 꼭?'

괜스레 입안이 쓰다.

'자기 욕심 채우겠다고 진짜. 이건 아니지.'

너무 당황스러운 광경에 헛웃음이 나온다. 자기도 할 수 있다고, 언젠가 한 번 제대로 된 걸 보여준다고 말했던 적이 있었던 거로 기억하지만 그게 지금이 될 거라고는 전혀 예상하지 못했다.

"와……. 너무 황당하다."

안 그래도 바빴던 타이밍이었을 것이다. 내가 아니라 조혜진이 그렇다.

'얘가 할 일이 얼마나 많은데. 이걸 가로막아?'

정확히 뭘 목적으로 이곳으로 왔는지 아직 알 수 없었지만 분명히 여기까지 온 것은 조혜진의 판단이었을 거라고 생각했다.

조금 의구심이 들기는 했지만 한 번 더 전장을 둘러보니 이해가 간다. 덕구나 하얀이는 내가 이곳에 있다는 걸 모르고 있다. 그 둘뿐만이 아니다. 거의 상당수가 모르고 있는 것 같은 느낌이었다. 미리 전달받은 매뉴얼대로만 움직이고 있는 모습이었고 감정적으로 움직이지 않는 걸 보니 어느 정도 확신이 선다.

뿐만이 아니다. 병력 전체가 퇴로를 확보하지 않은 것을 보면 이기영 구출 이외의 다른 목적이 더 있다. 오히려 사방으로 퍼지고 있는 모습, 중대를 나눠 신전 안에서 게릴라전을 펼치고 있지 않은가. 나쁜 판단은 아니다.

'그래, 나쁜 판단은 아니지.'

신전 안에서는 비둘기들의 날개를 막을 수 있을 테니까.

이곳은 적의 진영이었지만 오히려 전투의 이점은 우리 쪽이 가지고 있다. 압도적으로 숫자가 불리하다는 단점이 있지만 이런 식으로 시간을 지연시킨다면 지연시킬 수는 있다.

본래 덩치가 클수록 제대로 움직이지 못하는 법이 아닌가. 말 그대로 이곳에 침투한 병력은 외줄을 타는 소규모 전투를 벌이고 있었고, 위치를 들키지 않기 위해 계속해서 이동하고 있었다.

이렇게 병력을 나눈 이유도 있지 않을까.

조혜진이 뭔가 다른 목적이 있을 거라는 건 너무나도 확정적인 이야기였다. 그 목표를 위해 뛰어다니던 조혜진을 갑작스럽게 등장한 영혼 약탈자 도미니온스가 막아선 것이다.

'영혼 약탈자 도미니온스?'

한숨이 나올 정도의 스토리텔링, 영혼 약탈자라는 설정은 어디서 주워왔는지 모르겠지만 네이밍 자체가 촌스럽게 느껴진다. 굳이 영혼 약탈자라는 이름을 붙여야 했을까. 영혼 수집가 정도가 더 괜찮지 않았을까. 물론 클래식한 네이밍이라는 건 인정하지만 현시점에서는 조금 무리수가 아닌가 하는 생각도 들었다.

점점 표정이 구겨지는 이쪽과는 반대로 영혼 약탈자 도미니온스의 입가에는 아주 만족스러운 미소가 피어나고 있었다.

'사실 조금 멋있기는 해. 나도 저런 설정 좀 집어넣었어도 괜찮았을 텐데…… 영혼 약탈 기가 막히게 할 수 있는데.'

취향이 비슷하다는 걸 인정하는 것 같아 마음이 편하지는 않다.

저게 먹힐까 싶어 의구심 넘치는 표정으로 망원경을 바라봤지만 내 심정과는 별개로 저쪽에서는 이미 저쪽만의 이야기가 펼쳐지고 있다. 영혼 약탈자 도미니온스에게 이지혜의 영혼을 되찾기 위한 조혜진의 처절한 사투는 이미 옛날 옛적에 시작되고 있었다.

-도미니온스!

우렁찬 기합 소리와 함께 조혜진이 창을 내지르는 것은 찰나였다. 저렇게 죽이겠다는 일념으로 가득 찬 조혜진의 모습을 본 적이 없다.

전투에 익숙하지 않은 이지혜가 어떻게 이 위기를 벗어날까 하는 생각을 하기는 했지만 예상외로 거리를 허용하지 않는 듯한 느낌이다. 빛의 장막으로 계속해서 조혜진을 압박하고 있는 모습은 내가 보기에도 센스 있다고 느껴진다.

'저건 누나 아니네.'

로노베, 아니면 도미니온스? 뭐가 됐든 상관은 없지만 이지혜가 뿜어내는 빛은 실제로도 날카로웠다는 것. 공중에 살짝 뜬 채로 이리저리 움직이며 빛을 뿌리고 다니는 모습에 이지혜의 모습은 찾을 수가 없었다. 아마 내가 벨리알의 도움을 받을 때와 비슷한 상황이 아닐까.

몇 번이나 밀고 당기는 격전이 벌어진 이후에 전투가 소강상태로 접어든다. 거칠게 숨을 몰아쉬고 있는 조혜진과 그런 그녀를 내려다보고 있는 영혼 약탈자.

아직 규격 외로 접어들지 못한 조혜진은 일대일에서 그녀를 상대할 수 없다. 답답한 마음 때문인지는 모르겠지만 그런 그녀의 얼굴에는 여전히 분노가 서려 있었다. 순수한 분노 말이다.

'내 친구 진짜 불쌍해서 어떻게 해.'

너무 가슴 아프네.

-당신은…….

-…….

-당신은 올곧은 사람입니다.

-절대로 용서 못 해. 절대로.

-부러지지 않은 점 역시 마음에 듭니다. 당신에 대해 잘 알

지 못하지만 당신이 어떤 사람인지는 알 수 있을 것 같습니다.

-절대로 너만은 용서할 수 없어. 절대로.

-말 그대로, 당신은 살아갈 가치가 있는 인간입니다. 그러니 다시 정중히 말씀드리겠습니다. 돌아가십시오.

-뭐?

-지금 당장 뒤를 돌아, 왔던 곳으로 그대로 돌아가십시오. 돌아가신다면 지금의 무례를 용서해 드리겠습니다. 실수라고 생각하고 넘어가 드리겠습니다. 우리가 관리하게 될 새로운 대륙에는 당신 같은 사람이 필요합니다. 평화롭고 정의로우며 올바른 대륙의 주민이 되어야 하는 것은 당신 같은 이들입니다.

슬슬 양념을 치고 있는 모습은 가증스럽다. 당연히 이지혜는 조혜진이 돌아가지 않을 거라는 걸 알고 있다.

-그자와는 다르게 말입니다.

조혜진의 표정이 다시 한번 분노로 얼룩진 것이 보인다. 뭔가를 말하고 싶다는 듯이 입술을 꽉 깨무는 모습에 시간이 얼마 지나지 않아 조혜진이 명대사를 투척할 거라는 것은 예상할 수 있었다.

아니나 다를까 천천히 입을 떼는 모습이 보였다.

-아주 작은 생명도 소중히 하는 사람이었다.

'뭐, 누구 말하는 거야?'

-검이라고는 쥘 줄도 모르고 싸움이라면 피하는 사람이었어. 조금의 갈등도 불편해해 항상 양보하던 사람이었다. 겉으로는 항상 강한 척하지만 속은 여린 사람이었다.

'누군데. 그게. 내 이야기 하는 거지? 혜진아?'

-생채기 같은 상처로도 아파하던 사람이었다. 남들을 위해 자신을 희생하고 그 작은 몸으로 많은 것을 감당하던 사람이었어.

'누구 이야기하는 거야.'

-이런 전장과는 어울리지 않은 사람이었다.

'누구보다도 잘 어울리는데. 아니, 누나 이미지 메이킹 왜 이렇게 되어 있어? 어떻게 한 거야? 얘 눈치 빠른데.'

-아니요. 당신은 잘못 알고 있습니다. 그 인간은 누구보다도 추악한 인간이었습니다. 살아갈 가치라고는 없는 인간이었습니다. 단도직입적으로 말해 그자는 대륙의 해악입니다. 당신 앞에서는 숨기고 있었을 뿐입니다. 그녀가 얼마나 추악하고 비열한 인간인지…… 그녀는 쓸모없는 인간이었습니다.

지혜 누나는 자아 성찰이 잘 되어 있네.

-그 입 다물어라.

-…….

-……세상에 쓸모없는 인간이라는 건 없어.

'와, 명대사. 시바.'

와. 혜진아. 진짜. 와. 와. 이건 저장해야지.

순간적으로 온몸에 소름이 돋는다. 혹시나 했지만 그긍더급의 명대사가 나올 줄은 상상도 하지 못했다.

'세상에 쓸모없는 인간이라는 건 없어.'

전형적인 영웅전기에서나 나올 것 같았던 대사를 실제로 들을 거라고는 생각하지 못했다. 더욱더 소름이 돋는 것은 조혜진의 얼굴이 무척 진지했다는 것. 말 그대로 자신이 내뱉은 말에 한 점의 의심도 없었던 것 같았다.

마음에 들지 않는 것은 저 대사를 눈앞에서 들은 당사자가 내가 아니라는 점 하나였다.

-누구에게나 어두운 면이 있다. 인간은 선하기만 할 수 없어. 한때는 나도 너처럼 생각했던 적이 있었지만 지금은 아니야. 도미니온스. 너는 인간을 규정할 수 없어. 아니, 너뿐만이 아니라 그 누구도 개인을 규정할 수 없다. 내 신념은 이미 수도 없이 부러졌고 나는 그렇게 올바른 사람도 아니다. 오히려…… 오히려 그녀가 더 나보다 더 곧은 사람이었다.

-…….

-인간의 인 자도 이해하지 못하는 네게 그런 소리를 들을 정도로…… 그런 소리를 들을 정도로 모난 사람이 아니란 말이다.

-인간을 이해할 수 있어야 인간을 평가할 수 있는 것은 아닙니다. 오히려 조금 더 객관적으로 그들을 바라볼 수 있습니다. 한 발자국 뒤에서 중립적으로 말입니다. 이게 그자의 영혼입니다. 이 탁하고 더러운 것이 바로 당신이 그렇게나 찾던 영혼이란 말입니다.

도미니온스의 손에 나타난 것은 영혼은 개뿔, 그냥 로노베가 만들어준 것 같은 검은색 구슬이었다.

하지만 입술을 꼭 깨무는 조혜진은 저게 정말로 이지혜의 영혼이라고 생각하는 것만 같다.

-정말 더러운 영혼이지 않습니까?

-그 사람을 모욕하지 마라.

-…….

-그 사람을 모욕하지 마. 살아가는 방식이 다를 뿐, 그녀의 삶과 생각이 가치가 없는 것은 아니다.

'으아아아…….'

-모든 인간이 마찬가지다.

'아. 나도 영혼 약탈자 이기영 해야 되나.'

-누구나 살아갈 자격이 있어. 사람의 영혼이라는 것은 그런 시답지 않은 것으로 규정할 수 있는 게 아니다.

천천히 창을 뻗는 조혜진의 모습이 눈에 보였다. 흔들림 없는 얼굴로 조용히 호흡을 가다듬는 모습은 반하고 싶을 정도로 멋있다. 뭔가 갑작스럽게 각성하는 듯한 흐름으로 가는 것 같진 않았지만 조혜진은 한 번 더 마음을 바로잡고 있는 것만 같았다.

잠깐 감았던 눈이 떠지는 것은 순식간, 영혼 약탈자 도미니 온스의 앞에 자리 잡은 것은 한 자루의 날카로운 창이었다.

-내가 그걸 증명하겠다.

콰아아아아아아앙!

'저기는 이제 또 신나게 치고받겠네.'

계속 보고 싶기는 했지만 중요한 장면은 전부 본 것 같은 느낌이 든다.

'저거 저렇게 놔둬도 괜찮기는 한 건가?'

누나도 뭔가 생각이 있지 않겠어?

배신감 때문에 잠깐 정신이 나갔었지만 뭔가 이유가 있기는 있을 것이다. 조혜진이 이곳에 들어온 이유를 캐내 도움을 줄지도 모르고, 여러 가지로 할 수 있는 일이 많다. 아무 의미 없이 자기 작품을 보여주고 싶은 거라면 최악의 상황이라 할 수 있지만 이지혜는 목적 없는 노력은 하지 않는다.

도움을 받을 수는 없다는 사실 자체는 아쉬웠지만…… 그렇다고 해서 아쉬운 소리만 하고 있을 수는 없다. 시간이 지나면 지날수록 대미지를 입는 건 녀석들이 아니라 우리였으니까.

빠르게 이동하면서 계속해서 창을 내 뻗고 있는 조혜진, 그리고 그런 창을 회피하며 계속해서 장소를 옮기는 도미니온스. 안 그래도 복잡한 전장에 둘이 계속해서 뒤엉키는 것이 눈에 보였다.

나 역시 곧바로 발걸음을 옮기기 시작, 망원경으로도 뒤져봤지만 보이는 것이 없다.

'어디 있는 거야.'

아직까지도 전장에 모습을 드러내지 않았다. 잠깐 동안 고민하기는 했지만 판단을 내리는 것은 순식간이다. 내가 녀석이었다면 어디로 향했을까.

'신인류 계획.'

틀림없이 그것부터 지키러 갔을 것이다. 많은 게 달려 있고, 녀석으로써도 많은 걸 투자한 계획이었으니 그럴 수밖에 없겠지.

익숙하지 않은 날개로 날갯짓을 하려다 차라리 달리는 게 낫겠다는 생각이 본격적으로 발걸음을 옮기기 시작했다.

여기저기에서는 폭음이 들려온다. 이 주변까지는 아직 인간들이 들어오지 못한 것 같았지만 이미 전장의 열기로 가득 차 있다.

'박덕구?'

박기리 삼 남매가 운용하고 있는 병력도 근처에 있다. 아마 시간이 조금 더 오래 걸린다면 이곳으로 향하지 않을까.

-움직이라니까! 빨리!

마치 내게 말하는 것만 같다. 녀석의 목소리에 힘입어 발걸음을 한 번 더 내디딘다. 그제야 내 집보다 더 친근한 장소가 시야에 비친다.

거대한 문을 열자, 천천히 뒤를 돌아보는 세라핌의 모습이 보였다. 백금색 비둘기는 손가락으로 허벅지를 툭툭 두드리며 나를 응시하고 있었다. 내 의자에 앉아서 말이다.

분위기가 심상치 않다는 게 느껴진다. 조용하고 조금은 가라앉은 것 같다. 뭔가 잘못된 게 아닌가 하는 생각도 들었지만 구태여 티를 내지는 않았다. 어차피 20분 후면 라파엘이 도착할 테니 천천히 빌드를 쌓으면 된다.

"여기 계셨군요. 세라핌 님."

조용히 나를 내려다보는 얼굴에는, 약간의 의심이 서려 있었다.

"그래."

'뭐야 너 지금 나 의심하는 거 아니지?'

기분 탓일 수도 있다. 어쩌면 조금 묘한 분위기 때문일지도 모른다.

'벌써 이야기를 들은 건가?'

직접적으로 이야기를 전해 듣지 않았더라도 뭔가를 깨달았을 수도 있겠지.

하지만 확률은 낮다고 생각했다. 세라핌은 자신을 의심하지 않는다. 이기영은 이미 죄를 회개한 천사였고, 신인류 계획을 향해 나아가는 동료의 포지션에 서 있다. 나를 받아들이는 것을 제안한 것은 쓰로누스였지만 결정적으로 동의하고 자리를 열어준 것은 녀석이었다.

'우리 동료잖아. 그렇지?'

뭐가 됐든 간에 일단은 모르는 척하는 게 정답이다. 녀석이 뭔가를 의심하고 있든 아니든 간에 변명할 필요도 없다.

먼저 이야기를 꺼내기 전까지는 무조건 모르쇠로 일관하는 것이 맞다. 그게 자연스러운 행동이니 말이다.

"이곳에 와주실 줄 알았습니다."

"……."

"세라핌 님이라면 분명히 와주실 거라고 생각했습니다."

"……."

"다행이로군요. 정말로 다행입니다. 이럴 시간이 없습니다."

'의심하고 있는 건 맞는 것 같네.'

나를 바라보는 표정이 심상치 않지만 일단은 계속해서 오버하는 것이 맞다고 생각했다.

허겁지겁 더미 월드를 확인하는 게 첫 번째, 혹시나 다른 이상이 없는지 이곳저곳을 살펴본 이후에는 크게 안심하는 듯한 모습을 보여주는 게 맞다.

당연하지만 무슨 일이 생겼을 리는 만무했다. 이 작은 세계는 여전히 정상적으로 돌아가고 있다.

"곧바로…… 바로 이동하는 게 좋을 것 같습니다."

그렇잖아. 여기 위험하잖아. 만약에 누가 들어와 이 작은 세계에 살아가고 있는 주민들에게 해를 끼치면 어떻게 해? 우리가 함께 만든 세상 아니야? 신인류 계획을 실현시키기 위해서라면 이 작은 세계를 먼저 지켜야지. 여기에 들어간 신성이 얼마야. 혼란을 틈타서 누가 이걸 노릴지도 몰라.

너도 알잖아. 최근 분위기 이상했던 거. 노리는 놈들이 없다고 해도, 전장이 되어버린 신전 안에 이걸 놓을 수 있겠어? 굳이 들고 움직이지는 않더라도 뭔가 조치를 해야 해.

살짝 세라핌의 얼굴을 바라보자 천천히 고개를 끄덕이는 모습이 보였다.

'넘어가 준 건가? 아니면 그냥 두고 보기로 한 건가.'

쉽게 판단을 내릴 수는 없었지만 아마 후자이지 않을까. 어쩌면 죄의 심판을 사용했을지도 모른다. 크게 아무 일도 일어나지 않은 것을 본 이후에는 이기영이 타락하지 않았다는 걸 확인했겠지.

여전히 손가락으로 허벅지를 툭툭 두드리고 있는 모습, 녀석이 생각에 빠졌을 때 무의식적으로 나오는 습관이다. 여러 가

18 회귀자
사용설명서 29

지를 고려해 보고 있다는 것으로 비쳤기 때문에 조금은 긴장이 된다.

세라핌이 자리에서 몸을 일으킨 것은 바로 그때. 미세하게 고개를 끄덕이는 행동이 시야에 비쳤다.

"너도 여기로 먼저 와야겠다고 생각한 거로군."

'시바. 다행이다.'

"네. 그렇습니다. 지금으로서는 이 작은 세계를 지키는 것이 대륙을 지킬 수 있는 유일한 방법이니까요. 아니, 이럴 시간이 없습니다. 세라핌 님. 누군가가 이곳을 노리고 있을 지도 모릅니다. 분명히…… 분명히 노리고 있을 겁니다."

"……."

"습격이 있었습니다."

"나도 알고 있어."

"인간들이 아닙니다. 세라핌 님. 저를 습격한 것은 천사들이었습니다."

"뭐?"

"가면을 쓴 천사들 말입니다."

"……."

"쓰로누스 님이 구해주신 덕분에 그 장소를 빠져나올 수 있었지만……."

"……."

"어쩌면 쓰로누스 님이 크게 다치셨을 수도……."

진짜 큰일 날 뻔했다니까. 쓰로누스한테 얼마나 고마웠는지 몰라. 나를 대신해서 검을 막아주는 걸 네가 봤어야 했는데.

아직도 그 참상을 떠올리자 괜스레 눈에서 눈물이 차오르기 시작한다. 지금쯤 사경을 헤매고 있을 쓰로누스에 대한 걱정이 얼굴에 피어난다.

"쓰로누스는 그렇게 약하지 않아. 아무 일도 없을 거야. 그것보다 조금 자세히 말해줬으면 하는데, 정확히 무슨 일이 있었던 거지?"

당연히 말해줘야지.

"조사를 받기 위해 의회실로 향하던 도중이었습니다. 갑자기 커다란 굉음이 울리며 신전이 흔들렸고 정신없이 뛰어다니다 보니 쓰로누스 님이 눈앞에 서 계셨습니다. 쓰로누스 님께서는 저를 안전한 장소에 데려다주신 이후에 전장에 합류하려고 했지만, 갑작스럽게 나타난 천사들 때문에…… 그렇게 전투가 일어났고…… 제가 할 수 있는 일은 없었습니다."

거짓말은 아니다. 천사들이 아니라 천사라는 것만 빼면 거짓말은 전혀 없었다.

"처음부터 노렸던 것은 쓰로누스 님이 아니었습니다. 분명히…… 저를 노리고 있었습니다."

'동요하지 않네.'

조금은 당황하거나 의심할 거라고 생각했지만 전혀 그런 모습이 아니다. 오히려…… 현재의 사건을 이성적으로 판단하려고 하는 것 같은 모습이 눈에 띈다. 감정적으로 대응하지 않고 현재의 상황을 침착하게 분석하려고 하고 있다.

'생각할 게 많으려나.'

케루빔에게 먼저 이야기를 들었다면 생각할 부분이 많을 것이다. 이기영이 배신했고 쓰로누스가 다쳤다는 메시지를 받았다고 가정한다면 어떨까. 상황은 조금 더 복잡해진다. 누가 거짓말을 하고 있는지에 대해 판단하고 있을 수도 있다는 거다.

아주 쉬운 퍼즐이다. 하지만 너무 쉽기 때문에 의심이 가는 퍼즐이기도 하다. 신인류 계획에 반대하는 천사들의 위에 누가 서 있을까. 만약에 이기영이 말한 것이 진실이라면 너무나도 뻔하지 않은가.

쓰로누스가 다쳤다는 거짓 메시지를 보낸 케루빔이야말로 모든 사건의 원흉일지도 모른다. 애초 사대 천사 중에 이 계획에 반대한 비둘기는 두 마리였고 쓰로누스가 리타이어 했다면 남은 건 하나이지 않은가.

'너무 간단하지? 정말 너무 간단하잖아.'

너도 알고 있을 거 아니야. 케루빔이 신인류 계획 막바지에 찬성하고 신성을 투자한 것은 맞지만, 그 새끼는 계속해서 우리 일을 탐탁지 않게 생각했었다구. 훼방을 놓으면 훼방을 놨지, 절대로 협조적으로 나오지는 않았어.

조사 기관이 설립된 건 누구 때문이지? 우리 그것 때문에 일정 늦어진 건 알지? 계속해서 너를 견제한 건 누구였어? 다 그 새끼야. 수상하지 않아? 갑자기 내가 배신했다고 메시지를 보내는 게 말이 돼? 생각해 봐, 세라핌. 내가 왜 배신을 하겠어? 나는 이미 죄를 용서받아 이 프로젝트에 사활을 걸고 있는데. 누구보다 대륙을 생각하는 게 바로 나야. 너 지금 그 새끼한테 속고 있는 거라고.

'그 새끼가 거짓말한 거야. 쓰로누스를 찌른 건 그 새끼가 보낸 비둘기지. 내가 아니야.'

내 말이 맞아. 세라핌. 그 악마 새끼 거짓말에 속지 마.

'우리와 함께하려고 하는 인간들을 죽여 대륙을 자극한 것도 바로 그 새끼라고. 정말로 모르겠어? 그 새끼가 혼란을 자초한 거야. 애초에 이 사달이 나는 걸 기다리고 있었던 거라고. 진짜 목적은 전쟁이 아니었던 거야. 혼란을 이용해 신인류 계획을 망치고 그 중심에 서 있는 이기영을 제거하는 것, 그게 놈의 목적이야.'

너무나도 간단한 퍼즐이다. 아니, 간단한 퍼즐이라기보다는 스토리가 너무나도 물 흐르듯이 이어진다. 부자연스러울 정도로 말이다.

그렇기 때문에 놈도 확신을 내릴 수가 없을 것이다. 마치 순서가 정해져 있는 것처럼 딱딱 놓인 퍼즐은 아무래도 부자연스러운 감이 있으니까.

'너무 갑작스러웠어. 조금 급했나?'

차라리 말하지 않는 게 좋았으려나?

조금 더 시간이 있었다면 이 간단한 퍼즐을 조금 꼬아서 선보였을 것이다. 개연성을 충족시켜 주는 것은 물론이거니와 세라핌이 직접 찾아낼 수 있는 떡밥들도 여기저기 남겨놨겠지. 자연스럽고 극적으로 진실을 받아들이게 했을 수도 있다.

'아…… 시바, 내가 너무 급했던 건가.'

선물 상자를 너무 빨리 내밀었다는 생각이 들어와 꽂힌다.

세라핌이 지금 무슨 생각을 하는지는 알 수 없지만 당장에라도 내 목을 꺾어버릴 것만 같다. 눈동자에는 적의가 깃들어 있었고 온갖 의혹과 의심들이 휘몰아치고 있는 것 같다.

'아, 이거 나도 그냥 지혜 누나랑 같이 영혼 약탈자나 할걸. 괜히 왔어, 시바. 이래서 사람은 평소랑 다른 짓을 하면 안 되는데.'

뭔가 반전이 될 만한 요소가 필요했다. 이 상태로라면 녀석이 내 개소리에 수긍한다고 해도 마음을 쉽사리 바꾸지는 않을 것이다. 성공한다고 하더라도 내가 원하는 그림은 만들어질 수가 없다.

갑작스럽게 초조해지자 나도 모르게 손가락이 움직인다. 옆구리에 딱 붙인 손으로 계속해서 허벅지를 두드리게 된다.

'아, 시바…… 지금이라도 그냥 갈까? 라파엘 불러야 돼?'

세라핌의 모습이 갑작스레 시야에 들어온 것은 바로 그때였다.

무언가 특별한 것은 아니었다. 그냥 녀석이 선보인 행동이 갑자기 눈에 들어온다.

일어서 있는 모습, 팔짱을 낀 채로 계속해서 생각하고 있다. 그 순간에도 손가락은 가만히 두지 못하겠는지 계속해서 손가락으로 자신의 팔을 두드리고 있다. 녀석의 움직이는 손가락을 본 순간 이쪽은 손가락을 멈출 수밖에 없었다.

사실 처음 느낀 것은 아니다. 녀석이 나와 비슷한 행동을 하고 있다는 건 나도 느끼고 있었지만 지금 이 순간, 새삼스레 녀석의 모습이 나와 겹쳐 보이기 시작했다.

'완전 내 모습이잖아.'

조금 과장해서 말하자면, 마치 나를 따라 하는 것만 같다. 조금 더 정확히 말하면 녀석은, 1회차 가면의 영웅의 행동을 따라 하고 있을 것이다.

'뭐야.'

저 행동뿐만이 아니다. 의자에 앉아 있는 모습이나 걸음걸이도 굉장히 비슷하다는 느낌이 전해져 온다. 전술 김현성을 카피한 것도……

'세라핌이었어.'

백 퍼센트는 아니지만 정답에 근접한 것 같은 느낌이 든다. 놈은 1기영을 카피하고 있다.

어째서? 케루빔이 말했던 추악한 욕망이라는 게 바로 이거야?

가정해 보자. 세라핌이, 저 백금색 비둘기가, 1회차 가면의 영웅을 질투했고, 동시에 동경했다고 가정해 보자.

아니, 만약 정말로 1기영을 따라 하고 있는 것이라면 무조건적으로 위 감정들이 기반이 되어 있을 것이다. 가면의 영웅이 보여주는 모습, 대륙을 위하는 마음, 능력과 성격, 인간인 주제에 천사들을 이끌던 모습이나, 틀에 박히지 않은 사고방식 같은 것들에 매료된 것이 맞다면…… 닮고 싶다고, 같아지고 싶다고 생각했을지도 모른다.

지금도 그래. 이곳에 도착한 직후에 녀석이 내게 내뱉은 첫마디가 바로 이거였다.

'너도 여기로 먼저 와야겠다고 생각한 거로군.'

정말이야?

어째서 신인류 계획을 동의했는지도 알 것 같다. 그때도 비슷한 말을 지껄였었지. '나도 비슷한 걸 생각했었다'였나? 녀석은 신인류 계획 같은 걸 생각해 본 적이 없다. 내가 생각했다고 말했기 때문에 자신도 똑같은 생각을 하고 있었다고 말한 것뿐이다. 성과를 빼앗거나 본인의 업적으로 남기고 싶어서 신성을 투자한 것이 아니다. 그저 내가 그렇게 행동했기 때문에 주사위를 던졌을 뿐이다.

왜. 닮고 싶었으니까.

헛웃음이 나올 정도로 들어맞는 부분이 많다.

지금 이 순간에도 계속해서 녀석에게서 내 모습이 보인다. 쓸데없이 머리를 굴리는 것, 여러 가지 가설을 세우는 것, 머리에 손을 가져다 대는 행동, 심지어는…… 손가락을 입술에 가져다 대는 행동까지.

저 부분이 제일 재미있다. 어느 정도 거리를 띄어놓은 부분이 가장 재미있지 않은가. 만약 녀석이 가면을 쓰고 있었다면 녀석은 가면을 쓰다듬고 있었을 것이다.

'병신 새끼. 병신 새끼.'

우연의 일치라고 보기에는 걸리는 점이 많다.

곧바로 입을 연 것은 당연지사. 놈이 정말로 내 카피캣이 맞다면 해야 할 일은 뻔하지 않은가. 같은 생각을 하고 있다고 착각하게 하면 그만이다. 굳이 처음부터 끝까지 전부 말을 내뱉을 필요도 없다. 그저.

"세라핌 님."

"……."

"어쩌면 억측일지도 모릅니다. 흘려 들으셔도 되는 말입니다. 하지만 걱정이 돼서…… 이런 생각을 하면 안 된다는 걸 알지만……."

"뭐지?"

"어쩌면 케루……."

까지만 말하면 되지 않을까.

그리고, 조용히 고개를 끄덕이는 녀석의 모습이 시야에 비쳤다.

"역시…… 너도 나와 같은 생각을 하고 있었군."

병신 새끼.

가정이 들어맞았다. 이 비둘기는 가면의 영웅처럼 생각하고 싶어 하고, 가면의 영웅처럼 행동하고 싶어 한다.

정확한 이유는 알 수 없었지만 이제는 확신할 수 있다.

'도대체 뭐가 그렇게 잘나 보였을까.'

이미 답이 나와 있는 질문이기는 했다.

'하, 이거, 미친 카리스마 이거……. 종자가 다르다니까. 종자가 달라요. 가만히 있어도 애새끼들이 꼬여요. 그냥 평범하게 살려고 해도 꼭 누군가의 롤 모델이 되더라니까. 시바…… 이거 어떻게 하냐. 진짜. 미치겠다. 이기영 네가 최고다.'

가면의 영웅의 모습을 보고 질투하거나 동경하지 않는 게 오히려 이상한 일이다. 결단은 항상 과감했고 행동하는 것에 주저함이 없었다.

세라핌이 나를 존경하게 된 게 당연하게 느껴진다. 사대 천사 중에서도 녀석은 리더라면 리더라고 할 수 있는 위치에 앉아 있지 않은가. 아니, 리더는 아니었지만 중심에 있다는 건 반론의 여지가 없다. 녀석이 처한 배경을 떠올려 보면 무언가 영감을 받았을 가능성이 충분하다는 거다.

'네가 가지고 있지 않은 걸 가지고 있는 것처럼 보였어?'

1회의 세라핌이 어땠는지는 알 수 없었지만 아마 지금과는 많이 다른 모습이지 않았을까.

어쩌면 다소 소극적이었을지도 모른다. 보통 이런 이들은 자신에게 없는 것들을 동경하니 말이다. 사교성도 없었을 거고 무언가 명령을 내리는 것을 주저하거나 부담스러워 했을 수도 있다. 마음 약하고 쉽게 휘둘리는 성격이었겠지.

내 흉내를 내는 지금도 선택을 내게 맡기는 것을 보면 답이 나온다. 무리하게 허리를 펴고 있는 것을 보니 실제로 허리를 조금 구부리고 다녔겠네.

1회차의 녀석의 모습이 점점 오버랩된다. 나를 따라 하는 행동을 제외하면 녀석에게 남는 것이 없다고 느껴질 정도였다.

어째서 자신을 의심하지 않는지에 대한 개연성도 충족되는 것 같지 않은가.

'자기 세뇌 하고 있는 거야.'

특성은 없지만 스스로를 세뇌하고 있을 수도 있다. 자신의 판단이나 능력에 대해 의문을 가지는 순간, 다시 예전으로 돌아갈 것 같다고 생각하고 있는 거겠지.

뭐, 이 새끼는 예전으로 돌아가는 걸 무서워하고 있다.

'이거 시바, 가면의 영웅이 대단하기는 대단해. 너무 공으로 먹는 것 같아서 미안해질 정도야.'

이것 역시 2회차를 위한 가면 영웅의 안배일지도 모르겠다. 의도적인 건지, 아니면 우연의 일치인지는 모르겠지만 이건 내게 유리하게 작용할 수밖에 없다.

"네, 그렇습니다. 그런 생각을 하고 싶지는 않지만…… 어디까지나 가능성입니다."

"단순히 가능성이라고 하기에는 마음에 걸리는 점이 많아. 인간들을 자극한 것도 이번 사건을 일으키기 위한 거라고 생각해도 돼. 어쩌면 인간들과 내통하고 있을 가능성도 고려해 봐야 해."

'그렇지?'

"무언가 이상하다고 생각했었어. 기관의 설립부터, 아니, 어쩌면 그 이전부터 짜여진 각본이었던 거겠지."

'그래, 네 말이 맞아. 이건 처음부터 짜여진 각본이었어.'

"케루빔은 아직까지 전장에 모습을 드러내지 않고 있어. 이게 뭘 의미하는 거겠어?"

'애초에 싸울 생각이 없다는 거죠. 신전이나 동포들을 생각하지 않고 자신의 목적만 이루겠다는 더러운 심보가 아니겠습니까.'

"너라면 알고 있겠지."

'당연히 알고 있습죠.'

이걸 생각하고 있던 게 맞냐는 듯 살짝 나를 바라보는 얼굴이 보였다. 마치 동의해 달라고 물어보는 것 같지 않은가.

녀석은 확실하게 정답 버튼을 눌렀다. 케루빔이 이번 일의 흑막일 수밖에 없다는 개연성을 자기 자신 스스로 충족시키고 있다.

계속해서 머리를 굴리는 척하는 모습은 가관이다. 이 비둘기 새끼의 민낯을 들여다보니 웃음이 나오기 시작했다. 물론 소리 내어 웃을 수 있을 리는 만무, 심각한 표정으로 세라핌을 바라보자 녀석 역시 내게 같은 표정을 보내기 시작했다.

"쓰로누스와 이야기가 잘되지 않았던 건가. 그래서 쓰로누스를 먼저 제거해야겠다고 생각한 거겠지?"

"네. 쓰로누스 님은 신인류 계획에 반대하기는 했지만…… 이런 미친 계획에는 찬성하지 않았을 겁니다. 아마 아무에게도 말하지 못하고 속으로 삭이고 있었겠죠."

"쓰로누스는 이전부터 그랬어. 멍청한 놈."

멍청한 건 너야.

"그래서 이곳으로 왔던 겁니다. 정말로 케루빔 님이 노리는 것이 신인류 계획이 맞다면 무얼 목표로 삼았는지는 너무 뻔하니까요."

"너 아니면 이 작은 대륙이겠지. 케루빔의 생각이야 뻔해. 조금 신경 쓰이는 점이 있기는 하지만 근거는 충족되고도 남아."

'그렇죠. 그 말이 맞습니다.'

"하지만 세라핌 님."

"?"

"만약 케루빔 님이…… 정말로 이 모든 일의 원흉이 맞다면…… 어떻게 하실 겁니까?"

"……."

"저도 케루빔 님이 이렇게나 극단적으로 움직일 거라고는 생각하지 못했습니다. 어쩌면 원인은 다른 곳에 있을지도 모릅니다. 신인류 계획에 불안감을 느끼셨을 수도 있고, 너무나도 빠르게 변화하는 환경이 두려우셨을 수도 있을 겁니다. 단순히 제가 마음에 들지 않아 그런 일을 저질렀을 거라고는…… 무언가…… 다른 합의점을 찾아야 할 수도 있습니다."

말을 내뱉자 조금 의아해하는 놈의 얼굴이 시야에 비쳤다.

'그지 이상하지? 내가 내뱉을 대사는 아니잖아. 그렇지 않아?'

너무 몰아붙이기만 하는 것도 좋지 않다. 원래 사람 하나 병신 만드는 데 가장 필요한 기술이 밀고 당기기가 아니었던가.

'가면의 영웅은 저렇게 말하지 않았을 거야. 맞지?'

천천히 고개를 끄덕이는 놈의 모습이 눈에 보인다.

녀석은 방금 깨달았을 것이다. 1기영과 2기영은 다르구나. 생각하는 방향은 비슷하지만 해결하는 방식에는 차이가 있구나.

이유는 모르겠지만 입꼬리가 올라가는 표정이 보인다.

'즐거워하고 있는 건가?'

어쩌면 그럴지도 모르겠다. 본인이 1기영을 완벽히 대체할 수 있다고 생각한 게 맞다면 저런 표정을 지을 만도 하다.

별개로 녀석이 다른 합의점을 찾는 일은 없을 거라고 생각했다. 가면의 영웅은 절대로 합의하지 않는다.

"왜 내가 합의점을 찾아야 하지?"

"네?"

"케루빔이 무슨 생각을 하건, 어떤 심정으로 이 일을 저질렀는지는 중요하지 않아. 중요한 건 녀석이 죄를 저질렀다는 거다. 합의점을 찾아야 하는 것은 내가 아니라 녀석이야. 나는 양보하지 않아."

'키야.'

"그리고 용서하지도 않지."

'이야. 이 새끼 그냥 복사 붙여넣기 수준이구나?'

내가 다 부끄러울 정도의 대사를 그대로 입 밖으로 내는 걸 뭐라고 해야 할지 모르겠다.

그렇지. 가면의 영웅은 양보하지 않지. 좋은 자세야. 그리고 용서 같은 것도 안 했다고, 죄를 저질렀으면 처형하고 다 죽이고 그랬지. 절대로 피하지 않았다니까. 양보하는 건 다른 사람이 할 일이지 자신이 할 일이라고 생각하지 않았지. 마음에 안 드는 악당 새끼들은 그냥 묻어 버렸자너. 너도 그럴 거지? 그럴 수 있지?

"그래. 나는 양보하지 않아."

이 새끼 좀 멋있다는 눈으로 바라봐 줘도 괜찮을 것 같다.

얼마나 신이 날까. 본인이 1회차에 롤 모델로 삼았던 대상이 자신을 바라보며 눈을 반짝이고 있는데. 내가 롤 모델을 만들 리는 없겠지만 아마 만들었다면 나 역시 춤이라도 추고 싶었을 것이다.

멍청한 새끼라고 욕을 박아주고 싶지만 저런 종류의 우월감과 성취감을 느끼는 것은 어쩔 수 없다고 생각했다.

말 그대로다.

'기분 좋았어? 내가 이렇게 바라봐 주니까 기분 좋아?'

소름이라도 돋았는지 날개에 달려 있는 깃털이 쭈뼛쭈뼛 서 있는 것이 보인다. 녀석은 자기 날개가 저렇게 됐는지도 모르고 있을 것이다.

'나도 둠기영 할 때 저렇게 취했었나? 아, 저런 모습이었으면 조금 쪽팔릴 것 같은데. 저것보다는 덜 취했겠지?'

어찌 됐건 간에 저것보다 부끄러운 모습은 아니었을 거라고 확신할 수 있다.

대충은 준비가 된 것 같은 느낌, 녀석의 말대로 녀석은 양보하지 않는다. 케루빔에게 제대로 된 본때가 뭔지 보여주려고 마음을 먹은 것이 눈에 보인다.

딱 이 정도 타이밍이면 케루빔도 이곳으로 도착하지 않을까.

"양보하지 않는다고 하시면……."

"죗값을 치러야지."

"……."

기왕 보여주는 김에 확실하게 보여주려고 마음먹은 느낌, 본인이 얼마나 대단한 비둘기인지 스스로를 증명하려고 하고 있다.

'세라핌 님 믿고 있겠습니다.'

혹시 다른 생각을 하고 있는 건 아닌지 걱정됐지만 그런 생각은 애초에 하지도 않았던 모양.

커다란 문이 열린 것은 바로 그때였다. 슬슬 올 때가 된 게 아닌가 생각했지만 마침 딱 좋은 타이밍에 빌런이 무대 위로 발걸음을 옮기는 게 시야에 비친다.

파란색 머리를 단정히 묶은 천사. 들어온 이후에 곧바로 표정을 구기는 모습이 눈에 띈다.

'케 배우 왔구나? 타이밍도 참 기가 막혀.'

당연하지만 얼굴에는 분노가 서려 있다. 조용히 주변을 한 번 살핀 이후에는 조심스럽게 입을 열기 시작.

뭐, 뻔한 대사였다. 안 들어봐도 뻔하다. 갑자기 등장한 악역이 뭣 모르고 지껄이는 개소리일 것이다.

"무엇을 하고 있는 거지? 세라핌?"

들어오자마자 한마디 박아주시네요.

"……."

분위기 조금 이상한 거 눈치 깠죠?

"내 전언을 듣지 못한 건가?"

"……."

"그 쥐새끼 같은 놈이 우리를 다시 한번 배신했다. 쓰로누스가 죽어가고 있어. 모든 게 다 저 비열한 놈의 계획이었다. 애초에 신인류 계획이라는 건 없었다. 모든 건 신성을 탕진시키고 우리를 분열시키기 위한 개소리였다. 저 쓰레기를 다시 한번 받아들인 게 실수였어."

"……."

"그자는 해악이다. 사라져야 할 인간이고 세상에 존재해서는 안 되는 종류의 무언가다."

'거, 말이 심하시네.'

"개자식."

'많이 화났었어요?'

"쓰로누스는 너를 믿었다."

'아, 그래? 나는 걔 안 믿었어.'

"끝까지 너를 걱정하고 너를 믿었단 말이다."

'아, 그러셨어요?'

"인간 같지도 않은 놈."

'저 천사예요. 이 양반아. 그리고 당신도 인간 아니잖아요. 마음껏 지껄여 보세요. 이 악마 새끼야. 내가 눈 하나 깜빡하나. 지금 내 앞에 있는 분 보이지? 네가 아무리 지껄여도 이분은 흔들리지 않으신다구.'

혼자만의 분노 타임을 즐기셨던 우리 케루빔 님이 뭔가 이상한 걸 감지하기까지는 그리 오랜 시간이 걸리지 않았다.

세라핌을 한 번 바라보고 나를 바라본다. 나를 바라보고 다시 한번 세라핌을 바라보고 있다. 백금색 비둘기의 추악한 욕망에 대해 잘 알고 있었던 케루빔이라면 일이 어떻게 돌아가고 있는지 정도는 깨닫지 않을까.

"너……."

녀석의 기대에 부응하듯 세라핌이 오만하게 입을 열었다.

"배신자는 네놈이다. 케루빔."

"뭐?"

"우리가 네 계획을 모를 거라고 생각하지 마."

"이…… 이 멍청한 놈!"

"멍청한 것은 너야. 케루빔."

"저 쥐새끼가 네게 뭐라고 지껄이더냐. 세라핌."

"그는 내게 아무 말도 한 적이 없어. 모든 것은 내 판단이야."

'아픈 곳 건드리면 안 되지. 그런 말 하면 얘가 상처받아요. 트라우마 건드리지 말라고.'

"네가 이상하다는 것은 이전부터 알고 있었지만 이렇게까지 망가져 있을 줄은 몰랐다."

"내가 네게 하고 싶은 말이야. 케루빔."

"기어코 내 앞을 막아서겠다는 거냐."

"네 더러운 계획을 저지하는 거라고 표현해 줬으면 좋겠어."

"더러운 것은 네 추악한 욕망이다."

"입 다물어."

"있는 그대로의 사실을 말한 것뿐이다. 너는 망가져 있다. 세라핌."

"나는 망가지지 않았어."

"이야기가 통하지 않는군."

"내가 하고 싶은 말이야."

분위기 좋죠.

잠깐의 침묵, 저 둘은 이후의 일이 어떻게 진행될 것인지 알고 있다.

케루빔은 조용히 나를 바라본 이후에 세라핌을 바라보며 입을 열었다.

"나를 용서해라. 세라핌."

"너는 얼마만큼의 죄를 가지고 있을까. 궁금하지 않아? 케루빔?"

'와, 시바. 이거 팝콘 각인데.'

두 비둘기가 천천히 공중으로 떠오르고 있는 모습이 시야에 비쳤다.

'아무나 돼져라. 그래 기왕이면 이번에는 네가 뒤지는 게 좋겠다. 파랭아.'

비웃음이 입가를 비집고 터져 나오는 상황이었다.

서로를 향해 적의를 드러내고 있는 모습은 오래 알고 있던 사이처럼 보이지도 않는다.

'아, 진짜 어디 팝콘 없나.'

세라핌 대 케루빔, 케루빔 대 세라핌, 지금까지 이런 대결은 없었다. 분위기도 심상치 않았다는 것은 두말할 필요도 없다. 원래 같은 편끼리 싸우는 게 그렇게 재미있더라. 서로 감정도상하고, 뭐 그런 거 있잖나. 흥미진진한 거. 파워레인저 같은 것도 레드랑 블루랑 싸우면 재미있잖아. 꿈의 대결이잖아. 그런 거.

개인적인 호기심도 생겨난다.

'비둘기 중에서는 누가 제일 강하려나.'

단순히 무력적인 측면에서 봤을 때는 쓰로누스가 가장 강한 것 같았지만 여러 가지를 종합해 생각해 보면 꼭 그런 것도 아니다.

'신체 능력은 케루빔이 가장 우위에 있었던 것 같은데. 희라 누나랑 치고받은 거 보면 단단하기는 할 거야.'

뭐 전투를 신체 능력으로 판단할 수 있는 게 아니지만…… 이점이 있다는 건 확실했다. 반대로 세라핌이 가지고 있는 이점은 아무래도 권능 같은 특수기겠지. 같은 천사를 상대로 놈의 권능이 얼마나 통할지는 알 수 없지만 아마 없는 것보다는 나을 것이다.

내 기대에 부응하듯 세라핌은 벌써부터 케루빔을 몰아붙이기 시작, 들려오는 굉음에 정신을 차릴 수가 없을 정도였다.

'힘내라. 세라핌. 작은 세계의 미래가 네 손 안에 달려 있어. 지면 안 돼. 미래를 우리 손으로 쟁취해야지.'

"케루빔!"

"이 멍청한 놈!"

서로를 부르며 무기를 맞대는 모습은 그럴듯한 영화의 한 장면 같지 않은가. 아직 치명타라고 부를 만한 대미지는 없었지만 둘의 몸이 점점 더러워지는 것이 보인다.

콰앙!

소리와 함께 케루빔이 벽으로 튕겨 나가고, 잠시 후에는 같은 소리를 내며 세라핌이 벽에 처박힌다.

공중에서 몇 번이나 몸을 부딪친 이후에는 계속해서 빛이 번쩍거린다.

파란색의 천사가 낫을 휘두르자 백금색의 천사는 거대한 장막으로 자신을 보호한다.

쉽게 끝나지는 않을 싸움이다. 녀석들은 서로가 어떤 걸 할 수 있는지 너무나도 잘 알고 있다.

"너는 벗어나야 한다, 세라핌. 네가 아직도 망령에 얽매여 있다는 사실을 모르는 것이냐."

"입 다물라고 이야기했어. 케루빔."

"네 진짜 모습이 어땠는지 떠올려 봐라. 지금의 모습이 진정 네 모습인가. 아무도 네게 달라지라고 강요한 적이 없다. 세라핌."

"개소리를 지껄이는군."

"벗어나야 해. 네놈뿐만이 아니다. 우리가 앞으로 나아가기 위해서는…… 벗어나야 한다. 그 빌어먹을 망령에서 벗어나야 한단 말이다."

"이게 내 모습이야, 케루빔. 벗어나야 하는 것은 내가 아니라 네놈이야. 네놈이야말로 그 편협한 생각에서 멀어져야 해. 우리는 더 높은 곳을 향해 올라갈 수 있어."

"편협한 생각이 아니다. 난 그저 우리를 지키고 싶을 뿐이다."

"네놈은 썩었어. 케루빔. 달라지지 않고 고여 있는 것은 썩을 수밖에 없어. 흐르지 못하고 계속 그 자리에 서 있는 거야. 애초에 흐르고 싶다는 생각도 없겠지. 그게 편하니까. 그게 안전하다고 느끼니까. 너는 이런 일에 주사위를 던지지 않지만 나는 주사위를 던지는 편이야."

"……."

"달라지지 않는 걸 선택하는 게 편하니 움직이지 않는 거야. 아니, 최소한 조금의 변화는 있었구나. 이딴 미친 계획을 실행시킬 정도라니."

"인간을 이곳으로 부른 것은 내가 아니라고 이야기했을 터였다. 너는 속고 있는 것이다. 세라핌."

"그 누구도 나를 속일 수는 없어. 케루빔."

"정신이 나갔군. 어디서 많이 들어본 대사 같지 않으냐."

"……."

"너는 스스로를 잃어버리고 있다. 세라핌."

"난 잃어버리지 않아. 찾은 거야. 본래의 모습을 되찾은 거라고. 이게 내 모습이야."

"그건 네 모습이 아니다."

"아니, 지금의 내가 진짜 나야."

"넌 지금 그를 모방하고 있을 뿐이야."

'어우야. 너무 아픈 곳 건드린다.'

"미친 소리 집어치워."

"그건 네 모습이 아니다. 세라핌. 너는 그를 모방하고 있는 거다. 따라 하고 있는 거야. 그의 행동, 말투, 사상까지."

"상대할 가치도 없는 개소리로군."

"스스로의 모습을 생각해 봐라. 세라핌. 이전의 네가 어땠는 지를 떠올려 봐라. 그게 정녕 네 모습이더냐. 네가 되고 싶은 이의 모습일지언정, 네 모습은 아닐 것이다."

"입 다물어."

"넌 저 인간이 되고 싶은 거야."

"그 입 닥쳐!!"

왜 자꾸 애를 부끄럽게 만들고 그래. 당사자 앞에서 그런 소리를 하면 어떻게 해.

방금 전까지만 해도 동경의 시선을 보냈던 사람이었는데 그 사람 치부를 드러내면 어떻게 하냐고. 얼마나 당황스럽고 부끄럽겠어. 그렇게 직접적으로 말하면 조금 그렇지. 표정 봐. 애가 제정신이 아니잖아. 얼마나 치욕스러워.

실제로도 부끄러워 하는 것 같기도 하다. 방금까지만 해도 깃털이 쭈뼛쭈뼛 서 있을 정도로 흥분한 상태였던 것 같은데 지금은 얼굴이 벌게져 있다.

'나라도 싫겠다. 야. 얼마나 쪽팔리겠어?'

그 부끄러움과 치욕이 분노로 뒤바뀌는 데는 시간이 얼마 걸리지 않을 거라고 확신할 수 있다.

예상했던 그대로 이를 갈고 있는 모습이지 않은가.

세라핌은 다시 검을 치켜들었고 케루빔은 그런 녀석을 바라보며 다시 한번 놈을 자극한다.

"어째서 저 인간을 따라 하……."

"닥쳐어어어!!!!"

콰아아아아아아아앙!!

케루빔의 몸이 반대쪽으로 날아가는 것은 순식간, 필사적으로 케루빔의 입을 막으려고 하는 것 같아 내 가슴이 다 아파 온다.

'부끄럽기는 부끄러웠던 모양이네.'

나름의 신념을 걸고 부딪쳤던 싸움이 감정싸움이 되는 것은 순식간이다. 아마 케루빔도 어쩔 수 없지 않을까. 저쪽에서 감정적으로 나오면 괜스레 이쪽에서도 감정적으로 행동하게 되는 것이 기본 심리가 아닌가.

사실 케루빔이야 무슨 잘못이 있겠는가. 쟤 입장에서는 조금 황당할 수도 있지. 친구의 잘못을 딱 꼬집어 말해준 게 잘못은 아니잖아. 오히려 퍼랭이 입장에는 맞는 말 한 거라니까. 기껏 생각해서 말해줬더니 저딴 식으로 나오면 케루빔도 기분이 안 좋지. 이번 건 세라핌이 너무했네. 너무했어.

"닥쳐어! 닥쳐! 닥쳐! 닥쳐!!"

"그 입을 다물어야 하는 것은 네놈이다! 세라핌! 언제까지 철없이…… 눈을 뜨고 현실을 직시해라. 자신이 어떻게 행동하고 있는지 되돌아보라 이 말이다!"

"닥쳐!!! 이 배신자 새끼!"

'아, 이거 감정 격해지죠. 배신자 새끼 나왔죠.'

"이…… 이 더러운 배신자 놈! 내가 네, 네 말을 들을 것 같아? 인간을 신전으로 끌어들인 네 말을 내가 들을 것 같아? 저 배신자가 한 말은 전부 다 거짓말이다. 이기영. 저놈의 말에 귀기울이지 마라."

'아 굳이 여기서 나한테 변명하는 게 더 추해 보이는데요. 세하다. 추라핌아.'

"너는 이기영이 아니다! 세라핌!"

'아…… 너는 이기영이 아니다 나왔죠. 아, 이거 치명타인데요. 맥일려고 작정을 한 건가요. 잘못을 꼬집어줄 수는 있어도 방법이랑 타이밍이 잘못된 것 같은 느낌입니다. 케루빔 님.'

"닥쳐어어어!!!!"

콰아아아아아아아아아아아아앙!

'아 이거 이러다가 더미 월드 다 망가지겠다. 이 새끼들아.'

"저, 저, 저…… 저 미친 배신자의 말에 귀 기울이지 마, 이기영. 아니, 지금 당장 자리를 피해. 내가 길을 열어주마."

녀석의 다급한 표정을 보니 정말로 내가 이 자리에 있는 게 불안한 모양인 것 같았다.

마침 딱 좋은 타이밍이 아닌가. 슬슬 라파엘이 들어올까 걱정되기도 했고, 괜히 여기 있다가 전투에 휘말리면 큰일 나자너. 세라핌이 이길 것 같기는 한데 혹시 케루빔이 이기면 난처해지니까.

"네…… 네."

"두려워하지 말고 어서!"

'아, 이제 와서 멋있는 척하네요.'

녀석의 얼굴에 들어서 있는 것은 나를 지키고 싶어 하는 감정이 아니라 부끄러움이다. 자신의 치부가 더 드러날까 무서워하고 있다.

눈치 없는 케루빔은 지금 이 순간에도 계속해서 눈을 떠라 세라핌 포지션을 유지하고 있는 중, 저 새끼도 참 눈치가 없어요. 어째서 1기영이 이토록 쉽게 이 새끼들을 주물렀는지도 이해가 가기 시작했다.

이 비둘기들은 기본적으로 커뮤니케이션에 서투르다. 인간과의 차이점이라고 판단해도 상관이 없을 것 같다. 케루빔도 그렇고, 쓰로누스도 그렇고, 세라핌도 그렇다.

너희 1, 2년 본 사이 아니잖아. 상처가 곪아 터질 때까지 세라핌에게 이 건에 관해 이야기를 하지 않았던 케루빔이나, 다른 천사들에게 뒤처진다고 느껴 자기 자신을 자책한 쓰로누스. 그리고 애초에 정상적인 커뮤니케이션이 가능한 건지 의심이 되는 수준의 세라핌. 뭐, 도미니온스는 할 말은 많지만 하지 않는 게 좋을 것 같다.

원래부터 이랬던 건지, 아니면 갑자기 난입한 가면의 영웅 때문에 놈들이 정신병자가 된 건지는 모르겠지만 말이다.

'사실 이 새끼들 정신병이 생긴 원인이야 내 알 바 아니고.'

나는 그냥 꿩 먹고 알 먹고 하면 그만이지 뭐.

허겁지겁 발걸음을 옮긴 것은 당연했다. 도망치라고 길을 열어줬으니 빨리 도망가야지.

작은 세계의 데이터를 손에 안고 달리자 커다란 목소리가 들려온다.

"날아가라!"

'나도 날고 싶은데. 시바. 그게 안 돼요. 이렇게 긴박한 상황에서 힘주면 날개가 꼬인다고. 그럼 땅바닥으로 바로 처박히는 거라고.'

하지만 눈에 불을 켜고 이쪽으로 다가오고 있는 케루빔을 보자 날긴 날아야겠다는 생각이 든다. 추하게 달리다 다리가 꼬여 넘어지는 것보다 날개가 꼬여 땅바닥에 처박히는 게 더 멋있겠지.

퍼덕퍼덕거리기 시작하자마자 놈이 낫을 휘두르는 것이 보인다. 단번에 목을 쳐낼 각오로 신성을 가득 밀어 넣은 것만 같다.

'으악 시바.'

세라핌이 그 낫을 막아주기는 했지만.

'시발 괜히 날았자너. 시바. 날개 꼬일 줄 알았다고.'

어느새 내 몸은 땅바닥을 구르고 있었다. 손에서 뭔가를 놓친 것 같다는 생각이 들었지만 그게 목숨보다 중요할까. 곧바로 바닥을 손으로 짚은 이후에는 허겁지겁 발걸음을 옮겼다.

콰아아아아아아아아앙!

뒤쪽에서 굉음과 섞인 목소리가 들려온다.

"내 앞을 가로막지 마라, 세라핌! 너는 지금……."

"입 닥쳐! 케루빔!"

다시 한번 발바닥에 힘을 줘 달리자 곧바로 문이 보이기 시작했다. 정신없이 문을 열자 보이는 것은 넓은 복도. 문을 빠져나가기 직전에 거대한 빛이 바로 옆을 지나갔다.

'방금 뒈질 뻔한 거야?'

-죽어! 이 더러운 배신자!

-눈을 떠라! 세라핌! 배신자는 내가 아니다!

밖으로 빠져나간 이후에 망원경으로 녀석들을 바라보니 아직까지도 신나게 치고받는 놈들의 모습이 눈에 보인다.

얼마나 달렸을까. 벽 너머로 인기척이 느껴진 것은 바로 그때였다.

'내 동생이야? 내 동생 라파엘?'

"여기예요! 이쪽으로."

하지만 들려오는 목소리는 라파엘의 목소리가 아니다. 비둘기가 아닐까 걱정되기는 했지만 들어본 적이 있는 목소리, 내 예상이 맞다는 듯. 기분 좋은 강아지 소리가 들려온다.

"왕!"

"주변에 적은 없어요. 계속 가까워지고 있는 것 같아요! 빨리, 빨리요! 조금만 더, 조금만 더요!"

망원경으로 이미 한번 봤던 얼굴이었지만 저도 모르게 기대감이 샘솟는다.

'내가 그리워하긴 했나 보네.'

딱히 생각을 하지도 않았고 그간 떠올리지도 않았었지만 가슴이 뛴다.

'이해가 안 되네.'

내가 생각해도 이해가 안 되는 감정이다. 인정하기는 싫지만 정이 들기는 들었나 보다.

마침내 코너를 돌고 반가운 얼굴을 마주친 순간 나는 커다랗게 입을 열 수밖에 없었다.

"어?"

"야…… 이…… 이 미친 돼지 새끼야!"

"형님?"

입가에 미소가 지어졌다.

"이 돼지 새끼! 시발! 이 돼지 새끼! 하핫! 돼지 새끼!"

당황한 얼굴을 한 돼지 새끼가 몸을 던진 나를 받아 드는 것이 느껴졌다.

■

-이대로 괜찮겠어?

'이대로가 괜찮을 거야.'

-그래, 잘 생각했어. 이대로가 괜찮은 거야. 네가 뭘 할 수 있겠어? 그렇지 않아?

'……'

-내게 맡기는 게 가장 좋은 선택일 거라고 생각해. 너도 그렇기 때문에 내 손을 잡은 거잖아?

'맞아.'

-그럼 그걸로 됐어.

'하지만.'

-하지만? 아직도 그런 게 필요해? 네가 패배한 것은 내 힘 때문이 아니라 네 무능 때문이야. 그 커다란 힘을 가지고도 아무것도 하지 못한 네 무능이 지금의 상황을 자초한 거라고. 내 말이 틀려?

'……'

-네 말이 틀린 거냐고 묻잖아.

틀리지 않았다고 생각했다. 실제로 그녀가 준 힘이 어느 정도로 강한 힘인지는 잘 알고 있었으니까. 만약에 이 힘을 받아들이지 않았다면 상황을 여기까지 끌고 올 수도 없을 것이다. 천사들과 싸울 수 없었을지도 모른다. 쓰로누스와 검을 부딪치는 것 자체가 성립하지 않았을 것이다.

-너는 약해.

알고 있다. 강했다면 그녀가 준 힘을 받아들이지 않았을 것이다.

-너라는 인간을 한 단어로 규정하면 실패라고 부를 수 있지 않을까.

저 말도 부정할 수 없다.

말 그대로, 김현성의 삶은 실패한 삶에 가까웠다. 소중한 가족들을 잃고, 소중한 동료들을 잃은 1회차에서만 실패한 것이 아니다. 2회차 역시 마찬가지였다. 강해지려고 하고 싶었지만 강해질 수 없었다. 할 수 있다고 생각했지만 할 수 없었고, 일어서고 싶었지만 끝내 쓰러졌다.

이번에도 역시, 소중한 사람 하나 구하지 못했다. 심해에 빠져 허우적거리는 자신을 끌어준 사람에게 손을 뻗지도 못했다. 오히려 그에게 해를 끼친 것은 자신이었다.

편해지고 싶어서였다. 함께 짐을 들어주고 싶다는 말에 짐을 맡긴 이후에는 안심했다. 걱정이 없었던 것은 아니었다. 불안하지 않았던 것도 아니었다. 내가 떠넘긴 짐을 상대방이 감당할 수 있을지에 대해 스스로 물음표를 던지지 않은 것도 아니었다. 하지만 애써 무시했던 것 같다. 당시에는 아무 생각도 하지 않았지만 분명히 무시했을 것이다.

기뻤으니까. 말 그대로 그런 종류의 이기심 때문이었다. 나를 이해해 주고, 내 과거를 이해해 주고, 내 현재를 이해해 주는 사람이 있다는 것만으로 생기는 마음의 안정은 마약이나 다름이 없었으니까. 힘들어한다는 것도 알고 있었지만 당시의 자신은 분명히 그가 보내는 신호를 못 본 척하고 있을지도 모른다. 오히려 부담을 안겨주지는 않았을까. 그를 초조하게 만들고 힘들게 하지 않았을까.

그에 대해 모르는 것도 아니었잖아. 짐을 맡긴다면 그가 어떻게 행동할지도 이미 알고 있었잖아. 그가 기억을 잃은 것은 나 때문이야. 그가 죽어가고 있는 것도 나 때문이고, 위험에 빠진 것 역시 나 때문이야. 내가 끌어들인 거야. 내가…… 내가 끌어들인 거라고.

잘못됐어. 처음부터 잘못된 거야. 손을 건네지 말았어야 했어. 함께하자고 말하지 않았어야 했어. 튜토리얼에서 만났을 때부터 지나쳤어야 했던 거야.

-만약 시간을 되돌린다면? 그때는 모르는 척하는 게 좋을 것 같아?

'…….'

-아, 맞다. 내가 괜한 걸 물어봤구나? 너는 다시 회귀할 용기도 없는 쓰레기지. 겁쟁이. 너는 네가 그때에 비해 조금 달라졌다고 생각하겠지만 그렇지 않아. 인간의 본질은 변하지 않지. 튜토리얼에서 겁을 먹고 도망쳤던 김현성, 그게 바로 네 추악한 본질이야. 너는 계속해서 도망칠 거야. 그게 편하다는 걸 알고 있으니까.

'…….'

-그게 네가 덜 아픈 방법이라는 걸 잘 알고 있으니까. 네가 지금 옳은 선택을 하고 있다는 걸 모욕하는 게 아니야. 넌 합리적인 선택을 했어. 그 합리적인 선택에는 아주 추악하고 저열한 감정이 숨어 있다는 이야기를 하는 거라고. 내 말이 무슨 말인지 알고 있지?

'…….'

-넌 계속 도망칠 거야. 끊임없이. 끊임없이 도망치겠지. 비열하고 더럽고 추하게.

'…….'

-하지만 너무 걱정하지 마. 네가 아무리 저열한 인간이라고 해도 나 정도는 너를 바라봐 주고 있잖아? 난 네 그런 더러운

면이 마음에 들더라. 이중적인 모습 말이야.

'……'

-다시 한번 다녀와. 이번에는 정말로 일이 끝나 있을 테니까.

'……'

순식간에 눈앞에 있는 시야가 변하기 시작한다. 잠깐 동안 온몸에 거부감이 치솟는다. 당연하다. 당연한 반응이다. 나는 내가 지금 보고 있는 풍경은 만들어진 풍경이었으니까.

무의식 세계에서 한번 경험해 보지 않았던가. 이곳에서 빠져나와야 한다는 사실을 나는 알고 있다.

하지만 이내 미소 짓게 된다. 모든 게 거짓말이라는 것은 알고 있지만 이 노을 진 풍경이 비추는 이들의 모습은, 이 가짜에 저항할 의지를 상실하게 만들었다.

-어차피 너는 아무런 도움도 되지 않는다는 사실을 알고 있잖아? 너는 실패한 인간의 표본이야. 너는 필연적으로 일을 망치게 되어 있고 주변에 고통을 주게 되어 있어. 그렇게 설계된 인간이야.

'……'

-때로는 아무것도 하지 않는 게 더 도움이 될 거라는 이야기를 하고 있는 거야.

그럴지도 모르지.

-내 말이 맞아.

그래. 그녀의 말이 맞아.

"어디를 보고 있는 겁니까? 길드마스터."

일어나면 모든 게 끝나 있겠지. 어차피 김현성은 실패한 인간이고 실패할 인간이잖아.

입을 떼면 안 된다는 걸 알고 있으면서도 저절로 입을 떼게된다. 작은 속삭임에 계속해서 고개를 끄덕이며 계속해서, 계속해서 가라앉게 된다.

"여기서는……."

"네?"

"여기서는 길드마스터가 아니지 않습니까. 편하게 부르셔도됩니다. 혜진 씨."

"아…… 그렇죠. 이곳은 지구니까요. 생각해 보니까 조금 재미있군요. 이런 곳에서 길드마스터라니. 누가 이야기를 들었을까 봐 괜히 부끄럽습니다."

"기껏해야 온라인 게임 동호회에서 만난 사람들이라고 생각할 겁니다. 그나저나…… 누가 아직 도착하지 않은 겁니까?"

"거, 형님은 조금 늦는답디다. 요즘 들어서 바쁘다고 바쁘다고 하더니 진짜로 바쁜 모양이오. 거, 이번에도 겨우 시간 낸다는 것 같은데. 생각하면 생각할수록 우리 형님 진짜 대단한 거 아니오?"

"원래도 부길드마스터는 대단하신 분이었습니다."

"거, 희영 누님, 설마 내가 그걸 모를까 봐. 원래도 대단했지만 진짜로 대단하다는 걸 말하고 싶은 거요. 지구로 돌아오자마자 갑자기 변호사 한번 해볼까 말하더니 덜컥 되어버리고, 거 로펌에 취직한 지 얼마 된 것 같지도 않았는데 엄청 높은 위치까지 올라간 거 보면 확실히 난 사람은 난 사람이요."

대단한 사람이지.

"이러다가 나중에는 정치 같은 거라도 하는 건 아닌가 하는 생각도 든다, 이 말이요. 막 20년 뒤, 10년 뒤에는 어디 어디 국회 의원 되고 더 나중에는 막 대통령까지 되는 거 아니요?"

"정말로 그렇게 될 거라고는 생각하지 않지만…… 무척 잘 어울릴 것 같군요."

"그렇게 바쁘니까 요즘 하얀이 누님이랑은 일이 잘 안 풀리고 있다는 것 같아 아쉽기는 하지만…… 뭐 그래도 그 둘이 어디 보통 인연이요. 혹시나 몇 년 안에 결혼 소식이 들려와도 이상하지 않다니까. 그건 소라 후배가 더 잘 알고 있지 않나? 지금 둘이……."

"네…… 정하얀 님은…… 잘, 잘 지내고 계세요. 네…… 식사도 잘하시고요."

"뭐 그렇다면 다행이지만…… 그러고 보니, 거 소라 후배도, 지금 형님 회사에서…… 무슨 로펌 비서인가 뭔가 하고 있는 거 아니요?"

"네. 덕분에 잘 지내고 있어요. 너무 바쁘시다는 것만 빼면요…… 원래는 오늘도 바쁜 날이라 제가 함께 있어야 했는데…… 먼저 퇴근해도 된다고 배려해 주셨어요."

"그 중국인 변호사랑……."

"자세히 설명을 드릴 수는 없고…… 맡고 계신 게 있거든요. 그 건 때문에 정말로 바쁘세요."

천천히 주변을 둘러보자 익숙한 얼굴들이 시야에 비쳤다. 대륙에서 함께한 길드원들과 동료들. 이렇게 한자리에 모이게 된 것도 굉장히 오랜만이라는 생각을 하게 된다. 가슴 속에서는 뭐라 말할 수 없을 정도의 충족감이 채워진다.

절대로 이루어질 수 없는 일이라는 건 알지만 그걸 알고 있으면서도 미소가 지어졌다. 지구로는 돌아갈 수 없지만 이런 풍경도 나쁘지는 않을 것이다. 모든 게 끝난 이후엔 이렇게 모이는 일도 많겠지.

"어디 형님만 대단한가. 혜진이 누님도 대단하지. 시험에도 합격했으니까 이제 검사되는 일만 남은 거 아니요."

"저는…… 이제 시작입니다. 한참 뒤처졌죠."

"처음에 지구에 다시 왔을 때만 해도 어안이 벙벙했었는데 이렇게 각자 자리 잡은 모습을 보니까 신기하기도 하고 뭐 새롭기도 하고 그런 느낌이요. 예리도 대학을 다니고 있고, 거, 안기모 씨도 배우로 승승장구하고 있으니까. 이제 영화 개봉도 앞둔 거 아니요. 자동차 왕 안복동인가 뭔가…… 희영이 누님도 봉사 활동 때문에 여기저기 돌아다니느라 정신없고…… 엘레나 님은 뜬금없이 스트리머……."

이제는 밝은 얼굴을 하고 있는 김예리가 입을 열어오는 게 시야에 비쳤다.

"구독자 수 450만. 외국에서도 유명해."

"정말로 그렇게 유명해요? 김예리 님?"

"응. 정말로 유명해. 웬만한 연예인보다 더 유명할걸? 헬닭볶

음면 먹는 영상이 조회 수가 2,500만…… 이것 봐."

"대단하네요. 정말로…… 생소한 곳에 오셔서 잘 적응하실 수 있으실까 걱정했는데…… 오히려 저보다 더 잘 적응하셨는데요."

"아영 후배도 공방 취직해서 잘살고 있으니까. 뭐 걱정하고 그럴 게 있나. 우리 길드마스터 형씨가 더 걱정이지. 현성이 형씨는 공부 열심히 하고 있는 거요?"

"네. 덕구 씨. 솔직히 뭘 하고 있는지도 잘 모르겠지만…… 일단 하고는 있습니다."

"사실 현성이 형씨도 빨리 자리 잡을 줄 알았는데 의외로……."

"네. 더디죠. 아무래도 지구 생활에 아직까지 잘 적응하지 못하고 있는 것 같습니다. 하지만 다른 분들이 이렇게 잘 되는 모습을 보니 정말 기분이 좋습니다. 네. 정말로 기쁩니다."

나는 제대로 적응할 수 없겠지만, 만약 지구로 돌아간다면 모두 행복한 인생을 살고 있을지도 모른다. 아니, 틀림없이 그럴 거라고 생각했다. 지금처럼 모두 빛나고 있을 것이다.

"현성이 형씨도 잘 자리 잡을 거요. 안 그래도 형님도 형씨 걱정이 이만저만이 아니더라고."

"그렇습니까?"

"자세히는 못 들었는데 신경 쓰인다고 하기는 합디다. 아, 마침 저기 들어오는 것 같은데. 한번 직접 물어보쇼."

자연스럽게 시선을 돌리자 실내로 들어오는 두 사람의 모습

회귀자
사용설명서 29

이 시야에 비쳐왔다. 천천히 웃으며 발걸음을 옮기는 모습이 눈에 담겼다.

"여기요! 형님! 누님!"

"덕구야."

"부길드마스터. 오랜만이에요."

"네. 다들 오랜만입니다."

"누님도 잘 지낸 거요?"

"오, 오, 오랜만에 뵙네요. 다들……."

"네."

"현성 씨도 오랜만입니다."

"아, 네. 기영 씨."

"정말 너무 오랜만에 보는 것 같아서 죄송스럽군요."

"아니요. 바쁘시다는 거 알고 있으니까요. 폐가 될까 봐 선뜻 연락에 답장을 드리지 못했습니다. 사실 오늘도…… 무리하시는 건 아닌지 걱정됩니다."

"괜찮습니다. 현성 씨. 지구에서의 삶도 물론 중요하기는 하지만, 대륙에서의 기억들보다 중요하지는 않으니까요. 허락하신다면 앞으로 종종 찾아뵙겠습니다. 가까운 거리에 있는데 생각해 보니 제가 너무 무심했던 것 같네요."

"그건."

"허락해 주신 거로 알고 있겠습니다."

"아니요. 괜찮……."

"이번 일만 끝나면 조금 여유가 생길 겁니다. 그러니 정말로

괜찮습니다. 아! 제가 너무 자리에 서 있게 만들었네요. 하얀
아, 앉자."

"……."

"현성 씨는 어떻게…… 잘 지내고 계셨습니까?"

평소와 같은 웃음을 머금은 얼굴이 눈에 보인다.

"네…… 저는……."

"잘 지내고 계셨습니까?"

걱정이 없어 보이는 얼굴이었다.

"저는……."

"잘…… 지내고 계셨습니까?"

"잘 지내고 있지……."

"네?"

"못하고…… 있는 것 같습니다."

조용히 입꼬리를 올리고 있는 얼굴이 살짝 굳어가는 게 느
껴졌다. 테이블을 손가락으로 툭툭 두들기고 있는 모습이 괜
스레 눈에 띈다. 누가 봐도 걱정하는 듯한 표정이다.

괜찮다고, 평소와 같다고 말해야 했던 것은 아닌지 떠올려
봤지만 이미 물은 엎질러졌다는 걸 깨달을 수밖에 없었다.

무의식중에 꺼낸 말이라고 해도 무리가 아니리라. 방금 입에
담았던 것처럼…… 잘 지내고 있는 것처럼 느껴지지 않는다.

'어째서.'

어째서일까.

'이렇게 행복한데.'

이따금 밑으로 가라앉는 듯한 기분을 느낄 때가 많았다. 현실에서는 대부분의 시간을 그렇게 지내고 있었던 것 같았다.

텅 빈 공간 속에 혼자 남겨져 있는 것 같은 기분, 호흡이 가빠지고 속이 점점 메스꺼워지고 머리가 어지러워져 깊은 수면 속으로 끊임없이 떨어지는 감각. 그 감각은 이곳에서는 느낄 수 없는 감각이었다.

어느 쪽이냐고 묻는다면 행복하다고 말하는 게 더 어울린다. 나 자신을 자책하지 않아도 되는 장소였고, 책임을 지지 않아도 되는 공간이었다. 검을 들지 않아도 되고, 사람을 죽이지 않아도 된다. 소중한 사람들과 함께 있었고, 그들이 삶을 꾸려나가는 것을 바라보는 것만으로도 미소 짓게 되는 장소였다.

꿈에도 그리고 있었던 이상향 속에서도 여전히 김현성은 괜찮지 않았다.

"제, 제…… 제가 괜한 이야기를……."

"길드마스터, 괜찮으십니까?"

"네. 혜진 씨."

"형씨. 괜찮은 거요? 표정이 좋지 않은데."

"네…… 저는…… 괜찮습니다."

"정말로 괜찮아? 안색이 창백……."

"그래. 나는…… 괜찮다. 예리야."

미련이 남아서 그런 걸까. 어쩌면 그럴지도 모른다. 그게 아니라면 도망치고 있다는 죄책감 때문일 수도 있다.

'하지만……'

합리적인 판단이라고 말할 것이다. 눈앞에 있는 남자는 내 선택에 긍정할지도 모른다. 이기영은 실리를 추구하는 사람이었으니까. 현재의 자신이 쓸모없다는 것 정도는 그 누구보다도 그가 가장 잘 알고 있을 것이다.

'그럴 거야.'

무능한 자신보다는 그녀가 일을 처리하는 게 더 확실하다. 그녀의 말대로. 김현성은 실패한 인간이었으니까. 내 삶을 한마디로 정의하면 실패나 다름이 없었으니까. 아무것도 하지 못하고 잃기만 했으니 이번에도 다르지 않을 것이다. 나선다고 하더라도 상황을 더 악화시킬 것이다. 실수한다면 또 잃게 될 것이다. 지금까지 그래왔던 것처럼 말이다.

"그, 그냥 해본 말이니 마음에 담아두지 않으셔도 됩니다."

"……."

"정말입니다."

"……잠깐 이야기 좀 하고 올까요?"

"네?"

"잠깐 따로, 이야기라도 하는 게 좋을 것 같습니다."

"하지만……."

"그렇게 오래 걸리지는 않을 것 같고…… 아마 다른 분들도 이해해 줄 겁니다."

살짝 주변을 둘러보자 고개를 끄덕이는 모습이 눈에 들어왔다.

"아니요. 굳이 그러실 필요는 없습니다. 그냥 무의식중에……

오늘은 모임이 있는 날이고 또, 기영 씨도 바쁘실 테니."

"제가 그리고 싶어서 드리는 말씀이에요. 밖으로 나가시죠."

먼저 몸을 일으키는 모습이 시야에 비쳐왔다.

얼떨떨한 기분으로 자리에서 몸을 일으키자 어느새 모임 장소를 벗어나 있는 모습을 확인할 수 있었다.

대륙과는 다른 풍경이다. 네온사인에 슬슬 불이 들어오고 있었고 사람들이 떠드는 소리도 들려온다. 발걸음을 옮기기가 왠지 모르게 부담스럽다. 이렇게 많은 사람 사이에 있는 것도 이상하게 적응이 되지 않는다. 핸드폰을 만지며 걸어가는 사람, 친구나 연인과 함께 길을 걸으며 대화를 나누고 있는 사람, 술에 취한 이들도 눈에 보였고, 각자의 방법으로 시간을 보내는 이들이 보였다.

그리고 그 인파들 사이로 섞이는 그의 모습도 눈에 보인다. 그다지 위화감이 느껴지지 않는다. 항상 생각해 왔지만 어디에서나 자연스러운 모습인 것만 같다.

자신도 비슷한 느낌일까. 나는 지금 어떻게 보일까.

살짝 옆을 바라보자 유리에 비친 모습이 눈에 들어온다. 속으로 상상하고 있었던 것보다 더 이질적이다. 새삼스럽게 이곳과 자신은 어울리지 않는다는 사실을 깨닫는다.

이 장소마저 김현성과는 어울리지 않는다는 사실에 잠깐 쓴웃음이 나오기는 했지만 그대로 발걸음을 옮길 수밖에 없었다. 기영 씨와 함께 걷는다면 조금은 섞이는 것처럼 느껴질지도 모른다. 아마 다른 사람들도 위화감을 느끼지 않을 것이다.

"어떻습니까?"

"네?"

"이곳 말입니다."

"이곳이라고 하시면……."

"지구 말입니다. 지금 우리들이 걷고 있는 이 장소요."

"……."

"불편하신 겁니까?"

"아니요. 그렇지는 않습니다."

"그럼."

"무척 편한 것 같습니다. 대륙에 비한다면 이곳은 위험한 장소도 아니고, 여러 가지로 신경 쓸 일이 적으니까요. 적어도 그곳에 있는 것보다는 덜 무거운 것 같습니다."

"덜 무거운 것 같다고 하시면."

"저…… 기영 씨. 아까의 말은 마음에 담아두지 않으셔도 됩니다. 어디까지나 무의식중에 나온 말이니까요."

"무의식중에 나온 말씀이라는 걸 알고 있기 때문에 드리는 말입니다. 지금의 현실에 만족하지 못하신 것 같아서…… 뭔가 다른 이유가 있으실 거라고 생각했습니다. 적응하는 게 힘이 드시는 겁니까?"

생각해 본 적은 없다. 이곳에서 오랜 시간을 지내기는 했지만 따로 실감해 본 적은 없다. 하지만 그렇게 느껴지기도 한다. 적응했냐 적응하지 않았냐 중 하나를 선택한다면 당연히 전자에 손을 얹을 수밖에 없다.

"이해할 수 있습니다. 갑작스럽게 지구에서 생활하라니 힘이 드는 게 당연하겠죠. 그야 우리는 그 대륙에서 아주 오랜 시간을 살아왔으니까요. 현성 씨 같은 경우는 저보다 더 오래 지냈으니, 혼란이 생기실 만도 합니다."

"……."

"어울리지 않는다고, 자신이 어색하다고 느끼고 계실 거라고 생각합니다."

저 말이 맞다.

"하지만 현성 씨뿐만이 아닙니다. 누구나 다 그렇게 느끼고 있을 거라고 생각해요. 사람들과 섞이고 사회에 섞이는 건 쉬운 일이 아니니까요. 가지고 있는 짐의 크기는 모두 다를 테지만 대부분의 사람들이 비슷한 걸 느끼고 있을 겁니다."

"네…… 네."

"모두가 힘드니 참으라고, 버티라고 말씀드리는 이야기가 아닙니다. 제가 말하고 싶은 요지는 바로 이거예요. 나와 비슷한 사람들이 많다는 걸 깨닫는다는 것만으로도 힘이 될 수 있다는 걸 말씀드리고 싶은 거였습니다. 저기 길을 지나가고 있는 사람들이나 친구들과 함께 있는 사람들이나 모두 같은 사람들입니다. 핸드폰을 만지며 걸어가고 있는 사람도, 모두 현성 씨와 같은 사람들이에요."

"……."

"서로 대화도 나누어본 적이 없는 사람들이지만 이곳에 있는 모두는 서로의 이해자가 될 수도 있을 거예요. 같은 사람들이라고 생각하시면 그게 가능해질 겁니다. 부족하겠지만 그게 첫걸음이라고 생각합니다. 만약 그걸로도 부족하다면 더 가깝게 생각해 봅시다."

싱긋 웃는 모습이 눈에 들어온다.

"조금 더 좁게는 대륙에서 함께 넘어온 우리 길드원들이 우리의 이해자가 될 수 있을 겁니다."

눈을 가늘게 뜨며 입을 여는 얼굴이 시야에 비쳐왔다.

"그것보다 더 좁게는 제가 현성 씨의 이해자가 될 수 있을 거예요."

걱정이나 근심은 떨쳐내라고 말하고 있는 것 같다.

"기영 씨도……."

"세상에 그런 걸 무서워하지 않는 인간은 없을 거라고 생각해요. 모두가 잘 지내고 있는 것 같이 보이지만 아마 다들 한 번쯤은 생각해 봤을 겁니다. 저 역시 예외는 아니고요."

"아……."

"그래서 드릴 수 있는 말씀입니다. 저도 같았거든요. 나를 이해해 주고 도와줄 수 있는 사람들이 있다고, 그렇게 생각했었거든요. 물론 현성 씨도 그 안에 포함되어 있었습니다."

"네?"

"많은 걸 함께하고 많은 걸 공유하지 않았습니까. 제 생각이……."

"아, 아니요. 틀리지 않습니다. 전혀…… 틀리지 않아요."

"다행이군요."

속을 좀먹고 있었던 벌레들이 순식간에 사라지는 것만 같은 느낌이 든다. 불안감은 눈 녹듯이 사라지고 세차게 뛰던 가슴이 천천히 진정되는 것 같다.

저도 모르게 미소가 지어진다. 별것 아닌 한마디였지만 그 어떤 말보다 더 위안이 되고 마음을 편안하게 만든다.

"저, 저야말로 다행입니다. 저야말로. 그렇게 생각해 주시고 계실 줄은……."

상황이 반전된 것은 바로 그 직후였다.

"어떻게 그렇게 생각하지 않겠어요? 물론 제가 현성 씨를 완전히 이해하고 현성 씨가 저를 완전히 이해한 것은 아니지만……."

"……."

"서로의 짐을 들어주지 않았습니까."

"아……."

"현성 씨도 제가 가진 짐을 함께 들어주셨으니까요."

"어……."

"현성 씨라면 저를 이해할 수 있을 거라고 생각했습니다. 저와 비슷한 생각을 하고 계실 거라고 생각했어요."

"어…… 어……."

"제가 주제넘게 이런 말씀을 드릴 수 있는 것도 현성 씨의 짐을 함께 든 적이 있었기 때문일 겁니다. 물론 부족했지만 말입니다."

부족하지 않았다. 절대로, 단 한 번도 부족하다고 느낀 적이 없다.

"어…… 아…… 어……."

"제가 지금 이곳에서 잘 지낼 수 있게 된 이유는 어디까지나 현성 씨가 제 버팀목이 되어주셨기 때문입니다."

하지만 나는 버팀목이 되어준 적이 없었다. 그는 내 짐을 함께 들어줬지만 나는 그의 짐을 들어준 적이 없었다.

오히려 도망쳤다. 도망쳐 지금 이 자리에 있다.

"아니…… 저…… 저는……."

머리가 점점 어지러워지기 시작한다. 호흡이 가빠지고 숨을 제대로 쉬기가 힘들다. 주변의 것들이 눈에 제대로 들어오지 않는다. 목소리도 잘 들려오지 않는다. 지독한 자괴감이 온몸을 감싸 안는다.

'쓰레기 같은 인간.'

"저는……."

'이기적인 인간. 지독히도 이기적이고 자신밖에 모르는 인간.'

눈앞에 있는 얼굴이 입을 크게 벌려 말하고 있는 것만 같다.

'나는 네가 내 짐을 함께 들어줄 거라고 생각했어. 내가 네짐을 함께 들어준 것만큼 나를 지탱해 줄 거라고 생각했어.'

"그러니까."

눈에서 점점 눈물이 차오른다. 지금 내가 있는 이 장소가 어디인지 제대로 구분이 되지 않는다. 고개를 황급히 돌리자 검을 들고 서 있는 내 모습이 시야에 비쳤다.

"여기서 뭐 하고 있는 거야. 김현성."

황급히 반대쪽으로 고개를 돌리자 형태를 알아볼 수 없는 시체를 안고 있는 22살의 김현성이 말을 이었다.

"이번에도 도망치는 거야? 도망치지 않겠다고 말했잖아. 절대로 도망치지도 피하지 않겠다고 결심했잖아. 형을 잃고 그렇게 다짐했잖아."

뒤를 돌자 머리에 뿔이 달린 괴물이 말을 이었다.

"그의 짐을 들어주고 있는 것은 네가 아니라 나야. 너는 도망치고 있는 거야. 아무것도 할 용기가 없어서 그저 도망치고 있는 거라고. 이 이기적인 자식."

'아니야. 나는……'

"그는 널 위해 모든 걸 희생했다. 네 짐을 들어주기 위해 자신을 내 던졌어. 그 결과가 이거야? 내 모습이지만 혐오할 수밖에 없는 모습이구나. 넌 그의 옆에 설 자격도 없어. 너 같은 쥐새끼는 지옥에서 평생 썩는 게 어울려."

'나는 그러려고 한 게 아니야. 그럴 의도는 없었어. 이게 합리적이기 때문이야. 나는 모든 걸 망칠 거야. 모든 걸 망칠 거라고.'

"너는 그를 위해서 무엇을 했어? 그가 네 뒷바라지를 하며 힘들어하는 동안 너는 그를 위해서 뭘 했냐고 이 이기적인 쓰레기 새끼."

'나는…… 나는……'

"이제는 네가 희생할 차례야."

-김현성. 이제는 네가 희생할 차례라고.

"인간 쓰레기."

'아니야.'

"이기적인 자식."

'아니…… 아니야.'

"비열하고 저열한 거로도 모자라 추하기까지 한 괴물."

'나는…….'

"나는…….'

"현성 씨."

"나…… 나는…….'

"현성 씨?"

화아아아아아아악!

"현성 씨!"

"…….'

"괜찮으신 겁니까?"

"저…… 지금…….'

"아까부터 안색이 창백해서…… 제가 무례했다면 죄송합니다."

"아니요. 아닙니다. 네. 제가…… 지금…….'

"네?"

"여기가…… 여기…… 하아…… 하아…… 여기가 지금…….'

"현성 씨. 괜찮으신 겁니까? 잠깐…… 잠깐."

느리게 흘러갔던 시간이 점차 본래대로 되돌아오고 있었다. 입은 계속해서 거친 숨을 토해내고 눈에서는 눈물이 흘러내렸다. 손으로 닦아야겠다는 생각마저 들지 않을 정도로 머리가 어지럽다.

다시 한번 주변을 둘러봤지만 보이는 것은 없다. 1회차의 김현성도 괴물처럼 변한 김현성도 모두 사라졌다. 심신이 안정되는 것 같은 느낌이 든 것은 틀림없이 그가 어깨를 부여잡았을 때였다.

"잠깐 쉴 수 있는 곳을 찾아야 될 것 같습니다. 어디 가까운 곳에서……."

당황하고 있는 모습, 혼란스러워하고 있는 모습이 눈에 띈다.

"아니, 병원으로 같이 가보는 게 좋을 것 같습니다."

다급해 보이는 얼굴이다. 걱정해 주고 있는 것 같다.

"괜찮으신 겁니까? 정신이 드신 겁니까?"

"네……."

"현성 씨?"

"네. 아무렇지도 않습니다. 조금만 더 쉬면 괜찮아질 것 같습니다……."

눈앞에 있는 사람의 모습을 천천히 바라봤지만 여전히 진정하지 못하고 있는 게 느껴졌다. 입술을 꽉 깨물고 있는 얼굴은 지금의 상황에 분노하고 있는 것 같다.

무엇 때문에 분노하고 있는 건지 알 것 같다. 분명히 자신을 자책하고 있지 않을까. 그는 항상 그랬으니까.

"죄송합니다."

하지만 그는 잘못한 것이 없다.

"정확히 무슨 상황인지, 현성 씨가 어떤 상황에 놓여 있는지는 모르겠지만, 더 빨리 눈치채지 못해 죄송합니다. 이 정도로 힘들어하실 거라고는 미처 생각하지 못했습니다."

이기영이 느끼고 있을 고통에 비하면 자신의 작은 문제 따위는 별것 아닐지도 모른다.

"제가 조금 더 신경을 썼어야……."

이 사람은 더 이상 희생할 필요가 없다.

"아…… 아니요. 더 이상……."

"네."

"더 이상 폐를 끼칠 수는 없으니까요."

"그런 생각은 하지 않으셔도 됩니다."

"저는 신경 쓰지 마세요. 이미…… 이미 충분하니까요. 그렇게 말씀해 주시고 생각해 주시는 것만으로도…… 네. 그리고…… 애초에 그렇게 심각한 일도 아닙니다. 잠깐 어지럼증이 일어났을 뿐이니 걱정하지 않으셔도 됩니다."

"어떻게 걱정하지 않을 수가 있겠어요? 이럴 게 아니라 잠깐 앉을 수 있는 장소를……."

"아니에요. 정말로 괜찮습니다. 이제 괜찮아졌어요."

이제 정말로 괜찮다. 뭘 해야 할지 깨달았으니까.

"그러지 마시고."

"아니요. 이제는…… 정말 걱정하지 않으셔도 됩니다."

내가 할 수 있는 일이 뭔지, 네게 주어진 일이 뭔지 깨달았으니까.

"그렇게 말씀하신다니…… 다행이지만……."

"저는 항상 걱정만 끼쳐 드리는 것 같습니다."

"네?"

"항상 걱정하게만 만들어 드린 것 같습니다. 저번에도 이런 일이…… 이런 적이 있었던 게 떠오르네요. 만약 그때 찾아오시지 않으셨다면 영원히 그곳에서 헤매고 있었을 겁니다. 저는 기영 씨와는 다르게 아주 나약한 인간이니까요. 그곳에서 계속해서 안주했을 거예요. 정말로 감사했었습니다."

"네?"

"새로운 풍경을 바라볼 수 있게 만들어주셔서 정말로 감사했습니다."

"갑자기 무슨 말씀을 하시는 건가요?"

"제 짐을 함께 들어주셔서 너무 감사했습니다. 그리고 너무 죄송합니다. 맡겨서는 안 되는 짐을 맡긴 것으로 모자라 외면하고 도망쳐서 정말로 죄송합니다. 마주하지 않고 계속해서 회피하기만 해서……."

"누구나 도망칩니다. 그리고 저는 현성 씨를 비난한 적이 한 번도 없습니다. 현성 씨 역시 제 짐을 들어주시지……."

"아니요. 저는 든 적이 없는 것 같습니다. 항상 떠맡기기만 하고 정작 필요할 때는 도망치기에 바빴었습니다. 외면하고 피하고 숨는 것밖에는 한 게 없었어요. 어쩌면…… 어쩌면 여기서도 누군가가 나를 꺼내주지 않을까 기다리고 있었던 것 같습니다. 다시 한번 와주시지 않을까…… 하고 말입니다. 그런 생각만 하고 있을 정도로…… 저는 도망치기만 하는 인간이었습니다. 나약하고 옆에 설 자격이 없는 인간이에요."

"……."

"사실 지금도 다르지 않습니다. 이곳에서 나가기가…… 두려워요. 이런 선택지가 생길 때면 항상 불안합니다. 무서워서 참을 수가 없어요. 기영 씨나 다른 분들이 제 손을 잡아주셨으면 좋겠습니다. 그때처럼 다시 한번, 다시 한번 손을 잡아주신다면 조금 더 확신할 수 있을 것 같습니다. 하지만 그게 어리광이라는 걸 지금 깨달았습니다. 그게 다른 사람들에게 고통이 될 수 있다는 걸 알았어요."

"……."

"이번에는 저 혼자 밖으로 나와야 한다는 걸 알게 됐어요."

"지금 무슨 말씀을 하시고 있는지 모르겠습니다. 하지만 현성 씨."

"……."

"현성 씨가 원하는 일이라면 모두 이루어질 겁니다. 어떤 선택을 하든지 간에 모두 잘 될 거예요."

저런 말이 필요했었던 것 같다. 이런 상황에서도 자신은 안심되는 위로 한마디를 기다리고 있었다.

"두려워하지 않으셔도 됩니다."

이 사람은 두려워하는 법이 없었다. 기억을 잃고, 죽어가는 와중에도 항상 올곧은 눈으로 세상을 바라보고 있었던 사람이었다. 지금 생각해 보면, 그렇기 때문에 그때도 밖으로 나갈 수 있었던 것이리라. 그 올곧은 눈을 보고 있을 때면 나 역시 실패할 거라는 두려움에서 벗어날 수 있었으니까. 그 선택이 옳은 선택이라고 확신할 수 있었으니까. 이 사람은 절대로 틀리지 않았으니까.

하지만 그것 역시 짐을 떠넘긴 행동에 불과하다. 선택에 대한 책임을 떠넘긴 것이다.

"죄송합니다."

"네?"

"정말로 그동안 너무 죄송했습니다."

이제는 내가 책임을 질 차례다. 모든 걸 끌어안고 마침표를 찍을 차례였다.

천천히 발걸음을 옮긴다.

"현성 씨? 현성 씨?"

뒤에서 나를 부르는 소리가 들려왔지만 굳이 멈추거나 뒤를 돌아보지 않았다.

만약에 고개를 돌린다면 다시 한번 결심이 무너질 것 같았기 때문이다. 손을 잡는 게 느껴졌지만 곧바로 뿌리칠 수밖에 없었다.

"현성 씨!"

점점 더 빠르게 바뀌는 풍경이 시야에 비쳐왔다. 사람들이 놀란 눈으로 자신을 바라보는 것이 보인다.

셔츠와 청바지는 어느새 무거운 갑주로 변해 있다. 화려한 길거리는 점점 어두워진다. 사람들은 하나둘씩 사라지고 노을 진 풍경은 거대한 어둠에 뒤덮였다. 철퍽거리는 소리가 계속해서 들려오고 기분 나쁜 공기가 장내를 가득 메운다.

커다란 책상에 앉아 책을 쓰다듬고 있는 여자의 모습이 눈에 보인 것은 아주 많은 시간이 흐른 직후였다.

"루시퍼."

―…….

"루시퍼."

―여기에는 무슨 일이야? 뭔가 잘 풀리지 않는 게 있나. 마음에 들지 않는 거라도 있어?

"나가고 싶어."

―뭐?

"이곳에서 나가고 싶어."

―…….

"밖으로 나가야겠어."

―무슨 소리를 하는 건지 모르겠는데…… 말하지 않았나? 네가 나서면 모든 게 엉망이 될 거라고.

"아니, 그렇게 되지 않을 거야."

―어떤 근거로?

"내가 마침표를 찍을 테니까. 더 이상 도망치는 일은 없어."

―재미있는 생각을 하는구나. 쓰레기 같은 인간. 너는 주인공이 아니야. 모든 걸 끌어안고 마침표를 찍겠다고 한들, 그게 제대로 될 거라는 보장은 없어. 회귀했다는 것 하나야. 네 특별함은 겨우 그 정도라고. 운이 좋아서, 아니, 나빠서 선택됐을

뿐이야. 내가 장담할 게 여기서 나간다면 너는 후회하게 될 거야. 이번에도 역시 잘못된 선택을 했다고 절규하게 될걸.

"……."

-얌전히 기다리는 게 더 이로울 텐데. 그렇게 생각하지 않아? 다시 한번 실패하게 될 거라고.

"그럴 일은 없어."

-어떤 근거로.

"내가 그렇게 하기로 마음먹었으니까."

-네가 본래 그리던 엔딩에 너는 없을 거야. 네가 꿈꾸던 일상에 너는 없을 거라고 그래도 좋아?

"상관없어."

-지금까지 무서워 숨어 있었던 주제에 지금은 타인의 미래를 위해 희생하겠다는…….

"이제야 내 역할이 뭔지 깨달은 것뿐이야. 나는 나가고 싶다고 분명히 이야기했다. 루시퍼. 그게 계약이었어."

-글쎄 조금만 더 생각해 보는 게 어떨까?

"……."

-후회할 거야.

"이미 충분히 후회했어."

-실패할 거라고.

"네가 절대로 마침표를 찍지 않을 거라는 걸 지금에서야 알았어. 루시퍼."

-누구보다도 끝을 바라고 있는 건 나야.

"아니. 네가 원하는 건 혼란뿐이야."

-이래도 나가고 싶어? 나라면 가능해. 네가 꿈꾸는 미래를 실현시켜 주는 것도 아주 쉬운 일이야.

눈앞에 다시 한번 꿈 같은 현실이 펼쳐진다. 어두운 하늘에는 붉은 노을이 지고 있었고 어느새 해가 떠오르고 있다.

길드원들의 모습이 보인다. 다들 시답지 않은 이야기를 나누며 웃고 있다.

그 자리에는 환하게 웃고 있는 자신 역시 자리해 있었다. 꿈 같은 광경이다. 아주 아름다운 멋진 풍경이었다. 저절로 웃음이 나올 정도로 찬란한 광경이었다.

-네 모습을 봐. 어린애처럼 웃고 있는 모습을 보라고. 네가 꿈꾸던 게 이거야. 네가 가장 큰 가치로 품고 있었던 건 이런 거라고. 아니면 다른 건 어때. 조금 비현실적이기는 하겠지만 더 과거로 가보는 건 어떨까. 그래. 대륙에 떨어지기 전에 만나는 것도 재미있을 거야. 학창 시절을 함께 보내보는 것도 좋을 것 같은데. 그것도 아니라면……

"나는 나가고 싶어. 나를 보내줘 루시퍼. 계약을 이행해."

-……멍청한 놈. 넌 멍청한 인간이야.

천천히 감았던 눈이 떠지는 것 같은 기분이 든다. 아까 꿈 같았던 풍경과는 다른 풍경이 눈에 들어온다.

어둠과 악취로 물든 폐허였다.

천사들의 시체로 가득 메워져 있는 장소는 확실히 아까 봤던 풍경보다 내게 더 익숙하게 느껴진다.

천천히 손을 들어 올려보자 괴물처럼 변한 팔이 눈에 들어왔다. 거대한 뿔 때문인지 머리도 익숙하지 않다. 고여 있는 썩은 물웅덩이에 비친 자신의 모습은 예상하고 있었던 것보다 더 형편없었던 것 같았다. 이제야 현실로 돌아왔다. 그걸 인지할 수 있다.

익숙한 목소리가 들어와 꽂힌 것은 자조적인 웃음을 흘리고 있었을 때였다.

[총 2,124개의 강제 퀘스트가 진행되고 있습니다. 확인하지 않은 강제 퀘스트를 열람합니다.]

[전설 등급의 강제 퀘스트가 생성됩니다.]
[내가 너의 죄를 사하노라. 일어나라 알타누스의 회귀자여. (0/1)]
[퀘스트 클리어 보상 - 미래. (0/1)]

"하하……."

[전설 등급의 강제 퀘스트가 생성됩니다.]
[내가 너의 죄를 사하노라. 제발 내가 바라노니 일어나라 알타누스의 회귀자여. (0/1)]
[퀘스트 클리어 보상 - 미래. (0/1)]

"하하하······ 하······ 흐····· 흐으윽······."

[전설 등급의 강제 퀘스트가 생성됩니다.]
[내가 너의 죄를 사하노라. 일어나라 알타누스의 회귀자여. 그리하면 내가 네게 미래를 선물해 줄 것이다. (0/1)]
[퀘스트 클리어 보상 - 미래. (0/1)]

"흐윽······ 흐으으윽······."

[전설 등급의 강제 퀘스트가 생성됩니다.]
[내가 너의 죄를 사하노라. 일어나라 알타누스의 회귀자여. 그리하면 네가 원하는 것을 선물하겠다. (0/1)]
[퀘스트 클리어 보상 - 미래. (0/1)]

"흐으으윽······. 흐윽······."

[전설 등급의 강제 퀘스트가 생성됩니다.]
[제발. 제발. 일어나라 알타누스의 회귀자여. 그리하면 내가 네게 꿈 같은 미래를 선물해 줄 것이다. (0/1)]
[퀘스트 클리어 보상 - 미래. (0/1)]

"흐으으으으윽······."

[전설 등급의 강제 퀘스트가 생성됩니다.]

[내가 너의 죄를 사하노라. 제발 일어나라 알타누스의 회귀자여. 그리하면 내가 네게 미래를 선물해 줄 것이다. 반드시 네게 미래를 줄 것이다. 내 이름을 걸고 네가 원하는 모든 걸 선물해 줄 것이다. (0/1)]

[퀘스트 클리어 보상 - 미래. (0/1)]

"흐어어어…… 흐윽……."

[전설 등급의 강제 퀘스트가 생성됩니다.]

[일어나. 김현성. 제발…… 죽지 마. 부탁이야. (0/1)]

[퀘스트 클리어 보상 - 미래. (0/1)]

"흐윽…… 흐으으으윽……."

216장
끝으로(1)

깜짝 놀란 것 같은 박덕구의 얼굴이 시야에 비쳐왔다.

여전히 멍청해 보이는 표정을 하고 있다. 기분 나쁜 땀 냄새가 나기는 했지만 용인해 줄 수 있을 정도, 여기까지 정신없이 뛰어오며 전투를 치러왔으니 그럴 만도 하다.

놀란 것은 녀석뿐만이 아니다. 상황실에 있어야 할 내가 신전 한가운데서 발견됐으니 이들의 입장에서 생각해 보면 충분히 당황할 만했다.

몇몇은 대놓고 경계하고 있는 것 같았지만 이내 괜찮다는 듯 고개를 끄덕이는 돼지를 보고서는 크게 안심하는 듯한 모습이었다.

'이거 돼지 새끼라고 불렀다고 소문나는 건 아니겠지?'

나도 모르게 감정적으로 조금 격해졌던 것 같기도 했다.

이지혜 덕분에 이곳에서의 생활이 그리 나쁘게 느껴지지는 않았지만 여러 가지 문제로 스트레스가 쌓였다는 것도 부정할 수 없는 사실이었으니까.

내가 생각해도 감정을 크게 드러낸 것 같았지만 곧바로 점잖은 모습을 보이자 서로를 바라보는 이들의 모습이 시야에 비쳐왔다.

'다들 오랜만에 보네.'

세트나 다름없이 느껴지는 안기모와 김예리. 마지막으로 황정연까지 자리해 있는 모습. 다른 길드원들은 다른 부대에 편입된 것 같았다. 밸런스를 유지해야 했을 테니 어쩔 수 없는 선택이었겠지.

나머지 인원들은 모두 모르는 얼굴들이다. 심지어 얼굴도 본 적이 없는 이들이 대부분, 능력치를 보면 나쁘지는 않아 보였지만 어딘가 하자가 있는 이들이다. 지나치게 체력만 높다든가 지나치게 적은 마력을 가지고 있는 마법사라든가. 내 기준으로는 써먹을 수 있는 이들처럼 보이지 않는다.

'어디서 저 같은 부대원들만 뽑아왔네.'

조금 정상적인 이들로 구성하면 어디가 덧나나 싶기도 했지만 스텟을 볼 수 없는 녀석에게 기대할 수 있는 일은 아니지 않은가.

"형님? 형님? 맞는 거요?"

'그럼 내가 이기영이지, 누구로 보여?'

"부길드마스터가 맞네요."

"들어와 있었으면 들어와 있었다고 미리 이야기를 해주지! 어쩐지 이상하기는 이상했다니까! 언제부터 있었던 거요? 아니, 그것보다 어째서 여기 있었던 거요?"

"설명하자면 길어. 나중에 말해줄게. 일단은 이동하는 게 좋겠다. 마침 나도 할 말이 많으니까 이 주변만 빠르게 벗어나자고."

"아니, 일단 설명을……."

"빨리 가자고."

"알, 알겠소."

"여기 계셨군요. 부길드마스터. 이거 오랜만입니다."

해적왕의 꿈을 이룬 안기모는 이럴 줄 알았다는 반응이다. 조혜진이 철저하게 숨겼다고 한들 뭔가 이상한 점이 있었을 테니…… 눈치가 빠른 녀석이라면 일이 어떻게 돌아가고 있는지 정도는 깨달을 수 있었으리라. 뜬금없이 알프스를 따라가라는 룰을 부여받은 것부터 의심이 됐겠지.

"오랜만."

짧게 인사를 건네는 김예리는 있어도 그만 없어도 그만이라는 듯 손을 들어 올렸지만 얼굴에는 반가움이 묻어나 있다. 당장에라도 달려들고 싶어 하는 표정이었지만 애써 평정심을 유지하려고 하는 게 눈에 보인다.

'좀 솔직해져라. 진짜. 너 정 많은 거 알아. 그렇게 쿨한 척하면 오히려 더 안 쿨해 보여요.'

마지막으로 안심했다는 듯 크게 한숨을 몰아쉬는 신입 길드원 알프스까지.

차마 이쪽에 말을 건네지 못하고 있는 것 같아 인사를 건네는 게 좋을 것 같았다. 쉽게 접근하지 못하는 그녀의 심정도 충분히 이해가 갔으니까.

"고맙습니다."

"네…… 네! 부길드마스터!"

'기합 들어가 있는 모습 좋고요. 자고로 신입은 이래야지. 패기가 있어야 된다니까, 패기가. 근데 사실 그렇게 고맙지는 않아요. 얘들이 반갑기는 반갑고. 솔직히 기분은 좋은데 내 기분이 좋다고 일이 잘 풀리는 건 아니잖녀.'

어쩌자고 여기까지 들어온 건지 묻고 싶기야 하다.

'다른 건 하지 말라고 못을 박아뒀어야 했나?'

가면을 쓰고 만났을 때 다른 말은 하지 말라고 언급이라도 해야 했나 보다. 아니, 저 강아지가 나를 기억했다는 게 조혜진이 이번 작전을 기획한 이유였을지도 모른다.

'다 내 잘못이지 뭐.'

일단은 미소가 지어지니 그것으로 됐다. 내가 모르는 일이 벌어지고 있다는 일이 짜증 나기는 했지만 어차피 지금부터 알게 될 것이다.

살짝 주변을 둘러보자 박덕구가 뽑아온 반쪽짜리들이 내 눈치를 보는 게 느껴지기 시작했다.

'이 새끼들을 어떻게 한다.'

조금 급조되기는 했지만 간단한 방진 정도는 짤 수 있을 것 같다고 느껴진다.

'애들 상태가 별로 좋아 보이지는 않는데.'

든든한 돼지 새끼가 있으니 전투 몇 번 정도는 치를 수 있을 것이다. 막 그렇게 입을 떼 지시 사항을 전달하려고 했던 찰나였다.

"형님은 내 옆에 딱 붙어 있으쇼. 아니, 차라리 내가 들고 달리는 게 낫겠네."

"뭐?"

"모두 움직이라니까!"

'뭐야.'

"위치 잡고 갑시다. 거, 빨리빨리! 그러니까…… 그게…… 스물네 번째. 스물네 번째!"

'뭐가 스물네 번째야?'

궁금증은 빠르게 해소됐다.

'이 돼지 새끼…….'

빠르게 진영을 재정비하는 부대원들의 모습이 시야에 비쳤기 때문이다.

'아니, 시발 이게 뭐야?'

훈련이 잘되어 있다는 건 애초에 알고 있었다. 하지만 지금 박덕구 패밀리가 보여주고 있는 모습은 내가 상상하던 모습보다 더 이상적이다.

'이게 이렇게 된다고?'

기형적인 도형을 모아 끼워 맞춘 정사각형의 퍼즐 같은 느낌이다. 조금 투박하기는 하지만 뭐라고 트집을 잡을 수 없을 정도로 안정적인 모양이 완성됐다.

맨 첫 줄이 아니라 중앙에 박덕구가 자리해 있는 모습, 아마 기본적인 진영은 다를 것이다. 조금 변형된 형태로 만들어진 이 모양은 후방을 최우선적으로 보호하기 위해서 만들어진 것만 같다.

'밸런스가 좋은데.'

전위에 박덕구가 없다는 게 커다란 약점으로 자리할 것 같지만 어떤 의미에서는 더 단단하게 느껴지기도 한다.

마치 거북이 같은 느낌, 목이 언제든지 등껍질 안으로 숨을 수 있을 것 같이 느껴지는 방진에 다른 사람을 보는 눈으로 돼지 새끼를 바라볼 수밖에 없었다.

'너 시바 누구야.'

"형님이 할 수 있으면 나는 더 잘할 수 있다고 말한 건 형님이었소."

'아무리 그래도 시바.'

"전진! 전진!"

부대원들이 움직이기 시작한다. 박덕구는 내 몸을 최대한 방패와 가깝게 붙이며 속도를 내기 시작했다. 말을 할 수 있는 여유가 생긴 것 같은 느낌. 나름대로 편안한 승차감이었다.

"어디로 가는 거야?"

"거, 신전 밖으로 나갈 거요. 그런 작전이었으니까."

"무슨 작전인데?"

"자세한 건 잘 모르겠는데…… 혜진 누님이 찾을 수 있는 걸 찾으면 바깥으로 나오라고 했다는 것 외에는…… 그때는 무슨 소리인지 몰랐는데 지금 보니 그게 형님이었던 것 같더라니까. 형님을 찾고 바깥으로 나가는 게 내 임무라는 거지."

"퇴로는 확보했고?"

"그런 자세한 것까지는 잘 모른다니까. 이번 작전이 완전히 극비였다는 거 아니요. 극비. 아 잠깐 앞에서 전투가 있을 것 같으니까. 그것 끝나고 마저 이야기합시다."

시야가 가려져 제대로 보이지는 않았지만 굳이 망원경으로 보지 않아도 어떤 상황인지 알 수 있을 것 같다.

"거, 움직이쇼! 가만히 있지 말고! 김 양! 거기서 뭐 해! 움직여야지! 어이! 정 씨 아저씨! 힐! 힐! 타이밍 놓치면 안 된다고 몇 번이나 말했는데! 아, 거기 좋다니까! 거기! 에리야! 매혹의 춤! 매혹의 춤!"

'매혹의 춤은 하지 말지. 좀. 그거 정식 기술로 쓰기로 한 거야? 진심으로?'

"지금 딱 느낌 좋다니까! 지금 그대로! 하면 이길 수 있을 거요! 버티고! 버텨줘야지! 거기서 버텨줘야지! 아니! 거기서 그렇게 하면 어떻게 해! 안기모 씨! 좀 메워주쇼! 아아아! 답답해 가지고! 진짜!"

'이 새끼 뭘 알고 하는 거 맞는 거지?'

"정연씨! 보호! 보호! 잘했다! 나이스! 나이스으!!!"

목소리 하나는 우렁차다. 응원도 기가 막히고.

우당탕탕거린다는 느낌은 들었지만 어찌 됐건 뚫어내긴 뚫어낸 모양, 어미 곰이 새끼들 잘 있나 확인하듯 얼굴을 들이미는 박덕구의 모습이 다시 한번 눈에 들어왔다.

"그러니까…… 어디까지 말했는지 기억이 안 나는데……."

"이 멍청한 새끼. 극비…… 시바. 극비. 밖으로 나간다며 퇴로 확보해 놨냐고."

소리를 지르며 등짝 스매시를 날리고 싶었지만 녀석의 부대원들이 들을까 그러기도 힘들다. 조곤조곤 힘 있게 말하니 내가 점점 열이 올라오고 있다는 걸 눈치챈 모양이다.

"그…… 그러니까."

"당황하지 말고 똑바로 이야기해. 시바."

"거, 그…… 자세한 사정은 잘 모르는데. 퇴로는 만들어놓지 않은 거로 알고 있는데…… 솔, 솔직히 나는 잘 몰라서……."

"아니, 어떻게 몰라?"

"일이 어떻게 돌아가는지 알고 있는 건 혜진이 누님을 포함해서 몇몇이 전부요. 아마 그…… 붉은 용병의 용병여왕이나 검은 백조에 박연주 누님. 김미영 팀장님이랑 공화국과 연합, 이종족 쪽에서도 몇…… 모르긴 몰라도 채 10명도 안 되는 것 같더라니까."

"뭐?"

"거, 어디서부터 이야기해야 할지 모르겠는데. 스파이가 있었다는 거 아니요. 밀정이라고 해야 되나. 천사의 탈을 쓴 악마들의 편에 서고 싶어 하는 배신자 놈들이…… 솔직히 어떻게 접선했는지도 모르겠다니까."

조금 양심이 찔려오기는 했다.

'아 그건 이쪽에서 한 거기는 해.'

"이야기가 잘되지 않았던 건지는 모르겠는데…… 지휘부 입장에서도 일이 그렇게 진행되다 보니 그 누구도 믿을 수 없다는 거 아니요. 혜진이 누님이 말하길 부품들을 구해오는 거라고 생각하면 된다고 했소."

"부품?"

"진짜로 부품을 가지고 와서 무슨 물건을 만드는 게 아니라…… 그러니까 뭐라고 해야 되나."

"나도 알아 그냥 표현이 그렇다는 거지."

"아, 바로 그거요. 다들 자기 할 일을 끝내면 알아서 결과물이 나온다는 거지. 그래서 내가 알려주고 싶어도 알려줄 수가 없다니까. 아 그래도 하나 말해줄 수 있는 건 있는데."

"뭔데?"

"이거는 혜진이 누님이 나한테만 말해준 건데."

"응."

"절대로 도망치는 일은 없을 거라고 했다니까."

"……"

'대충 뭔지 알 것 같은데…….'

사실 처음 이야기를 들었을 때는, 기껏해야 퇴로를 확보해 성벽으로 되돌아가는 걸 상상했었다. 하지만 조혜진이 저런 식으로 입을 열었을 정도라면 확실히 지휘부 쪽에서 생각해 놓은 게 있다.

'어떻게 싸우려고 그래?'

부품이라는 게 뭐지? 이기기 위해 필요한 재료가 뭐야? 텔레포트로 도망치는 것도 불가능하다. 그게 불가능했기 때문에 방주를 통해 이곳으로 오지 않았던가.

'제어 장치?'

마력을 억누르는 제어 장치를 손본다면 텔레포트로 도망치는 게 가능할지 모르겠지만 병력들은 이미 뿔뿔이 흩어져 있다. 이미 배수의 진을 치고 있다는 거다. 박덕구의 말대로 후퇴한다는 선택지는 없다.

'도망쳐야 하는데.'

카스가노 유노가 봤던 엔딩 장면에서는 틀림없이 성벽이 자리해 있었다. 김현성 배때기 엔딩을 실현시키기 위해서는 본래 있었던 장소로 되돌아가는 것이 옳다. 무슨 방법이 됐든 여기서 죽을 때까지 싸우는 것은 엔딩으로 향하는 방법이 아니다.

'아. 이거 조금 꼬인 거 아닌가.'

라는 생각으로 허벅지를 두드렸을 때 불현듯 떠오르는 것은 김현성의 목소리.

'1회차의 하얀 씨는 교국 전체를 옮겼었습니다.'
'대륙의 지도를 바꾼 거라고 말씀드리면 이해하기 편하시겠군요.'

"어……."

머리로 망치를 얻어맞은 듯한 기분. 내가 엔딩 장소로 향할 수 없다면 그곳을 이곳으로 불러오면 된다.

"하…… 하하, 시발……. 시발! 푸흐…… 푸하하하하!"

드디어 알 것 같다.

"키야…… 기가 막히네."

조혜진은 북부의 성벽 전체를 신전 앞으로 옮겨올 생각이다.

'우리 혜진이 진짜 이 갈았네. 와, 왜 요걸 생각 못 했을까.'

너무 현실성이 없었기 때문에 아예 고려하지 않았을지도 모른다. 정하얀이 이걸 가능하게 하냐 역시 중요한 쟁점 중 하나였으니까.

'불가능할 게 뭐가 있겠어?'

정하얀은 이미 중력을 북부 전체에 떨어뜨린 이력이 있다. 방법은 다르다고 한들, 그녀가 상식을 벗어난 마법사라는 것에는 변함이 없다.

물론 중력 떨구기 마법학과를 나온 마법사가 순간 이동 마법학과의 권위자가 될 수는 없겠지만 한소라의 신체 일부를 손에 쥔 정하얀에게 그런 구분이 필요할 리가 없다. 전공에 관계없이 정하얀은 마법이라는 커다란 학문에 능통해 있었으니까.

이게 가능하냐고 묻는 것보다 불가능한 게 뭔지 물어보는 게 빠를지도 모른다. 연구할 수 있는 시간만 충분하다면 우리 대마법사는 언제든지 결과를 만들어준다. 마력을 회복하는 동안 가만히 있었던 게 아니었다. 정하얀 역시 이를 갈고 있었다는 거다.

조혜진과 어떻게 커뮤니케이션을 할 수 있었는지에 대해 조금 의아하기는 했지만 이 둘이 합의점을 찾았다는 사실 또한 전혀 어색하게 느껴지지 않았다. 애초에 조혜진도 제정신이 아니었을 테니까. 이 미친 작전을 기획한 것은 정하얀이 아니다.

'참 의외기는 해.'

내가 아는 조혜진은 신중하고 안정 지향적이었다. 사실 성격 이전에 이런 종류의 작전에 조혜진은 절대로 주사위를 던지지 않는다. 체스를 둘 때도 그런 성향이 두드러진다.

조혜진이 모 아니면 도의 심정으로 주사위를 던질 때는 항상…….

'최후의 최후의 최후였으니까.'

그녀가 느끼기에는 현재의 상황이 최악처럼 비쳤을지도 모르겠다. 본인의 입장에서도 결단을 내릴 수밖에 없다고 생각했겠지. 김미영 팀장이나 전략기획실, 위원회 본부의 중역들과 함께 계획을 구체화시켰겠지만…… 행동한 것만으로도 충분히 대단하다고 느껴진다. 그만큼 이번 작전의 성공 가능성을 높게 쳤다.

이 말도 안 되는 작전에 최소한의 개연성을 부여해 주는 것은 아마…….

"내가 이걸 알아주길 기다리고 있었던 거지."

목적은 이기영의 구출만이 아니다. 이기영 역시 작전을 성공시킬 부품이다. 이 계획을 끌고 갈 만한 필수 요소로 규정한 것이다.

단 하나라도 어긋나면 모든 게 무너질 수 있을 정도로 위험한 도박에 다른 사람도 아니라 조혜진이 주사위를 던졌다는 게 신기하게 느껴졌다.

"뭐, 뭐 눈치챈 거요? 아니면 역시 이야기가 되어 있었던 거요?"

"덕구야."

"?"

"혜진이가 나한테 넘기라고 한 거 없어? 밀봉해 놓은 거라든지, 뭐 편지 같은 거라든지 그런 거 없냐고."

"아…… 내 정신 좀 봐. 아!"

'이 새끼 진짜. 시바, 내가 이거 눈치 못 깠으면 어떻게 하려고 했어?'

"아니, 근데 이거 혜진이 누님이 절대로 열지 말라고 했었는데."

"나 주라고 한 거야."

"절대로 열지 말라고 했었는데."

"절대로 열지 말라고 한 걸 왜 줬겠어? 빨리."

"무슨 상황이 와도 열지 말라고 했단 말이요. 얼마나 신신당부를 했는지 그때 그 표정이 아직도 잊히지 않는다니까."

"아니, 시바. 잡소리 하지 말고 빨리 내놓으라고!"

"알, 알겠……."

품 안에서 무언가 뒤적뒤적거리는 모습이 눈에 보인다.

녀석의 주머니 안에서 나온 것은 다름 아닌 여신의 손거울.

'시바, 생각대로 딱딱 되네.'

조금 전까지 짜증 났던 감정이 그대로 사그라지는 느낌. 초조하고 불안한 감정이 많이 희석되고 있는 게 느껴졌다.

일이 어떻게 진행되고 있는지 이해할 수 있다는 것 하나만으로 기분이 좋아지는 걸 보면 지혜 누나의 말이 맞다는 것을 인정할 수밖에 없었다. 심각한 정도는 아니지만 그런 성향을 가지고 있는 것은 분명하리라.

문제는 신전 안에 있는 신성이 여신의 손거울의 전파를 방해하고 있다는 것 정도가 아닐까.

다음으로 필요한 부품이 무엇인지 역시 곧바로 이해할 수 있다.

'이 새끼들 이거 제정신 아니네.'

컨트롤 타워도 없이 일을 해결하려고 했어?

완전히 막혀 있는 것은 아니다. 근접한 거리라면 연결이 될 수도 있겠지만 일정 거리 이상의 장소에서는 여신의 손거울이 듣지 않고 있는 상황, 다른 부대가 가져올 부품은 컨트롤 타워를 세우는 것이라고 생각했다.

'이야기가 달라지기는 했지.'

이기영은 멀리 바라볼 수 있는 빛의 눈을 가지고 있었고, 아무에게나 메시지를 날릴 수 있는 빛의 목소리를 가지고 있으니까.

하지만 조혜진이 원하는 건 이런 종류의 컨트롤 타워가 아닐 거라고 생각했다. 말 그대로 부대와 부대 간의 커뮤니케이션을 원활하게 하기 위한 장치다.

이걸 가능하게 하는 건 아마도…….

'막 사원, 아니, 아들. 와 있었어?'

신전 안에 뿔뿔이 흩어져 있는 부대 중 하나에 균열 박물관 5등급 관리자 막스가 포함되어 있다.

"덕구야."

"왜 부르쇼? 아직 가려면 한참 남은 것 같은데……."

"막스는 어느 쪽으로 갔어?"

"……."

"막스는 어느 쪽으로 갔냐고."

"막스가 여기 와 있는지 형님이 어떻게 아는 거요?"

"알 만하니까 알지. 새로운 더미를 만들어서 보낸 건가? 본체를 보내지는 않았을 것 같은데. 누구랑 갔어? 희라 누나야? 아니면 검은 백조? 그것도 아니면 공화국 쪽의 길드? 왕국 연합?"

"잘, 잘 기억은 안 나는데 아마 우정 클랜, 아니, 우정 길드였을 거요."

"뭐?"

"우정 길드라니까."

"그게…… 시바 어디에 붙어 있는 길든데?"

"형님도 알고 있는 거 아니었소?"

"내가 그런 코딱지만 한 길드를 일일이 어떻게 기억해?"

"기억나지 않는 거요?"

"뭐가?"

"거, 옛날에 형님이 여장하고 나서 균열 박물관 체험하러 갔을 때 형님이랑 같이 다니던 사람들 말이요."

'여장한 거 아니야. 시바. 진짜로 변했던 거라고.'

"다 린넬 출신이요. 이철우, 국민지, 다른 사람들은 이름이 기억이 안 나는데 아무튼 그때……."

"……."

"정말 기억 안 나는 거요?"

"아니. 기억나."

하지만 표정이 구겨진다.

'시바. 뭐야. 시바. 우정 길드?'

머릿속에서 답이 없었던 놈들의 모습이 떠올랐기 때문이다. 인성 때문이 아니다.

'그놈들이 이 작전에 참가할 깜냥은 돼?'

대륙에서 내로라하던 이들로만 꾸려진 길드 안에 녀석들이 포함되어 있다는 것 자체가 어처구니가 없어 말도 제대로 나오지 않는다. 아무리 더미라고는 하지만 남의 소중한 아들내미를 그런 놈들에게 맡겼다는 것 자체가 아이러니하다.

'제정신인 거야? 시바, 제정신인 거냐고. 완전히 버러지들이었잖아. 답도 없는 놈들이었다고.'

박덕구가 뭔가 잘못 알고 있었으면 좋겠다는 생각마저 드는 상황, 급한 마음에 허겁지겁 망원경을 돌려봤지만 이미 기억에서 흐릿해진 놈들의 얼굴이 눈에 들어오지 않는다.

"최근 몇 년 사이에 엄청난 성장을 이룩한 길드요. 원래는 클랜이었는데 무슨 심경의 변화라도 생겼는지 내가 다 깜짝 놀랄 정도로 올라왔다니까. 이번 작전에 참가하기 위해서인지는 모르겠지만 기량이 엄청나게 성장한 것 같은 느낌이었소.

혜진이 누님도 그래서 별말 없이 작전을 맡긴 거고. 뭐 거기서 무슨 일을 하는지 나는 모르지만…… 아마도…….”

일단 라파엘에게 메시지를 보내놓자 혹시 무슨 일이 생길 수도 있으니까.

계속해서 이동하며 한참이나 신전을 돌아봤을까. 드디어 익숙한 인영들이 시야에 들어오기 시작했다. 다른 놈들은 누가 누군지 알 수 없었지만 놈들 사이에 껴 있는 막 아들은 확실하게 눈에 들어온다. 굳은 얼굴 표정. 작고 여린 몸으로 웬 정체모를 놈의 손을 꼭 잡고 있는 게 보였다.

마음의 눈으로 놈을 확인하니 그제야 놈이 누군지 알 것 같다.

‘이철우? 맞잖아. 시바.’

스멀스멀 잃어버린 기억들이 돌아오는 것 같은 느낌. 제발 아니었으면 했지만 나와 같이 균열 박물관을 다녀온 파티가 맞는 모양이다. 괜스레 욕을 내뱉으며 다시금 놈들을 천천히 확인했을 때였다.

“어?”

조금, 아니, 아주 많이 달라진 놈들의 모습이 시야에 비치기 시작한 것.

‘뭐야 이 새끼들…… 아이템 왜 이렇게 좋아?’

기본적인 스텟의 성장은 고개를 끄덕여 줄 만한 수준이기는 했다. 아니, 솔직히 말하면 녀석들로서는 이룩할 수 없었던 성장치다.

하지만 그것보다 더 눈에 들어온 것은 삐까뻔쩍한 놈들의 모습이었다.

'뭐야. 시바, 왜 이렇게 좋은 건데. 저게 다 얼마짜리야?'

클랜이 해체될 거라고 생각했던 내 판단과는 다르게 놈들은 오히려 더 똘똘 뭉쳐 있는 것 같다. 이철우와 국민지뿐만이 아니다. 당시에 함께 균열 박물관 나들이를 나갔던 이들 역시 온몸이 고급 아이템으로 도배되어 있었고 새로 들어온 길드원들의 몸 곳곳에서도 빛이 나고 있다.

그중 한 놈은 아예 머리부터 발끝까지 황금색으로 도배가 되어 있는 모습이다.

'뭐야…… 이 새끼들 이거 로또라도 맞았어?'

로또라도 맞은 게 아니라면 저런 겉모습이 설명되지 않는다. 말 그대로 온몸을 고등급 아이템으로 도배해 놨으니까.

클랜에 여유 자금이 많아지니 다른 유명 모험가들을 영입했을 테고 압도적인 자금력을 바탕으로 클랜을 길드로 성장시킨 것이 아닐까.

아니나 다를까 길드의 창립 멤버보다 수준이 높아 보이는 길드원들이 눈에 보인다. 심지어 그중에서는 나와 김현성이 비밀리에 지원하고 있던 1회차의 영웅들도 포함되어 있다.

돈이 좋아 온 놈들도 있겠지만 1회차의 영웅들은 돈으로만 움직이지 않는 녀석들이다. 우정 길드의 대외적인 평판이 생각보다 나쁘지 않다는 걸 금방 깨달을 수 있었다.

천사들과 전투를 하는 모습 역시 상당하다. 금방 무너질 거라고 생각했던 내 생각을 고쳐주겠다는 듯 유기적으로 움직이고 있는 놈들의 눈에는 절대로 질 수 없다는 투지가 서려 있다.

'와, 시바 이게 이렇게 되네.'

누군가 말하지 않았던가. 착하게 세상을 살아가다 보면 언젠가는 그 보상을 받게 되어 있다고.

'저 스노우 볼이 이렇게 굴러 왔다고?'

의미 없는 행동이었을 수도 있다. 예전의 작은 파티에게 베풀었던 온정이 이렇게 돌아올 줄이야 누가 알았을까.

힘들었던 파티에게 내밀었던 따뜻한 손길. 그때의 작은 손길을 기억하는 녀석들은 어느새 상상도 할 수 없을 정도로 성장해 커다란 중책을 맡고 있었다. 대륙에 없어서는 안 될 당당한 한 사람의 모험가로 자리해 있다.

감동적인 순간에 울컥하기는 했지만 이 자리에 와준 녀석들을 위해서라도 눈물을 흘려서는 안 된다고 생각했다. 울지 마. 이기영. 여기까지 와준 영웅들에게 실례니까.

-철우 오빠!

-알고 있다. 민지야. 막스 님 괜찮으십니까? 이 주변은……

-조금 더 들어가야 합니다. 아직 정확한 위치를 찾을 수가 없어요. 이 근방 어디에 있다는 건 확실한 것 같지만……

'우리 아들 근엄한 척하네.'

곧바로 퀘스트를 생성해 위치를 보내주는 게 좋을 것 같다. 어느 방향으로 가려고 하는지 대충 알 것 같았으니까.

예상대로 근심 어린 표정을 하고 있는 막 아들의 얼굴이 환해지기까지는 얼마 걸리지 않는다.

-아버지예요.

'응. 아빠라고 불러야지.'

서둘러 몸을 움직이던 영웅들이 첫 번째 제어실로 들이닥치는 것은 순식간, 막스가 신전 안에 통신 타워를 설치하고 있는 모습이 눈에 보인 직후에는 곧바로 여신의 손거울에 접속할 수 있었다.

그리고, 기다렸다는 듯 익숙한 목소리가 들려오기 시작했다.

-기다렸습니다. 부길드마스터. 김미영 팀장입니다.

다른 목소리도 말이다.

-기영 씨?

"……"

"무슨 기분 좋은 일이라도 있는 거요? 뭐 성공하기는 한 거요? 아니, 정말로 뭐가 있기는 있었던 거요?"

'일어났구나. 이 새끼.'

-기영 씨. 들리십니까?

'그래, 시바 들린다.'

-저, 저 김현성입니다.

'자기소개 안 해도 알아요.'

-김현성입니다.

'두 번 말 안 해도 알아요.'

멍하니 전방을 쳐다보고 있었던 것도 잠시.

입꼬리가 자연스럽게 올라가기 시작했다. 너무 예상하지 못한 일이라 다른 반응을 보내기가 힘들다.

괜스레 주먹을 꽉 쥔 것도 무리가 아닌 상황이었다. 구태여 보지 않으려고 했지만 저절로 고개를 돌리게 된다.

망원경 안에 비치는 것은 폐허에 혼자 남아 있는 김현성. 겉모습은 크게 변하지 않았다. 여전히 거대한 뿔을 머리 위에 달고 있는 상태였고, 온몸이 검은색의 무언가로 뒤덮여 있다. 검은색 마력을 가지고 있는 것 또한 여전했다.

차이점은 녀석의 얼굴이 드러나 있었다는 것 하나였지만…….

'얼굴 하나로 이렇게 달라지네.'

괴물 같았던 모습이 간지나게 흑화한 주인공의 모습으로 변모해 있었다.

'내가, 시바, 뿔 잘 어울릴 줄 알았자너.'

얼굴에 맞게 체형도 본래대로 돌아온 걸 보니 멋을 아시는 분이 저 형태를 디자인한 것은 아닐까 싶을 정도였다.

얼마나 울었는지 눈이 붉어진 모습, 아니, 심지어 지금도 눈에 눈물이 맺혀 있었다.

'그래. 다시 살아나니 얼마나 감격스럽겠어.'

여신의 손거울을 손에 꽉 쥐고 필사적으로 입을 열고 있는 모양새는 살짝 한심하게 느껴진다. 허둥지둥대는 걸 보니 본인이 뭔가를 잘못 누른 게 아닌가 생각하고 있는 모양이다.

-제기랄. 이거…… 왜 안 되는 거야?

하는 목소리도 들려온다.

'아니야, 되고 있는 거 맞아.'

"네. 들립니다. 현성 씨."

"현성이 형씨 일어난 거요? 진짜로? 정신을 차린 거요? 크으…… 거 모든 게 잘 되고 있구만."

맞아. 근데 얘는 어떻게 정신을 차린 거야?

이렇게 혼자서 본래대로 되돌아올 줄은 상상도 하지 못했다. 김현성의 이성을 깨우는 깜짝 이벤트라도 구상해야 하나 싶을 만큼 둠둠현성은 완전히 이성을 잃고 있었다.

'뭐 시간제한이라도 있었던 건가? 아니면…… 뭐 각성 비스무리한 거라도 한 거야? 전형적인 주인공 성장 클리셰잖나. 흑화한 이후에 제정신 차리고 내면적으로, 정신적으로 성숙해지는 거.'

모르긴 몰라도 김현성도 한 계단 더 올라갈 수 있지 않을까 싶다.

솔직히 나로서도 환영할 만한 부분이다. 혹시 둠둠현성이 배때기를 찌르는 게 아닐까 걱정한 것도 사실이었으니까.

이성을 잃은 놈이 살살 찔러줄 리가 있겠는가. 그나마 이성을 되찾은 상태라도 되야 나를 배려해 줄 것이라는 건 너무나도 당연한 이야기가 아닌가. 물론 이미 배신당하고 분노하고 정신없는 마당에 배려고 뭐고 없을 것 같기는 했지만 기왕이면 이성이 있는 편이 더 좋다.

시간이 지나면 지날수록 점점 입꼬리가 올라가는 것 같은 느낌.

목소리는 계속해서 들려오고 있다. 사소한 문제가 있다면 이 채널이 지휘부와 연결된 채널이라는 것. 개인 손거울을 가지고 있지 않으니 연락이 닿지 않아 허겁지겁 이 채널로 들어온 것 같았다. 김현성의 손거울이야 그 정도 권한은 가지고 있으니 말이다.

'뭐 상관은 없기는 한데……'

지휘부라고 해도 채널에 들어와 있는 건 김미영 팀장을 포함해 몇몇이 전부였으니까.

-기영 씨? 기영 씨 맞습니까?

'그럼 내가 이기영이 아니면 누가 이기영이여.'

"네."

-무사하셨군요. 정말로…… 정말로 다행입니다.

"저는 괜찮습니다. 그나저나 현성 씨는……."

-죄송…… 흐으윽…… 죄송합니다.

'아니, 시바 울지마. 다른 애들 듣자너. 위엄 있는 모습 보여줘야지. 강한 모습. 시바. 정신적으로 성장한 모습. 시바.'

-제가…… 정말로 죄송합니다. 이번에도 일을 망쳐서…… 도망치고 숨어서 죄송합니다.

"사과하지 않으셔도 됩니다. 일어나신 것만으로도 충분히 안심했습니다."

-힘들게 만들어서 정말로 죄송합니다. 힘이, 도움이 되지 못해서 정말로…… 죄송합니다. 짐을 덜어드리지 못해 죄송합니다. 저, 저는 계속해서 숨어 있었습니다. 현실로부터 도망치고 제 앞에 있는 것을 외면해 왔던 것 같습니다. 함께 짐을 들어드린다 말한 주제에 계속해서 문제를 회피하고만 있었습니다.

결국에는 아무것도…… 아무것도 한 게 없었던 것 같습니다.

'아니, 알았으니까 그만 좀 해. 얘들이 듣고 있잖아. 원래 지휘 채널에서는 사담 금지예요.'

"하…… 하하……."

본인이 어떻게 힘든 상황을 이겨냈는지 말하고 싶은 저 심정은 이해하지만 멋쩍은 웃음을 보내는 것 외에는 어떻게 반응해야 할지 모르겠다.

-저는 제 스스로의 힘으로 일어났다고 생각했지만 아마도 저를 깨운 것은 기영 씨가 보내준 메시지였을 겁니다.

'아 시바…… 나가고 싶다. 채널 뜨고 싶다.'

지금 나가면 1분 뒤에 이제 지휘는 누가 해줍니까? 묻는 목소리가 들려오겠지.

눈치가 있으면 5분 후에 들어와도 상관없을 것 같았는데 김미영 팀장을 비롯해 컨트롤 타워에 들어와 있는 이들은 나갈 생각도 하지 않는다. 조용히 이쪽 대화를 듣고 있는 것 같아 괜스레 신경 쓰인다.

김현성 이 새끼는 정신이라도 나갔는지 계속해서 지 할 말만 이어가고 있었다. 이 정도면 다른 종류의 빌런이다.

-네. 죽지 말라고, 일어나 달라고 말씀해 주신 메시지 말입니다. 정말로 감사합니다. 정말…… 감사합니다.

"하하…… 네…… 네. 당연히…… 네…… 아무튼 일어나 주셔서 다행입니다."

-그리고.

'아니, 시바 그만 좀 해. 진짜. 1절만 하라고.'

가만히 듣고 있으면 2절 3절까지 할 것 같은 느낌, 감격에 찬 녀석의 말을 잘라내기는 싫었지만 일단은 빠르게 말을 이어야 했다.

"밀린 이야기는 나중에 하는 게 좋을 것 같습니다. 저희 눈앞에 닥친 일들도 있고 여긴 개인 채널이 아니니까요."

끊어줄 때는 확실하게 끊어줘야지.

-아…… 네.

조금 풀이 죽은 목소리였지만 뭐 본인이 잘못했다는 것 정도는 인지하고 있겠지.

"이렇게 깨어나 주셔서 얼마나 다행인지 모릅니다."

-아니요. 제가…… 한 일은…….

'아, 애 또 말 길어지네.'

"조금 후에 봅시다."

-아…… 네.

"김미영 팀장님?"

-네, 부길드마스터. 김미영 팀장입니다. 길드마스터, 무사히 생환하신 것을 축하드립니다.

-네…… 팀장님 오랜만입니다.

-두 분이서 조금 더 오래 대화하셨으면 했지만 상황이 여의치 않아서…….

"아니요. 이해합니다. 그리고 이 채널은 사담을 하라고 만들어놓은 채널이 아니니까요."

'내가 한 말 들었지?'

-…….

'이제 실수한 거 깨달았죠? 이제 막 깨어나서 정신 없었죠?'

망원경으로도 후회하고 있는 것 같은 김현성이 비친다.

-지금 가겠습니다.

"굳이 오실 필요 없습니다. 현성 씨는 오지 말고 성벽에서 대기하세요. 어차피 근처에 계실 테니."

-네?

"전투에 참여하지 말라고 말하는 것이 아닙니다. 성벽을 이쪽으로 불러올 거예요."

-아…….

-알고 계셨군요. 부길드마스터.

"네. 확신할 수는 없었지만 대충은 알 수 있었습니다. 이렇게 막무가내로 들어올 거라고는 생각하지 못했으니까요. 무엇보다 혜진 씨가 이렇게 과감한 결단을 내릴 거라고는…….'

-많이 힘들어하셨습니다.

애도 알 수 있을 정도면 진짜 힘들어하긴 했나 보네.

그 힘든 상황에 영혼 약탈자 도미니온스랑 드잡이질을 하고 있다는 걸 떠올리자 다시금 이지혜의 인성에 의심이 가기 시작한다.

"필요로 하시는 데이터는 지금 보내 드릴 수 있도록 하겠습니다. 일단은…….'

-네.

"신전의 대략적인 지도부터 보내 드리는 게 맞겠네요. 위치가 정확한 것은 아닙니다만 제어실, 혹은 제어실로 추측되는 장소는 따로 표시를 해서 보내 드리겠습니다. 신전에 계속해서 신성을 공급하는 장소를 차단하면……."

-네.

"저도 모든 장소를 가본 것은 아닌 터라 몇몇 장소는 확인이 불확실할 가능성이 큽니다. 추가로 현재 병력들이 있는 위치도 전송해 드릴 수 있도록 하겠습니다. 김미영 팀장님께서 관리해 주세요. 성벽에서의 준비는 어떻게 되고 있나요?"

"이 신전 지도를 다 외운 거요?"

'박덕구 이 새끼는 내가 튜토리얼 던전에서 길 외운 것도 기억 못 하지.'

튜토리얼 던전 때처럼 화살표로 위치를 표시할 수는 없었지만 오랜 시간 동안 빨빨거리며 돌아다니다 보면 기억에 남는 게 있는 법이다. 물론 지도를 만들어놓을 수는 없었지만 머릿속에는 대략적인 정보가 들어가 있다.

-확인했습니다. 부길드마스터.

"성벽의 상황은 어떻습니까?"

-이미 전투에 들어갈 준비를 마쳤습니다. 혹시나 작전이 실패할 경우를 대비해…….

'보험도 들어놓은 건가?'

여러 가지로 준비가 참 많이 되어 있다는 사실에 기분이 좋을 수밖에 없었다.

-지금 신전 안에 들어가 있는 각 부대에게 신전의 지도를 전송했습니다.

'응, 나도 보고 있어.'

갑작스레 움직임이 달라진 이들의 모습이 망원경에 들어온다. 컨트롤 타워에게 계속해서 데이터를 받고 있는 것이다.

공화국에 새로운 대장군들도 연합의 강자들도 쉴새 없이 움직이고 있다. 현장에 나와 있는 야전 지휘관들은 끊임없이 여신의 거울을 두드리는 걸 보니 갑작스럽게 얻은 새로운 정보를 처리하는 데 정신이 없는 모양. 박덕구 역시 정신없이 달리기 시작한다.

알프스가 이끌고 있는 이 부대는 굳이 이런 종류의 데이터가 필요 없겠지만 없는 것보다는 있는 것이 낫다. 실시간으로 병력이 움직이고 있는 것까지 표시해 주고 있으니까.

망원경을 조금 더 위로 올리자 신전의 곳곳이 눈에 들어온다. 오랜만에 눈과 머리가 지끈거릴 정도로 집중하고 있다.

아마 바쁜 것은 나뿐만이 아닐 것이다. 컨트롤 타워에서도 계속해서 내가 보내는 정보를 처리하느라 정신이 없을 거라고 생각했다.

전장은 시시각각으로 변하고 있었고 이들은 야전 지휘관들에게 제대로 된 정보를 전달하기 위해 데이터를 수치화해야 했으니까.

모든 게 실시간으로 이루어지고 있었다. 망원경으로 보지는 않았지만 컨트롤 타워의 모습이 어떨지 상상이 된다. 수백

개가 넘는 여신의 거울 앞에 사람들이 따닥따닥 붙어서 계속해서 허공을 두드리고 있지 않을까.

"덕구야. 여신의 거울 몇 개 더 줘봐. 네 거라도 내놔."

"알, 알겠다니까."

나라도 계속해서 힘을 보태는 것이 맞다. 마력으로 몇몇 개의 손거울을 띄운 이후에는 정신없이 손가락을 두드린다.

임무를 마친 우정 길드는 다른 병력과 합류하기 위한 동선을 잡아준다. 미리 보낸 라파엘이 녀석들을 이끌고 이동하는 게 시야에 비친다. 1회차의 영웅들 역시 마찬가지다. 녀석들은 벌써 두 번째 제어실에 들이닥쳤다.

적 병력에 포위되기는 했지만 주변에 녀석들을 도울 수 있는 병력이 있다. 규모가 작은 놈들이라고 할 수 있는 게 없는 것은 아니다. 다소 능력치가 떨어지는 이들은 전투를 회피하면서 이동하며 신전에 눈들을 설치하고 있다.

어두웠던 맵이 점점 밝혀지고 여신의 손거울에도 점점 더 많은 데이터가 들어온다.

비둘기들이 당황하는 것이 눈에 보인다. 이런 종류의 전투에서 컨트롤 타워 유무의 차이가 드러나는 것이다.

'아. 너네 대가리는 뭐 하고 있냐고? 아직까지 신나게 싸우고 있을걸.'

아직 시간이 그렇게 많이 지나지는 않았을 테니까 이따가 확인해 봐야지. 아, 짜투리 시간에 확인해 봐야 할 것도 있지.

카스가노 유노에게 개인 메시지를 보내자 곧바로 손거울이

울렸다.

[네. 미래는 바뀌지 않았습니다.]

'아, 마취 물약 좀 먹어둬야겠네. 눈물 콧물 한번 뺄 준비도 해주고.'

김현성이 이기영의 배때기를 찌를 시간이 다가오고 있었다.

'저는 케루빔 님이 변하지 않았으면 합니다.'

'무슨 말을 하고 싶은 거지?'

'굳이 변할 필요가 없다고 말씀드리고 있는 겁니다.'

'나는 네 조언 따위는 필요 없다.'

'조언이라고 할 정도로 대단한 걸 말씀드린 것은 아닙니다. 받아들이라고 강요를 드리는 것도 아니니 한 귀로 듣고 한 귀로 흘리셔도 됩니다. 원래 제 말이 다 그렇지 않습니까.'

'…….'

'많이들 변하신 것 같더군요.'

'우리는 변하지 않는다.'

'아니요. 쓰로누스 님도, 도미니온스 님도, 세라핌 님도 변하셨습니다. 어째서인지는 모르겠습니다만 모두 조금씩 달라지셨습니다. 아마긴 전쟁 때문일 겁니다. 외부에서 영향을 받았을 수도 있고…… 가까운 곳에서 영향을 받고 있을 수도 있고…… 어쩌면 인간들의 생과 사를 직접 들여다봤기 때문일지도 모르겠습니다. 네. 그럴 만도 합니다. 그들은 아름답지요.'

'……'

'그들은 눈이 부십니다. 그들이 가지고 있는 가능성, 그리고 그들의 유한한 삶과 그들의 욕구는 모두 아름다운 것들입니다. 아마 다른 분들도 같은 걸 느끼셨을 겁니다. 보통 자신들과 다른 걸 동경하게 마련이니까요. 케루빔 님 역시 마찬가지일 거라고 생각했었습니다. 아닌 척해도 속으로는 그들의 불완전함을 동경하고 계실 거라고 말입니다.'

'들을 가치도 없는 소리로군. 그런 말을 하고 싶은 거라면 지금 당장 내 눈앞에서 사라져라. 네 개소리에 일일이 대응해 줄 생각은 없다.'

'다들 그런 생각을 하고 계실지도 모르겠습니다. 인간과 닮고 싶다고. 최소한 케루빔 님은 아니더라도 아마 다른 분들은 그런 생각을 하고 계실 겁니다.'

'아니, 우리들은……'

'제 말이 틀릴까요?'

기억을 더듬어보면 그때는 그 인간의 말이 맞을지도 모른다고 생각했었다. 당시에 잠깐 말을 멈춘 것은 아마 정곡을 찔린 것 같은 느낌이 들어서였을 것이다.

세라핌은 어느 순간부터 인간들의 행동을, 아니, 정확히 말하면 저 인간의 행동을 따라 하기 시작했고 도미니온스는 그들의 문화에 관심을 가지기 시작했다. 닥치는 대로 서적을 읽거나 그들의 삶을 들여다보는 것은 이미 도미니온스의 하루 일과였다.

쓰로누스도 다르지 않았다. 녀석은 인간들의 무구와 인간들의 검, 그들의 물건이나 그들의 전투 방식을 흡수하기 시작했다. 본래 가장 신체가 약했던 쓰로누스가 자신과 검을 부딪치게 됐을 때는 얼마나 놀랐는지 모른다.

변화였다. 분명히 변화였다. 헤아릴 수 없는 오랜 시간을 함께 지낸 우리였지만 그렇게 급격한 변화를 본 적도 느껴본 적도 없었다. 변화는 갑작스러웠고 또 급진적이기도 했으며 또 빛나 보이기도 했다.

어쩌면 그의 말이 맞을지도 모르겠다. 나 역시 변하고 싶었다는 것은 부정할 수 없었으니까. 아니, 어쩌면 이미 변했을지도 모른다.

"유대."

유대감. 인간들을 서로 연결시켜 주고 있는 이상한 끈. 그 끈에 대해서 관심을 가졌을 때부터 이미 달라진 것일지도 모른다.

이를테면 가면을 쓴 두 사람이 서로에게 가지고 있었던 감정, 이를테면 전장에서 등을 맞댄 인간들이 느끼는 감정일 것이다. 죽어갈 때 서로의 손을 부여잡거나 동료를 지키기 위해 대신 삶의 끝을 택하거나 위험하다는 걸 알면서도 사랑하는 이를 위해 사지로 들어가는 그들의 무모함은 모두 유대감에서 비롯된 것이라고 느껴졌다.

쓰로누스 역시 그에게 유대감을 느끼고 있을지도 모른다. 어쩌면 그 끈에 대해서 깨달은 것은 우리 중 쓰로누스뿐일지도 모른다고 생각했다.

우리들은 그걸 가지고 있는 것일까. 스스로에게 질문을 던져봤지만 쉽게 답을 내릴 수는 없었다. 말 그대로 우리들은 함께 태어나고 함께 존재하게 됐을 뿐이다. 서로를 위해 생의 끝을 걸지도 않고 감정도 교류하지 않는다. 의견에 대한 찬반과 그것에 대한 대립이 있고 집단을 형성하기는 하지만 인간들과는 다르다고 느껴진다.

정확히 정의를 내릴 수는 없었지만 유대감이라는 감정으로 인해 움직이는 게 아니라고 생각했다.

세라핌, 쓰로누스, 도미니온스. 그리고 나.

"우리는…… 우리는 연결되어 있었을까. 연결된 적이 있었을까."

'글쎄요. 저도 뭐라고 답을 드릴 수가 없을 것 같습니다. 하지만 한 가지 확실한 것은 케루빔 님께서는 변하지 않았어야 한다는 겁니다.'

"그…… 입 다물어라."

'중심을 지켜야 하는 이도 필요합니다. 상위의 존재라면 응당 그래야지요. 아시다시피 인간들은 불완전합니다. 그들을 관리해야 하는 것은 필연적으로 비인간적이어야 합니다. 어째서 대륙이 이렇게 망가졌는지에 대해 떠올려 보세요. 케루빔님. 이미 알고 계시지 않습니까. 대륙이 망가진 것은 인격신이 존재하고 군림하고 있기 때문이에요. 현재 차원들에 잘못 끼워진 첫 단추가 바로 그겁니다.'

"……."

'인격신이 이 대륙을 관리하고 있기 때문이라 이 말입니다. 그들은 자신이 가지고 있는 감정에서 자유로울 수 없습니다. 그들은 인간을 동정하고, 아끼고 심지어는 사랑하기까지 합니다. 말이 되지 않는 소리 아닙니까? 관찰자로서 자리해야 할 신들이 인격을 가지고 있다니요. 하핫. 인격신들이 항상 필멸자들의 삶에 관여해 왔어요.'

"……."

'개체 수를 줄이기 위한 이벤트가 없었던 것은 아니지 않습니까? 역사적으로 항상 대륙은 그렇게 흘러왔어요. 자연재해, 전쟁, 악마의 침입이나 그런 운명을 타고난 인간이 태어나기도 했으니까요. 그런 대륙의 위기를 막은 것은 언제나 인격신 이었습니다. 직접적으로 개입하지 않기 위해 스스로를 억제했지만 그들은 항상 간접적으로 인간들을 지키기 위해 노력해 왔습니다. 용사에게 성검을 내린 것도, 자연재해를 잠재운 것도, 타고난 운명을 타고난 인간을 막기 위해 지혜를 내려준 것도 언제나 인격신이었습니다. 네. 그들 역시 불완전합니다. 무엇이 대륙에 이로울지 알고 있으면서도 사사로운 감정에 휘말려 대의를 그르칩니다.'

"……."

'더 이상은 그런 일이 일어나서는 안 되지 않습니까. 케루빔 님마저 변화를 추구한다고 하신다면 대륙은 이전과 달라질 게 없을 겁니다.'

"나는 네…… 네 말에 귀 기울이지 않는다. 이 추악한 악마야."

시야가 점점 흐릿해지는 것이 느껴졌다. 가면을 쓴 환상이 옆에서 자꾸만 말을 걸어오는 게 보여 쓴웃음이 지어진다.

나는 다를 거라고 벗어날 수 있을 거라고 생각했지만 그게 쉽지 않다는 걸 깨닫게 된 탓이다.

과거에 그가 말했던 충고 아닌 충고들은 이미 뇌리에 박혀버렸을지도 모른다. 악마의 간교한 혓바닥은 마지막에 와서도 자신을 계속해서 괴롭히고 있었다.

'하지만 케루빔 님은 달라졌습니다. 결국에는 달라지고 말았군요.'

"네…… 네 말에 따르는 것 같아서였다. 그게 기분 나빠서였어."

'글쎄요. 이유야 크게 상관없지 않습니까. 중요한 것은 케루빔 님이 달라졌다는 것 하나입니다.'

가면을 쓴 남자가 가까이 다가오며 싱긋 웃는 모습이 눈에 보였다. 환상이라는 것은 알고 있지만 비틀거리며 일어나 낫을 휘두를 수밖에 없었다.

물론 환상은 형체도 없이 사라진다.

'그렇기 때문에 죽어가고 있는 거예요.'

"개소리."

'제가 이전에 말씀드린 것을 끝까지 기억하고 계셨다면 이렇게 끝나지는 않았을 겁니다. 끈에 대한 이상한 집착이 케루빔 님의 발목을 잡은 거예요. 힘차게 낫을 휘둘러야 할 대상은 제가 아니라 세라핌 님이었습니다. 그렇게 하실 수 있지 않으셨습니까.'

"분명히…… 말했을 터다. 네 말대로 움직이는 게 마음에 들지 않았을 뿐이라고."

'제가 만약 케루빔 님의 죽음을 원했다면 케루빔 님의 그 청개구리 같은 성향마저 고려해 말씀드렸을지도 모릅니다. 하핫.'

"그럴…… 그럴지도 모르지. 하지만 난 다르다. 이 더러운 악마야. 나는…… 나는 네 간교한 혓바닥에 넘어간 것이 아니야. 세라핌의 목을 베지 않은 것은 어디까지나 내 의지였다. 그저 그렇게 하고 싶다는 생각이 들었을 뿐이야. 네가 아무리 날 농락하고 싶어 한다 한들, 그 사실은 변하지 않는다."

'어째서였습니까.'

"나도 알 수 없다."

'저는 알 수 있을 것 같습니다. 아까도 중얼거리시지 않았습니까. '세라핌, 도미니온스, 쓰로누스, 그리고 나'라고. 모르긴 몰라도 유대감인지 뭔지가 케루빔 님의 안에 자리 잡았나 봅니다. 함께 태어나 같은 숙명을 함께하기로 한…… 형제. 네, 형제자매들에 대한 미묘한 유대감이 케루빔 님의 발목을 잡은 겁니다.'

"……"

'그런데 말입니다. 제가 예전에도 한번 말씀드린 적이 있었던 것 같은데……'

"……."

'유대감이라는 말에 사전적인 의미는 서로 밀접하게 연결되어 있는 공통된 느낌, 끈과 띠라는 뜻으로, 둘 이상을 서로 연결하거나 결합하게 하는 것. 아쉽게도 세라핌 님께서는 케루빔 님과 유대감을 느끼지 않으셨나 봅니다. 하핫.'

"……."

'저는요. 이 유대라는 게 쌍방향이 됐을 때 비로소 의미가 있다고 생각합니다. 감정이라는 건 소통하기 때문에 비로소 의미가 있는 거예요. 아무리 케루빔 님께서 유대, 유대 한다고 해도 다른 이들이 그렇게 느껴주지 않으면 허무한 일이 되어버린다, 이 말입니다. 이를테면 벽에게 유대감을 느낀다고 하는 거나 다름이 없겠네요. 결국 개죽음 엔딩이네요. 개죽음 엔딩. 그러게 제가 이야기하지 않았습니까.'

"……."

'변화하지 말고 완전해져야 한다고. 결국 당신도 멍청한 놈일 뿐이네요. 표정이 조금 안 좋으신데. 후회하시는 겁니까.'

"아니…… 나는…… 나는 후회하지 않는다."

속으로 한 번 되물었지만 답은 여전했다. 슬프지도 않았고 가슴이 아프지도 않았다. 조금은 무감각해진 느낌이었다. 딱 하나 후회되는 점이 있다면 저 악마의 혓바닥을 뽑지 못했다는 것 정도가 아닐까.

표현 그대로 그것 외에 다른 생각은 들지 않는다. 세라핌에게 최후를 맞이한 것도, 세라핌을 막지 않은 것도 후회되는 것은 없다. 어째서인지는 모른다. 이게 어떤 감정인지도 정확하게 표현할 수는 없다.

'그런데 어째서 그런 표정을 짓고 계시는 겁니까.'

그것은 아마 궁금증 때문일 것이다. 저 악마의 말에 저항해 한 발자국을 더 내디뎠다는 사실 자체는 만족스러웠지만 여전히 의문이 남아 있기 때문이었다.

"유대감."

그게 어떤 것인지 깨닫지 못했으니까. 그게 뭔지 알지 못했으니까.

'아마 너 같은 놈들은 평생 깨닫지 못할 거야.'

그럴지도.

'참 웃겨. 마지막에 후회한다는 게 꿈의 실현이 아니라 개인적인 호기심이라니.'

그건 나도 예상하지 못했다. 하지만 남은 과업은 실현될 것이다. 우리는 도구로써 태어났으니까.

'널 위해 눈물 한 방울 흘려줄 사람이 없다는 게 가슴 아프네.'

우리는 그런 것에 연연하지 않는다. 나는 그런 것을 두려워하는 게 아니야. 이렇게 사라지는 것이 두려운 게 아니다. 우리는 죽음의 공포를 느끼지 않아. 끝이 왔다고 해도 담담히 받아들일 뿐이다.

인간은 이해할 수 없겠지. 하지만 아쉽구나. 조금 더 내가 하고 싶은 대로 살아가도 괜찮았을 텐데. 그렇지 않을 거라고 생각했지만 네가 한 말은 내게 주박이 되었구나. 네가 내가 변화하기를 바랐든 바라지 않았든 간에 말이다. 나는 너를 저주한다.

'네가 어떻게 생각하든지 간에 네 최후가 추할 거라는 건 부정할 수 없을 거야. 여전히 네가 원하는 건 얻지 못하고.'

콰아아아아아아아아아아아아앙!!

"하하. 네가…… 원하는 대로는 되지 않겠구나."

잠들 뻔한 신체를 깨운 것은 거대한 폭발 소리였다. 당연히 자연스럽게 고개를 돌리게 된다. 이미 몸에는 힘이 다 빠져 있었지만 거짓말처럼 일어서게 된다.

익숙한 목소리가 들려왔다. 반갑지 않은 목소리였지만 지금 이 순간에는 가장 반가운 목소리이기도 했다.

"뭐야? 퍼랭이. 너 뒈진 거 아니지?"

"……."

"무슨 사연이 있는지는 모르겠는데 몸이 성치는 않네."

"미안하게 됐군."

"뭐. 지금이 남의 사정 봐줄 만큼 한가한 상황도 아니고. 나름대로 전시 상태이기는 하니까. 멋있게 회복해서 돌아오라고 말해줄 수가 없네."

"……."

"대신이라고 하기에는 뭣 하지만 밸런스는 맞춰줄게. 이 정도면 되나? 아…… 생각보다 아프네."

"여전히 어리석군."

"남이사. 그럼 준비됐어?"

"그래."

"다른 말은 필요 없지?"

"그래."

시야에 비친 것은 스스로의 몸에 상처를 낸 붉은 짐승이었다.

"마지막이 그리 나쁘지는 않겠군."

어쩌면 저 짐승도 나와 같은 것을 느끼고 있을지도 모른다.

"제대로 준비해 놓으셨네요."

-부길드마스터가 돌아오시지 않았다면 불가능했을 겁니다.

'우리 김미영 팀장님은 어떻게 이렇게 기분 좋은 말만 해주실까.'

사실 그 말이 맞기는 했다. 애초에 내가 없다면 성립할 수 없는 작전이었으니까.

"하얀이는 조금 어떻습니까?"

-이미 캐스팅을 외우는 도중이십니다.

"타이밍이 딱 맞겠군요."

-확실하지는 않지만 지금 이런 페이스라면 시간 안에 맞출 수 있을 것 같습니다.

하지만 손뼉도 마주쳐야 소리가 나는 법이다. 탄탄하고 개

넘 찬 지휘부가 아니었다면 이렇게 일이 딱딱 들어맞는 것 같은 기분은 느끼지 못했을 거라고 장담할 수 있다.

김미영 팀장의 확언에 여신의 손거울을 두드리며 상황을 살핀 것은 당연지사. 북부 지역을 커다랗게 감싼 신성이 엷어지고 있는 것이 느껴진다. 혹시 하는 생각을 했지만 그녀의 판단은 틀리지 않았다. 일부는 완전히 걷혀 있는 것을 보면 실상 지금 상태로 주문을 외워도 무리가 없지 않을까.

컨트롤 타워에서도 나와 비슷한 판단을 하고 있겠지만, 아마…….

'확실히 하고 싶은 거겠지.'

나도 불확실한 쪽에는 걸고 싶지 않다.

"임무가 끝난 병력이 빠져나갈 퇴로를 전송해 드리겠습니다. 아직 해결되지 않은 지역으로 향할 추가 병력은 지휘부 쪽에서 편성해 주세요."

-네. 부길드마스터.

'짜투리들은 대부분 해결됐고요. 이제 덩어리들만 남은 건가요?'

도미니온스와 조혜진이 드라마 찍고 있는 곳은 아마 누나가 알아서 해결해 줄 거고…….

시간이 촉박하다는 생각은 들지 않는다. 아직까지도 비둘기들의 컨트롤 타워가 만들어지지 않고 있다는 게 느껴졌으니까. 몇몇 병력이 우왕좌왕하고 있다는 느낌마저 들 정도니 무슨 말이 필요할까.

케루빔과 세라핌이 서로 드잡이질을 하고 있는 것처럼 장로 비둘기들 역시 서로를 적대하고 있을 가능성이 크다. 누가 이곳에 인간들을 불러 왔는지에 대해 탁상공론이나 하고 있겠지, 뭐. 굳이 망원경으로 살펴볼 필요도 없다.

-작전 성공했습니다.

'좋아요.'

-우정 길드가 임무를 마치고 병력과 합류했습니다. 라파엘 님께서도 함께 움직이고 계십니다.

'좋은 울림이죠?'

-가로쉬앤캐쉬 길드와 미주사랑 길드 역시 포인트 도달에 성공한 것 같습니다. 현재 적들과 전투 중이며 공화국의 병력들이 합류할 예정입니다.

'네, 보고 있습니다.'

-67구역 임무 완수했습니다.

"네. 확인했습니다."

-검은 백조 길드는 임무를 마치고 귀환하고 있습니다. 따로 지시를.

"아니요. 검은 백조 길드는 최대한 빠르게 귀환합니다."

-네.

시간이 지나면 지날수록 계속해서 신성이 옅어지고 있다.

"다른 특이 사항이 있다면 계속해서 보고해 주세요."

네.

조금 의외의 보고가 날아들어 온 것은 바로 그때였다.

-부길드마스터, 용병여왕 님께서 현재 케루빔과 전투를 시작하실 거라는 보고가 들어왔습니다. 따로 지원 병력을 보내지 않아도 된다는 전언을 받았습니다만······.

"네? 언제······."

-방금입니다.

'뭐야.'

케루빔과 세라핌의 영혼을 건 한판 승부가 생각보다 빠르게 끝났다는 생각이 들어와 꽂힌다.

'블루가 이겼어?'

적어도 몇 시간을 서로 싸우고 있을 거라고 생각했지만 조금은 일이 꼬였다는 걸 인정할 수밖에 없었다.

곧바로 시선을 돌린 것은 당연지사. 김미영 팀장이 보고한 그대로 케루빔과 시선을 마주치고 있는 차희라의 모습이 눈에 들어왔다.

가장 눈에 띄는 것은 현재의 케루빔의 상태. 정확히 어떤 상황일지는 알 수 없지만 몸이 성해 보이지는 않는다. 아니, 이미 죽어가고 있다. 주변을 살펴봤지만 세라핌의 모습은 보이지 않는다.

곧바로 지금이 어떤 상황인지 깨닫게 된다.

'세라핌이 이겼구나. 희라 누나는 막타 치러 온 거고.'

작은 문제가 있다면 차희라가 스스로의 몸에 상처를 입히는 것이 시야에 들어왔다는 것.

"아······."

-네?

"아니요. 아무것도 아닙니다."

'아, 누나 왜 또 멋있는 거 하고 그래. 진짜. 그냥 얌전히 막 타 치면 되는데 뭘 그렇게 또…….'

"……."

'그러다 지면 어떻게 하려고.'

물론 희라 누나가 질 거라고 생각하지는 않는다. 아까 말한 것처럼 이미 케루빔은 죽어가는 것처럼 보였으니까.

차희라가 그걸 눈치채고 있는지는 모르겠지만 녀석은 회복할 수 있는 몸이 아니다. 아니, 가능성은 있었지만 스스로 그 가능성을 갉아먹고 있다. 촛불이 꺼질 때 활활 타오르는 것 같은 상태가 아닐까.

솔직히 희라 누나가 좀 멋있기는 했지만 굳이 이 타이밍에 라이벌과의 정정당당한 혈투를 준비할 필요는 없지 않은가.

'이거, 시바, 진짜 대륙 생각하는 사람은 나밖에 없다니까.'

자기 재미있겠다고 스스로 핸디캡을 달고 싸우는 게 꼭 자기 스스로 하드 모드를 고르는 게이머 같다. 대륙의 운명이 달려 있다는 걸 생각해 보면 내 입장에서 저런 선택은 당황스럽게 느껴질 수밖에 없었다.

-하핫! 재미있네. 퍼랭이.

하지만 그녀가 싸우는 모습은 그 자체로 경외심을 느끼게 한다. 케루빔은 둘째 치고 차희라마저 같은 인간이 맞는지에 대한 의심이 생기게 했다.

눈은 점점 붉어지고 있고 본인 스스로가 이성을 놓으려고 하는 것이 눈에 보인다. 슬슬 시동이 걸렸는지 점점 말이 사라지고 있는 중, 폭음과 괴성 외에 들려오는 소리는 없었다.

기술과 기술의 전투는 이미 지나가고 마음껏 치고받는 모습, 그 와중에 케루빔의 입꼬리도 올라가 있는 것을 보면 내가 모르는 유대감을 서로에게 느끼고 있는 모양이다.

모르긴 몰라도 나와 진청이 서로에게 가지고 있는 감정과 비슷하지 않을까. 자신이 인정한 상대에게 보내는 찬사와 경의, 비슷한 힘을 가지고 있는 존재에 대한 존경, 이런 싸움을 즐길 수 있다는 즐거움과 결국에는 마지막이 올 거라는 것을 알고 있는 씁쓸한 마음까지. 종류는 조금 다를지 모르겠지만 둘은 진심으로 즐거워 보였다.

콰아아아아아아아아아앙! 콰지지지지지직!

작은 문제가 있었다면……

'연구 시설이 아깝기는 하다. 야. 근데.'

주변이 완전히 개 박살 나고 있다는 것 하나뿐이었다.

1차전 때와 마찬가지다. 2차전 때 역시 완전히 지형이 바뀌고 있다. 이미 연구실은 그 형태를 잃어버렸다. 세라핌과 케루빔이 얼마나 얌전하게 싸웠는지 알 수 있을 것 같았다.

-즐거운가 봐?

-무슨 소리냐. 붉은 짐승아.

-너 지금 웃고 있잖아. 퍼렁아. 어때 재미있어?

-이해할 수가 없군.

아니, 녀석은 분명히 이해하고 있다.

콰아아아아아아아아아아앙!

아마 녀석 역시 인정할 수밖에 없지 않을까.

-어떻게 하는 게 좋겠습니까? 부길드마스터.

"들키지 않게 근처에 지원 병력 넣어두세요. 어차피 신경 쓸 겨를도 없을 것 같으니까……."

시간이 지나면 지날수록 점점 더 미소 짓게 되는 얼굴이 눈에 띈다. 이미 그 긴 머리는 풀어 헤쳐져 있다. 단정하게 머리를 묶었던 이전의 모습과는 다르게 현재의 녀석은 그런 것 따위는 신경 쓰지 않고 있는 것 같았다. 결벽증도 뭣도 아닌 모양, 본인의 얼굴이나 몸에 붙어 있는 것들이 거슬리지도 않아 보인다.

거대한 낫과 도끼가 부딪친다. 무기가 튕겨 나가자 곧바로 머리로 차희라를 들이받는 놈의 모습이 보인다.

-하하하핫!

차희라 역시 비슷하다. 놈의 긴 머리를 잡은 이후에는 곧바로 팔꿈치로 얼굴을 가격한다.

콰아아아앙!

폭발 소리가 들려왔지만 둘은 물러서지 않는다. 박진감이라는 단어로는 설명할 수 없는 광경이다.

인간과 천사가 싸우는 것이 아니라 짐승과 짐승이 싸우는 것 같다. 어느 쪽이냐고 한다면 신화 속에 나오는 짐승들이 싸우는 것만 같다. 케루빔은 차희라를 붉은 짐승이라 불렀지만 내가 보기엔 오히려 놈이 파란 짐승에 가깝다.

마치 본인을 억누르고 있었던 모든 것들을 토해내는 것처럼 녀석은 마지막 생명을 불태우고 있었다.

냉정한 놈이라고 생각했었는데 그렇지도 않다. 놈 역시 희라 누나와 같지 않은가. 활활 타오르는 불꽃. 절대로 꺼질 것 같지 않은 불꽃. 어떻게 저런 불을 억누르고 있는 건지 이해할 수 없었다. 녀석은 본인들이 타고난 성격이 없다고 표현했지만 그렇지 않을지도 모른다는 생각이 들 정도였다.

하지만 그런 불길도 사그라든다. 놈이 원하든 원하지 않았든 간에 놈은 한계를 넘어섰으니까.

'희라 누나 지는 건 아니지?'

서로 치고받고 있지만 뒤로 물러서는 것은 녀석 쪽이다. 일어나지 못하는 쪽은 녀석이다. 종국에 쓰러져 비틀거리며 한심하게 땅바닥에 누워 있게 된 쪽도, 녀석이었다.

붉은 짐승은 피가 섞인 가래를 퉤 하고 내뱉으며 누워 있는 파란 짐승에게 입을 열었다. 조롱에 찬 대사를 내뱉어야 하는 타이밍이었지만 붉은 짐승의 얼굴은 진지해 보였다.

-아쉽네.

진청이랑 나랑은 다르네.

-그래…… 아쉽구나. 붉은 짐승아.

-그래서. 속은 조금 시원해졌고?

-그래. 그럴지도 모르겠다.

-기분이 어때?

-나도 정확히 알 수가 없다. 본래 사라지는 것에, 삶을 끝내는 것에 큰 의미를 두지 않는 것이 우리였지만…… 어째서 인간들이 그토록 끝에 집착하는지 알 것 같구나. 하지만 후회는 없다. 내 안에 있던 걸 털어놓은 것 같은 기분이기도 했고…… 또 유대감…… 그래. 유대감이라는 게 뭔지 알 수 있을 것 같았으니까.

-유대감?

-정확히는 알 수가 없다. 뭐라고 표현해야 할지 모르겠지만 네가 나와 같은 걸 가지고 있다고 느껴지더군. 대화를 나눈 적도 없고 너 같은 인간에게 그런 감정을 느꼈다는 것도 우습다만 너와 부딪치는 내내 그런 생각이 들었을 뿐이다. 아니, 죽어가는 이가 헛소리를 지껄이는 것뿐이니 마음에 크게 담아두지 않아도 좋다.

-비슷하기야 비슷해. 정확히 네가 뭘 말하는 건지는 알 수 없지만 너와 내가 닮았다는 건 부정할 수 없겠네. 굳이 풀어서 해석하자면 유대감이라고 해석할 수도 있을 것 같고…… 하지만 나는 이렇게 말하고 싶네. 우리는 동류야. 퍼랭아.

-동류…….

-그래 동류. 나는 너를 처음 봤을 때부터 알았거든. 지금 네 꼴이 그걸 증명하고 있는 거 아니겠어? 숨기려고 하지만 숨길 수 없는 것도 있는 법이야. 타고난 본성이라는 건. 후천적으로 만들어졌다고 느껴지지는 않는데. 뭐 결국 너희들도 가지고 있었다는 거지.

-우리는 그렇게 설계되어 태어난 것이 아니다만…….

-그딴 건 관심 없어. 너와 내가 동류고 그렇기 때문에 네가 유대감이니 뭐니 하는 것들을 느꼈다는 거지. 나도 마찬가지야. 어느 쪽이냐 묻는다면 나도 너와 비슷한 걸 느꼈던 것 같네. 조금 더 해보고 싶었는데 아쉽기는 아쉬워.

-그래. 아쉽…… 구나.

-어때? 뒈질 때까지 같이 있어 줄까? 그 정도면 가능한데.

-하…… 하하. 그럴 필요는 없다. 그냥 이렇게 눈을 감고 싶구나. 대신이라고 하기에는 뭣…… 하다만…… 네게…… 그래. 동류에게 부탁이 있다.

-뭐?

-부탁을…….

-넉살도 좋네. 보통 동류라고 해서 부탁하고 들어주거나 그렇지 않아.

-염치…… 없다만…… 내 형제들을…… 잘 부탁…….

-그건…… 내 능력 밖이야. 퍼랭아.

-……그럼…… 어쩔 수 없겠군.

녀석은 조용히 천장을 바라보며 입을 열었다.

파란 짐승이 무슨 생각을 하는지, 어째서 저 말을 중얼거리는지는 나는 하등 이해할 수 없었지만 놈은 끝까지 입을 열고 있었다.

-세라핌, 도미니온스, 쓰로누스, 그리고 나…… 하…… 하하…….

-…….

-세라핌…… 도미니온스, 쓰로누스, 그리고 나…….

-…….

-세라핌, 도미니온스……쓰로…… 누스…… 그…… 그리고 나…….

붉은 짐승은 등을 돌린다.

-세라……. 도미…… 누스…… 나…….

-동류 맞네. 새끼.

-쓰로누……스…… 그……리……고…….

그리고.

그 아름다웠던 투쟁과 격전의 장소에서.

넝마가 된 채로 굴러다니는 내 가방이 시야에 비쳤다.

'아, 마침 물약 놓고 온 것 같은데…….'

자신의 형제들을 부르며 생을 마감한 케루빔의 최후를 눈에 담아보려고 했지만 녀석의 근처에 덩그러니 놓인 가방이 시야에 들어온 직후에는 그 어떤 것에도 집중할 수가 없었다.

'진짜로 놓고 온 것 같은데…… 큰일 났네.'

형태를 제대로 알아볼 수 없을 정도로 갈기갈기 찢긴 가방은 내 심정을 대변해 주고 있는 것만 같다. 안쪽을 확인해 보지 않아도 알 수 있다. 아마 완전히 개 박살이 났을 것이다. 신성으로 둘러싸인 연구실마저 폐허가 된 마당에 내 가방이라고 무사하겠는가.

뒤를 돌아 걸어가고 있었던 차희라 역시 가방이 눈에 띄었는지 슬쩍 확인하는 모습이 보였다.

'아…… 그러고 보니 저 누나도 가방 하나 구하고 싶어 했지.'

나 대신 상태를 확인해 주는 것 같아 기쁘기는 하다. 아이템 판정이 유지되고 있다면 어쩌면 희망이 있을지도…….

-아…… 이거 걸레짝 됐네.

하지만 이내 가망이 없다는 걸 확인했는지 획 하고 던지는 모습이 눈에 들어왔다.

구태여 희라 누나에게 메시지를 보내 물어볼 필요도 없다. 김현성의 컬렉션 중 하나는 이미 가방으로써의 기능을 완전히 상실했다. 그녀의 말대로 저건 이미 걸레짝이나 마찬가지다.

'저기에 시바…… 연금 키트도 들어 있었는데.'

다시 만들고 싶지만 그렇게 할 수도 없는 상황에 기가 찬다.

'전설 등급 연금 키트였다고…… 용 숨결 물약이랑 빛 폭탄 물약도 다 저기 있잖아.'

아니, 솔직히 그건 아무래도 좋다. 애초에 전투 물약을 쓸 상황 자체가 오는 걸 반기지 않았으니까. 가장 중요한 건 마취 물약이었다.

'아…… 시바. 이거 어떻게 하지.'

그냥 없이 들어갈까? 없이 들어가도 괜찮겠지? 그 정도 고통은 지금까지 잘 참아왔잖아. 솔직히 이토 소우타 때도 마취 물약 없이 들어갔던 거잖아…… 몸 함부로 굴리는 것 정도야 쉬웠다구…….

하지만 그때의 이기영과 지금의 이기영은 다르다. 어떻게든 살아남아 보겠다고 독기에 가득 찼던 초창기 이기영의 심정이 어땠는지 솔직히 기억도 나지 않는다.

배 좀 부르고 인생 좀 낭낭해지면 바뀌는 게 사람이라고 했던가. 고통에서 벗어난 지 오래된 빛기영의 육체로 배때기를 찔리는 상황은 결코 반갑지 않았다.

'아, 내가 방에 하나 넣어놓지 않았나?'

순간적으로 머리가 번뜩였던 것은 바로 그때였다.

"뭐요? 무슨 문제라도 생긴 거요?"

"문제는 무슨…… 그나저나 잠깐 어디 좀 들렀다 가야겠는데."

"가까운 거리요? 이제 곧 하얀이 누님이 소환할 것 같은데……. 아니, 그건 형님이 더 잘 알겠구나."

"어차피 여기서 별로 안 멀어. 빠르게 다녀오자."

"크흠. 그렇게 말하는 거 보니까 무슨 비밀 병기라도 숨겨놓은 모양이요."

'비밀 병기는 비밀 병기지.'

감정 잡아주게 하는 비밀 병기. 눈물 뚝뚝 흘리고 상황 연출해야 되는데 아프면 집중 못 하잖아. 아마 지금 상태로 배에 구멍이 난다면 비명만 지르다 시간이 다 가지 않을까. 마지막 인사를 할 여유 같은 건 없을 것이다.

'와, 시바. 이렇게 생각하니까 케루빔이 대단하기는 대단해.'

나 같으면 데굴데굴 굴렀을 거라고 장담할 수 있다.

"정확히 시간이 얼마나 남은 거요?"

"한 시간 정도."

"충분하겠구만."

'있겠지? 놔뒀겠지?'

비둘기들이 내 방을 한바탕 뒤졌을지도 모르겠지만 아마 마취 물약은 무사할 것이다. 안쪽에 숨겨놨으니까. 뭐, 저들이 어떻게 찾을 수 있겠어.

괜스레 박덕구의 팔뚝을 툭툭 치자 황소처럼 방향을 바꾸는 녀석. 쓰던 방에 당도하기까지는 그렇게 오랜 시간이 걸리지 않았다.

"어디요?"

"조금만 더 가면 나와."

허겁지겁 방으로 들어간 직후에는 곧바로 안을 확인하기 시작, 예상대로 비둘기들이 한바탕 휩쓸고 지나간 흔적들이 눈에 띄었다. 이미 방이라고 볼 수도 없었지만 사실 이 방이야 어떻게 되든 아무 상관 없다.

곧바로 바닥을 두드린 이후에 잠금장치를 해체하자 바닥이 갈라지며 작은 창고가 시야에 비쳐왔다.

함께 들어온 박덕구는 신기했는지 여기저기를 기웃거리고 있었지만 이내 내 모습을 보고서는 고개를 끄덕이는 모습이 보였다.

"여기에 숨겨놨던 거요?"

"응. 비상용으로 몇 개 챙겨놨지."

용 숨결 물약 세 개. 빛 폭탄 물약 하나. 그 외에도 내가 생존에 필요하다고 생각되는 물건들을 깡그리 모아 저장해 놓은 창고였다. 창고라고 하기에는 규모가 협소하기는 했지만 입꼬리가 올라가기야 한다.

'역시, 시바, 준비하는 사람이 이기는 거라고. 예비 가방도 하나 넣어놨었구나.'

작은 문제가 있었다면 마침 물약이 눈에 띄지 않는다는 것. 더 안쪽에 있을까 싶어 뒤적거려 봤지만 분명히 넣어놓은 적이 있던 것 같았던 녹색 물약이 눈에 띄지 않았다.

'뭐야. 시바. 이거 왜 없어.'

고급 치유 물약도 있고 마나 회복 물약도 있다. 파란 길드에서 나오는 고급 연금 물약 세트는 물론이거니와 정식으로 판매되지 않은 여러 가지 물약들과 생존 키트, 촉매들도 눈에 띈다.

'이게 어디로 갔어?'

혹시 그것만 넣어두지 않은 것은 아닌가 떠올려 보기도 했지만 그럴 리가 없지 않은가.

물론 일이 어떻게 된 건지 깨닫기까지는 그리 오랜 시간이 걸리지 않았다.

"와…… 시……이발……."

"뭐요? 갑자기."

"내가 진짜…… 어이가 없어서 진짜……."

"뭐 잘못되기라도 한 거요?"

'이지혜 이…… 시바…… 너…… 진짜.'

만약 누군가 이걸 가져갔다면 범인이 누구인지는 뻔하지 않은가.

"와…… 진짜…… 이 누나…… 진짜 어떻게 이래? 시바 진짜 이건 아니지. 상도덕이 있지. 이건 아니잖아……."

서둘러 고개를 돌리자 아나나 다를까 상처투성이의 모습으로 쓰러져 있는 도미니온스의 모습이 시야에 비쳤다.

조혜진 역시 몸이 성하지 않다. 내가 보지 않은 사이에 엄청난 격전이 있었던 모양. 아니, 지금도 서로를 향해 창을 들이밀고 있다.

-도, 도망가세요. 혜진 씨.

-그렇게 할 수는 없습니다.

'진도 많이 뺐네, 진짜. 약탈당한 영혼이 튀어나와서 도망치라고 하는 것까지 진행됐어? 그것도 스토리야? 둠기영 아류 아니야? 개연성은 충족시킨 거 맞으시죠? 아니, 약탈된 영혼이 갑자기 도미니온스 몸으로 들어가는 건 무슨 설정이야?'

-제가 이 몸을 억누르고 있는 동안 도망가세요. 어서요.

-절대로 그렇게 할 수는 없습니다.

'시바, 진짜. 가증스럽다. 진짜.'

사람이 어떻게 저렇게 가증스러울까. 딱 저 표현이 가장 잘 어울린다.

대충 봐도 견적이 나온다. 저 누나도 아픈 거 잘 못 참는 거로 유명한 사람이다. 몸 곳곳에 구멍이 뚫린 채로 움직이는 것만 봐도 부자연스럽다. 도미니온스, 로노베와 고통을 공유하고 있다고 해도 이지혜는 저 고통을 참지 못할 거라고 장담할 수 있다. 몸에 떨림도 없고 솔직히 고통을 느끼는 것 같지도 않다.

누가 봐도 마치 물약을 꿀꺽한 사람의 모습이라 할 만했다.

정말로 고통스럽다는 듯이 몸을 떠는 연기는 나쁘지 않았지만 실상을 아는 사람의 입장에서 저걸 본다면 가증스럽다는 말 외에는 다른 말이 나오지 않았다.

-혜진 씨는 저를 위해 희생할 필요가 없어요. 네. 이자의 말대로 저는…… 저는…….

-세상에 살아갈 가치가 없는 사람은 없습니다. 저는 믿어요.

'혜진아. 속지 마라. 진짜…… 니가 저 여우의 본 모습을 봐야 되는데…… 가증스럽다. 너무 가증스러워 치가 떨린다…… 와…….'

-지혜 씨가 말씀해 주시지 않았습니까.

'뭘 말해줬는데.'

-간혹…….

'뭘 말해줬어?'

-자기 자신이 느끼지 못하더라도 타인이 느낄 수 있는 부분도 있다고 말입니다.

'그 와중에 저 가증스러운 눈빛 봐 진짜.'

-스스로가 자기 자신을 잘 알고 있다고 생각하지만 그렇지 않은 경우도 있다고…… 그렇게 말씀해 주시지 않았습니까.

-그건…….

-지혜 씨가 제게 그렇게 말씀하셨을 때는 무슨 말인지 제대로 이해할 수 없었지만 이제는 이해할 수 있을 것 같습니다. 부길드마스터, 그러니까 기영이도 마찬가지였어요.

일단 나를 언급해 주는 건 마음에 든다. 게다가 기영이란다.

-부길드마스터는 자기 자신을 양보할 줄 모르는 사람이라 표현합니다만 그렇지 않아요. 그 누구보다도 가슴 따뜻하고 책임감이 있는 사람이에요. 남을 위해 자신을 희생할 줄 알고 진정한 양보가 뭔지 깨닫고 있는 사람입니다.

'아, 이거 들을 만하다.'

-지혜 씨도 마찬가지입니다. 자기 스스로를 비하하고 폄하하지만 지혜 씨는 자신이 생각하는 것보다 훨씬 더 대단한 필요한 사람입니다. 생각하는 것보다 더 마음이 예쁘고 따뜻한 사람이에요.

'그건 아니야. 진짜 마음 하나도 안 예뻐.'

마음이 예뻤다면 내 마취 물약을 가지고 갔을 리가 없다.

-그렇지…… 않아요.

-아니요. 제 말이 맞습니다. 확신할 수 있기 때문에 드리는 말씀입니다. 지혜 씨가 그렇게 스스로를 폄하할 필요는 없어요. 꼭 스스로 평가한 대로만 생각하실 필요 없습니다. 타인의 말에 귀를 기울이는 게 좋다고 말씀하신 것 역시 지혜 씨였어요. 벗어나실 수 있어요. 아니, 제가 벗어나게 해드리겠습니다.

다시 한번 창을 들고 달려드는 조혜진의 모습이 눈에 보인다. 이제 슬슬 클라이맥스로 넘어가는 모양인지 도미니온스도 그 실체를 드러내고 있다.

눈물을 흩뿌리며 이럴 필요 없다고 말하는 이지혜와 이번에는 구해내고 말겠다는 집념으로 가득 차 있는 조혜진의 모습을 보니 당황스러워 말도 제대로 나오지 않는다.

'저 누나는 진짜 사람 감정을 뭐라고 생각하는 거야.'

흔들리지 않는 것처럼 보이지만 조혜진은 흔들리고 있다. 부러지지 않을 것처럼 보이지만 아슬아슬하게 견뎌내고 있다.

마취 물약을 섭취한 이지혜에게 흔들림은 없다. 그저 계속해서 도망치라고 말하거나 이제 괜찮다고 말하고 있었지만 솔직히 하나도 괜찮아 보이지 않는다. 아니, 저게 연기라고 생각하니 당황스러운 마음밖에 들지 않는다.

'아니, 시바 그래서 내 마취 물약 어떻게 해. 진짜.'

남은 한 병마저 이지혜가 꿀꺽했다면 이제는 정말로 다른 선택지가 없다.

-하아…… 하아…….

-혜진…… 씨…… 저…… 더 이상은…….

내 마음을 아는지 모르는지 저쪽에서는 신파물을 찍기에 여념이 없다.

도대체 저게 무슨 상황인 건지 이해할 수도 없다. 대충 그런 분위기라는 건 알겠는데 전개를 따라가기가 힘들다. 한 가지 확실한 것은 조혜진과 이지혜가 자리 잡은 곳이 마지막 남은 제어실이었다는 것. 눈치 하나는 더럽게 빠른 이지혜가 조혜진을 저곳으로 안내한 거라고밖에 볼 수 없다.

'아…… 시바, 이거 시작되겠구나.'

미처 다른 대책을 생각하기도 전에 조혜진이 창을 뻗는다. 커다란 굉음이 들려오며 김미영 팀장이 보낸 메시지가 들어와 꽂혔다.

-작전 성공했습니다.

'아니. 잠깐만 아직 성공하면 안 될 것 같아.'

황급히 시선을 돌렸지만 이미 정하얀은 캐스팅을 내뱉고 있는 중.

……!!

기어코 주문을 내뱉은 정하얀이 지팡이를 위로 크게 들어올리자 비현실적인 광경들이 눈에 들어오기 시작했다. 북부 전체를 뒤덮은 마법진, 천천히 소환되기 시작한 거대한 성벽. 그리고 천천히 모습을 드러내는 영웅들과 대륙 지도자들.

-가자! 빛과 함께하는 영웅들이여! 대륙을 지키자!

교국의 혁명 지도자 오스칼은 검을 들고 가장 먼저 성벽에서 뛰어내린다.

'아냐. 아직 아니야.'

-베니고어 님을 위하여! 단 한 놈도 살려두지 마라!

당장에라도 쓰러질 것 같은 연세에 우렁차게 소리 지르는 바젤 교황과 신성기사단은 필사의 각오로 전투에 뛰어들고 있었다.

'잠깐만……'

-은혜를 갚을 때가 왔습니다.

오랜만에 보는 중립국의 프리스타나.

'너네 왜 그래. 단체로 왜 그래. 시바. 은혜를 갚을 거면 지금 오지 말았어야지.'

-우리는 승리할 것이다! 절대로 지지 않을 것이다.

공화국의 지도자마저 대륙 뽕에 취했는지 함성을 내지른다.

-진정한 화합을 위해!

'아직 화합하지 마. 시바.'

이종족 연합의 엘리오스.

-우리들은 오랫동안 많은 것을 잊고 살아왔다. 잃어버린 시간을 되찾기 위해 싸우자.

'아니, 그냥 잊어.'

차라리 안 나타났으면 했는데 심지어 도마뱀들까지 등판했단다.

그리고, 결의에 찬 표정으로 검을 든 김현성까지. 녀석이 자신의 검을 바라보고 고개를 끄덕이는 게 눈에 보인다.

'시바…… 아직 아니야. 이 새끼들아. 아직 아니라구…… 현성아. 형 아직 마음의 준비가 안 됐어. 아직…….'

김현성이 든 검이 평소보다 더 위협적으로 느껴졌다.

-이기자.

'아직 아니야…….'

신화로 전해져 올 것만 같은 비현실적인 전쟁이 눈 앞에 펼쳐지고 있었다.

"시이발……."

거대한 용들이 하늘을 뒤덮는 것이 시야에 비쳤다. 대륙에 드래곤들이 이렇게 많았나 싶을 정도로 하늘을 가득 메우고 있다.

수십 마리의 천사들이 드래곤에게 달라붙는 것이 보인다. 공중에서 뒤엉키며 격전을 펼치고 있는 모습 자체가 뭐라 표현할 수 없을 정도로 경이로운 광경이다. 당연하지만 영화 속에서 그래픽으로 버무리는 장면들보다 더욱더 화려하다.

점점 숫자가 많아지는 천사들을 드래곤들이 견제하기 힘들어지자 엘프들은 계속해서 활시위를 당겨 드래곤들을 보조하는 모습이 시야에 비쳤다.

드래곤들에게 다가가던 천사 중의 일부가 땅바닥으로 추락하고 여유가 생긴 용들은 거대한 이빨과 발톱으로 놈들의 몸을 짓이긴다.

밀집된 에너지를 담은 브레스가 쏘아지자 비둘기들은 곧바로 공중에서 산개하는 중, 물론 그 여파에 휩싸인 비둘기들은 그 자리에서 곧바로 녹아버렸다.

전황이 유리하기만 한 것도 아니다. 비둘기들의 공세를 견디다 못해 추락하는 용들 역시 시야에 비친다.

다행이라고 말해야 할지는 모르겠지만 디아루기아는 아직까지 여유가 있는 모양, 그녀 역시 다른 드래곤들처럼 계속해서 브레스를 뿜고 있는 모습이 눈에 보였다.

드워프를 비롯한 이종족들 역시 칼과 도끼를 든 채로 성벽에서 뛰어내린다. 총력을 기울인다는 말이 가장 잘 어울리는 광경이라 할 수 있지 않을까. 말 그대로 대륙의 사활을 건 전투나 다름이 없었다.

-저 악마들에게 우리의 힘을 보여줍시다. 하나가 된 대륙이

강하다는 사실을 깨닫게 해줘야 합니다!

-공격! 공격!!

-손을 멈추지 마라! 계속해서 시위를 당겨라!

-절대로 물러서지 마라! 마지막 전투다.

북부 전체에서 전쟁이 일어나고 있다 보니 망원경으로도 시야를 잡기가 힘들다. 워낙 거대한 규모의 전투가 동시다발적으로 이어지고 있다. 교국의 병사들과 신성기사단들은 신성력을 뿌리며 적과 맞서고 있었고 공화국의 병사들은 마법을 흩뿌린다. 거대한 폭음이 연쇄적으로 들려오고 기상천외한 빛깔이 여기저기서 터지는 모습은 아름답다는 생각마저 들게 만든다. 대륙의 영웅들이 각자의 위치에서 적과 마주하고 있는 장면은 뭐라 표현할 수 없을 정도였다.

"형님 우리도 빨리 나가야 될 것 같다니까."

'시바 나도 알아.'

왠지 모르게 모든 상황이 내 희생을 강요하고 있다고 느껴지는 것은 기분 탓일까. 조금 시간을 끌려고 해봤지만 이미 박기리 삼 남매는 이곳을 탈출할 준비를 마친 상황, 내가 뭐라 말을 내뱉기도 전에 이미 달리기 시작하고 있다.

'아…… 이거 시바 그냥 들어가야 될 것 같은데.'

다른 방법을 찾고 싶다면 찾고 싶었지만 현재는 그 방법을 찾기가 힘든 상황이지 않은가.

'시간이 없어.'

그 말 그대로다.

'준비하고 있어야 돼.'

타이밍이 언제 터질지 모른다. 카스가노 유노를 통해서 본 그 장면이 점점 현실이 되고 있다. 드래곤이 등장했다는 것만으로도 점점 이미 퍼즐이 하나 맞춰졌다.

희라 누나가 창에 꽂힌 상태로 싸우고 있는 모습은 아직 눈에 보이지 않았지만, 마지막 전쟁이 터졌으니 희라 누나도 바로 달려가지 않을까. 조금 싸우다 보면 상처가 생길 테고 그 장면이 현실이 될지도 모른다. 라파엘도 보이지는 않았지만 아마 우정 길드와 함께 바깥의 전쟁터에 합류할 것이다. 제노지르아와 정하얀도 마찬가지다. 거대한 마법을 구현시킨 정하얀이 마력을 회복하면 전장에 난입하는 건 시간문제다.

-정하얀 님…… 아직은…….

-아니요. 할, 할, 할 수 있어요.

-그러시면 안 됩니다. 정하얀 님. 조금 더 회복하셔야 합니다.

아무래도 정하얀은 곧바로 전장으로 합류하고 싶은 모양, 하지만 그녀를 둘러싼 마법 할배들의 만류에 입술만 깨물고 있는 모습이 보였다.

'그래. 조금 더 쉬어야지…… 상식적으로 평범한 인간이 이런 마법을 구현했으면 백 퍼센트 죽었을걸. 애초에 구현하지도 못했겠지만…… 구현하다가 터졌겠네.'

본인의 무리하고 있다는 걸 그 누구보다도 그녀가 잘 이해하고 있다. 하지만 저 휴식도 오래가진 않을 거라고 장담할 수 있다.

'쟤 마력 회복 빠르니까.'

제노지르아도 아직 최종 보스처럼 쫄병들 풀어놓고 근엄한 척 하고 있는 분위기고…… 정하얀이 마력을 회복하기까지 남은 시간이 세 시간? 아니, 다섯 시간 정도는 되려나?

길다면 길고 짧다면 짧다.

'아…… 시바 내 마취 물약. 시바…… 아…….'

어쩔 수 없이 결단을 내려야 하는 상황이 찾아온 것 같아 괜스레 입안이 쓰다. 자꾸만 이상한 방향으로 합리화하게 된다. 이를테면…….

아니, 근데 이렇게 짧은 시간에 얘를 어떻게 설득시켜. 이거 혹시 미래 바꾸고 있는 거 아니야? 이 정도로.

문제는 타이밍이 맞아야 된다는 것 하나가 아니지 않은가. 시간 안에 김현성에게 당도해도 녀석이 나를 찔러야 시나리오가 완성된다.

'아 너무 갑작스러워서 멘트 정리도 안 해놨는데. 너무 이상하잖아. 갑자기 막 어? 내가 그 가면 쓰레기요. 하면 이상하잖아. 걔가 믿겠어? 분명히 안 믿을 걸 결국에 막 도리도리하고 그러다가 못 찌를 것 같다고. 이거 시간 부족한 거 아니야? 시바? 누가 옆에서 좀 도와줘야 되는 건 아니냐고…… 빌드업 할 시간이 부족한데…….'

물론 도와줄 놈이 있기야 하다. 1회차의 일을 잘 기억하고 있는 비둘기가 있기는 있으니까.

하지만 놈이 김현성과 만나면…….

'현성이 또 벌릴 수도 있잖아.'

우리 회귀자를 믿지 못하는 것은 아니었지만 사실 세라핌은 존재만으로 김현성의 카운터나 다름이 없다. 뭐라고 입을 털기도 전에 다시 한번 벌집이 되는 불상사가 일어날 수도 있다는 거다. 물론 지금의 김현성은 조금 달라 보이기는 하지만…….

'그래도 안 돼.'

만약에 김현성이 세라핌과 대치하는 상황이 만들어졌다고 해도…… 그 비둘기가 옛날이야기를 들려주는 할아버지가 되어 구구절절 이야기를 풀어줄지도 의문이고…… 의외로 말이 많기 때문에 그럴 가능성이 있기도 하지만…….

구태여 그런 도박을 할 필요가 있을까 하는 생각이 가장 먼저 들어와 꽂힌다. 다른 장면을 찾는 게 더 합리적일 수도 있다. 김현성은 최대한 세라핌에게 떨어뜨리고…… 배때지 엔딩 개연성이야 다른 방향으로 조금씩 찾으면 되는 거니까. 만약 다른 사람으로 찾아야 한다면…….

'누가 있을까.'

죄책감을 느끼지 않을 사람이 누가 있을까.

'정하얀?'

어쩌면 가능할지도 모른다. 한소라 관련한 일로 기본 죄책감이 탑재되어 있었지만 기본적으로 정하얀은 뻔뻔하다. 만약 백금색의 검들이 튀어나온다고 해도 개수가 얼마 되지 않을 가능성이 높다. 문제는…….

'마력 회복하는 시간이 조금 길겠네.'

그녀가 등판할 때까지 시간을 맞출 수 있느냐도 중요한 쟁점 중 하나였다. 이래저래 다른 방법이 없는 상황에 역시나 방법은 하나밖에 없다는 걸 떠올리게 된다.

천천히 고개를 돌려보자 아까의 전장이 다시 한번 눈에 들어왔다. 전체적으로 밀고 있는 듯한 느낌이 들기는 하지만 현재의 전황이 어떻게 뒤집어질지는 그 누구도 장담할 수 없다. 게릴라전으로 내부에만 상처를 입혔던 방금과는 다르게 인간들이 대놓고 올인하고 들어오는 상황이니 놈들도 함부로 괄시할 수가 없는 것이다. 세라핌이 지시하지 않더라도, 지금쯤이면 컨트롤 타워가 만들어져도 이상한 상황은 아니다.

내 생각이 맞다는 듯 점점 유기적으로 움직이는 비둘기들의 모습이 눈에 들어왔다.

-바리안…… 님을 위하여.

-지원 요청! 지원 요청해!

신전과 성벽의 끝에서부터 조금씩 전황이 뒤집힐 조짐이 보인다.

'이거 시바 진짜 대륙 지키기 하려면 할 수밖에 없겠는데.'

방법은 둘째 치더라도…… 일단은 이기영이 큰맘 먹고 희생하기는 해야 되는 상황처럼 비쳐졌다.

괜스레 시선을 돌리자 김현성이 전장에 합류해 천사들을 썰어버리는 모습이 눈에 들어왔다. 계속해서 검을 휘두르며 전황 자체를 바꿔 버리는 모습은 저절로 입을 벌리게 된다.

'와…… 우리 현성이 확실히 세긴 세네.'

자기 자신을 조금은 믿기로 결심했는지 확실히 검이 살아 있다. 루시퍼의 힘을 마구잡이로 뿌리던 이전과는 다르게 지금 휘두르고 있는 것은 김현성의 검이다.

혹시나 또 정신 못 차리고 있는 건 아닌가 걱정했지만 잠깐 동안 여유가 생긴 사이에 입을 열고 있는 모습이 보였다.

-기영 씨 어디 계십니까?

"지금 덕구랑 빠져나가는 도중입니다. 곧 컨트롤 타워에 도착할 것 같으니 걱정하지 않으셔도 됩니다. 굳이 이쪽으로 오실 필요도 없고요. 일단 그쪽 전장을……."

-정말 괜찮으신 겁니까?

"네. 거의 다 왔습니다. 용병여왕 님과도 만날 것 같고요. 그러니까 걱정하지 마시고 전투에 임해주세요. 전황이 그리 좋지만은 않습니다. 지금 계시는 곳에서 크게 벗어나지……."

-이곳은 괜찮을 겁니다.

'아닌데. 거기 도움 많이 필요한데.'

솔직히 말하면 김현성이 없어도 되는 전장처럼 보이기는 했다. 이미 김현성이 그쪽에 있는 중간 네임드 비둘기들을 처리했으니까.

김현성도 이런 상황에서 자신이 어떻게 움직이는 게 더 효율적인지에 대해서 이해하고 있다. 일반 비둘기들과 드잡이질을 하는 것보다 조금 무게감 있는 놈들을 잡고 다니는 게 더 유리하다. 라고 판단하고 있는 것이다.

아니, 녀석은 그것보다 더 중요한 일을 해야 한다고 생각하는 것이 분명했다. 아니나 다를까 고개를 끄덕이며 입을 여는 모습이 보인다.

-세라핌의 위치를……

'시바……'

"글쎄요. 저도 아직 확인이 되지 않고 있습니다."

사실 확인이 되고 있기는 하다. 하지만…….

'또 알려줬다가 현성 당하면 제자리걸음이자너……'

-걱정하지 않으셔도 됩니다.

"걱정하는 게 아니라……"

-…….

"걱정하는 게 아니라 확률의 문제예요. 현성 씨는 세라핌을 이길 수 없습니다. 상성이 너무 안 좋아요. 지금 제가 그쪽으로 갈 부대를 편성했으니 다른 쪽에 집중해 주시는 게 더 좋을 것 같습니다."

'성검 용사 파티 준비됐을 것 같은데. 라파엘도 컨디션 좋아.'

-아니요. 괜찮습니다. 분명히 이길 수 있을 겁니다.

'아니. 너 못 이겨. 죽었다 깨어나도 못 이겨. 내가 죄를 사해 준다고 그래? 그거 그냥 하는 말이야. 네가 가지고 있는 죄책감은 죽었다 깨어나도 내가 어떻게 해줄 수가 없는 문제야. 물론 그게 너를 다시 살렸을 수도 있지만 그것도 잠깐이야.'

김현성 같은 놈들의 새겨진 상처는 절대로 사라지지 않는다. 심판의 검이 떨어지지 않을 거라고 생각하면 오산이라고 말해주고 싶다.

"불가능해요. 이야기는 나중에 하는 게 좋을 것 같네요. 일단 컨트롤 타워에 들어간 이후에 다시 연락드리겠습니다. 이후의 지시 사항은 지휘부에서 지침이 내려올 테니 그때까지 전선을 유지하세요."

-분명 이길 수 있습니다.

'아…… 네에. 네에. 그러시겠죠. 너 주인공 병 심하게 걸린 거야. 원래 주인공들이 그렇자녀. 한번 진 적한테 다시 재도전하면 이길 수 있을 줄 알자녀. 근데 현실은 달라요. 안 되는 건 안 되는 거야. 내가 지금 배에 구멍 뚫리기가 무서워서 그러는 게 아니라 진짜로 전투 자체가 성립이 안 돼요.'

녀석이 진지한 표정으로 다시 입을 연 것은 바로 그때였다.

-기영 씨가 도와주신다면…… 이길 수 있습니다.

내가 응원해 주면 이길 수 있다는 의미가 아닐 것이다.

-질 리가 없습니다.

김현성이 무슨 말을 하고 있는지 단박에 이해가 된다. 천천히 손가락으로 허벅지를 두드리면서 확률을 한번 계산해 보자 나쁘지 않을 것 같다는 생각이 들어와 꽂힌다.

'가능성은 있네.'

한번 시도는 해볼 만하다.

'중간에 안 될 것 같으면 성검 용사 파티 투입시키면 되니까.'

사실 그렇게 할 확률은 현저히 적다. 내가 판단해도 질 것 같지 않았으니까.

잠깐 동안 음성 메시지를 끊은 이후에는 곧바로 박덕구에게 입을 열기 시작했다.

"덕구야."

"대화는 다 끝난 거요?"

"방패로 나 좀 받치고 있어. 거기에 좀 앉자."

"뭐…… 이 상태로 달리라는 거요?"

"지휘부에 들어가기 전까지야. 어차피 지금 근처에 적들도 없으니까."

"아무리 그래도."

"그렇게 하라면 해. 그리고 네 부대원들이 가지고 있는 여신의 손거울 전부 가져오라고 하고 정연 씨한테 여신의 손거울 좀 고정해 달라고……."

"네. 부길드마스터."

"아 마침 잘 오셨습니다. 그러니까……."

"네."

"여신의 손거울 좀 마력으로 고정시켜 주시면 됩니다. 이동하면서 확인할 테니 최대한 위치에 변함없이 부탁드립니다."

"네."

천천히 손거울들이 떠오르는 게 시야에 비쳐왔다. 아무런 화면도 떠 있지 않은 손거울에 천천히 불이 들어오기 시작한다. 망원경에 비친 김현성은 천천히 숨을 가다듬고 있었다. 준비가 됐다는 듯이 웃으며 고개를 끄덕이는 모습이 보인다. 나는 입을 열었다.

"거리가 좀 됩니다."

-예.

"포인트 집어드리겠습니다."

-네. 잘 부탁드립니다.

"저야말로요."

광활한 전장이 한눈에 들어왔다.

📖

눈에 보이는 것은 광활한 전장이었다. 북부 전체다. 북부 전체라고 할 수 있는 맵들이 시야에 비치기 시작했다.

어디가 어디인지 정확히 알 수는 없었지만 한 가지 확실한 것은 저 모든 것들이 화면 안에 비치는 한 명의 영웅을 위해 준비되어 있었다는 것. 도무지 이해할 수 없는 광경이었다.

'뭘 어떻게 하겠다는 거지?'

이 모든 상황이 이해되지 않는다.

어째서 명예추기경님께서 여신의 손거울을 꺼내 전장을 바라보고 계신지, 도대체 무엇을 위해 파란 길드마스터와 이야기를 주고받고 있는지, 파란 길드원들은 어째서 기대하는 듯한 표정으로 그 광경을 바라보고 있는지, 이해할 수 있는 게 하나도 없었다.

물론 들어본 적은 있다. 박 씨 아저씨, 아니, 이제는 박덕구 대장님이 술만 취하면 하는 이야기가 있었으니까.

'형님이랑 형씨랑 힘을 합치면 무적이라니까. 거, 걱정할 게 아무것도 없다니까. 솔직히 나도 어떻게 그런 게 가능한지는 모르겠는데. 파바박 파바박하고 우르르 쾅쾅하고 콰득 콰직거리면 금방 해결되니까 너무 걱정하지 말라니까.'

제대로 알아들을 수 있을 리 만무했다.

평소처럼 과장해서 말하는 거라고 생각해서 귀담아듣지도 않았지만 저 광경을 보고 있자니 아주 예전에 베니고어 넷에서 읽었던 게시물이 스쳐 지나간다. 유동닉이 게시한 글이었기 때문에 어그로성 게시물이라고 생각했고, 그마저도 몇 분 만에 내려갔기 때문에 기억 속에서 사라졌던 게시글이었다.

'뭐라고 했었지?'

공화국과의 전쟁 때 파란 길드마스터에 관한 이야기. 정확히 이야기하면 함께 그 전쟁을 겪었던 이들의 이야기였다.

'명예추기경님이 파란 길드마스터 한 사람을 위해 전장을 사용한다고 했었나?'

아주 짧은 시간 안에 수많은 리플이 달렸던 기억이 있다. 물론 대부분이 검증되지 않은 허무맹랑한 이야기였다. 허공에 치유 주문과 체력 회복 주문을 외웠더니 파란 길드마스터가 짠 나타났다든가. 엉뚱한 곳에 화살을 날렸더니 적 지휘관의 심장에 화살이 꽂혀 있다든가. 마치 기적을 간증한 것만 같은 게시글이었다.

물론 규모가 있는 길드들은 모두 컨트롤 타워를 가지고 있고 그들이 뭘 할 수 있는지에 대해 아주 잘 이해하고 있다. 소규모 전투나 대규모 전투 가리지 않고 그들은 여러 전투에 공헌하고 있었고, 실제로 유명한 길드들은 유능한 지휘부를 거느리고 있는 경우가 많다. 하지만……

'너무 현실감이 없는 이야기였으니까.'

대륙에서 모험가로 살아가는 이들이라면 그 게시물이 얼마나 허무맹랑한 이야기인지 이해할 수 있을 것이다.

그런 게 정말로 가능하다고? 자신 역시 대륙 우상화 작업의 일환이 아니냐며 코웃음을 치지 않았던가.

"신기합니까?"

"아! 안 씨 아저…… 아니, 부대장님. 죄, 죄송합니다."

"질책하고 있는 것이 아닙니다. 하하. 네. 뭐, 신기한 광경이기는 하죠. 제게도 익숙한 장면은 아니니까요. 부길드마스터의 저런 모습을 직접 보는 건 저도 처음입니다. 아마 덕구 씨도 그렇고 예리도 처음 보는 광경일 겁니다."

'알고 있었던 거야?'

"하지만 두 분이서 무슨 일을 만들어낼지에 대해서는 잘 알고 있습니다."

"네?"

"두고 보시면 압니다."

심지어 믿음직스럽다는 눈빛이다. 자신만 비정상인이 된 것 같지 않은가.

'저게 도대체 뭔데.'

우스꽝스럽다고 말하고 싶지는 않지만 흔하게 볼 수 있는 모습도 아니다.

명예추기경님은 커다란 방패에 다리를 꼰 채로 앉아 있고 박 씨 아저씨는 그 방패를 신줏단지 모시듯 들고 있다. 부대원 전체의 여신의 손거울이 서로 각각 다른 화면을 송출하고 있었고 마도학자 황정연 님께서 저 손거울을 공중에 띄우고 있다.

혹시 모를 적의 습격을 대비해 보호 마법과 방패로 둘러싸인 채로 이동하는 모습은 마치 중요한 화물이라도 옮기는 것 같다. 자신 역시 방패를 들고 있지 않았다면 저 광경을 보지 못했을 것이다.

그렇게 완성된 것이 작은 상황실, 화면이 빠르게 흘러간 것은 바로 그때였다.

'저게 뭔데?'

자그마한 여신의 손거울 8개를 붙여서 만든 커다란 화면에 비치는 것은······.

'??'

단순히 빠르게 지나가는 풍경이었다. 차를 운전할 때 보이는 풍경, 혹은 기차를 타고 갈 때 보이는 풍경과도 같았다.

조금 달랐던 점은 상상할 수 없을 정도로 주변이 뒤바뀌었다는 것, 너무나도 빠르게 휙휙 지나가는 화면 때문인지 저게 뭔지도 알아보기도 쉽지 않다.

저게 뭔지 눈치챌 수 있었던 이유는 오롯이 그 옆에 보이는 화면 때문이었다. 미친 듯이 빠르게 움직이고 있는 한 사람이 시야에 비친다.

'아마도.'

파란 길드마스터가 바라보고 있는 시야.

'정말로?'

노을빛의 검사라고 불리는 김현성이 바라보고 있는 전장.

"아……."

놀라움에 입을 벌렸던 것도 잠시, 시시각각 상황이 변하기 시작한다.

"5중대. 힐러들 준비하세요. 현성 씨는 그대로 직진하시면 됩니다. 네임드 개체 위치와 움직이는 예상 동선 전부 보내 드렸습니다."

노을빛의 검사가 검을 휘두르는 모습이 보인다. 한 번 휘두를 때마다 천사의 탈을 쓴 악마들이 피를 흩뿌리며 쓰러진다. 잠깐 눈을 깜빡인 사이에는 이미 다른 곳으로 이동되어 있다. 마치 텔레포트 마법이라도 사용하고 있는 것만 같다.

옆에 보이는 3인칭 화면에서 파란 길드마스터의 몸이 빛나는 것이 눈에 보인다.

-확인.

파란 길드마스터가 바라보고 있는 시야에 비친 것은 황당한 표정으로 그를 바라보고 있는 5중대의 사제.

-말…… 말도…….

'말도 안 돼…….'

사제의 황당한 말이 여신의 거울에 들리기도 전에 노을빛의 검사는 몸을 움직인다.

게시글에서 봤던 상황이 뭔지 드디어 이해할 수 있을 것 같다. 그 게시물이 뭘 말하고 있었던 건지 드디어 알 수 있을 것 같다.

날개를 펴고 공중으로 치솟아 오른 채로 검을 휘두른다.

몇 미터 떨어지지 않은 곳에서 악마들이 쏘아낸 빛이 파란 길드마스터를 노리는 것이 시야에 들어왔다.

'위험한 거 아니야?'

하지만 노을빛의 검사는 동요하지 않는다. 어째서? 이미 몇 초 전에 무시해도 된다는 지령을 받았으니까.

명예추기경이 예상하고, 노을빛의 검사가 믿었던 것처럼 허공에 커다란 벽이 생성되기 시작. 악마가 쏘아낸 빛은 보호 마법에 막히고 노을빛의 검사는 다시 한번 전장을 빠져나간다. 이번에도 역시 황당하다는 표정으로 자신의 손을 바라보는 마법사의 얼굴이 눈에 보였다.

당연히 저런 표정을 짓게 되겠지. 저 마법사가 받은 지령은 시간에 맞춰 허공에 보호 마법을 깔아달라는 것뿐이었으니까.

미친 듯이 움직이고 있는 모습에 망설임은 없다.

"24번 전진 기지에 진입합니다."

-특이 사항은…….

"전진해요."

-네, 알겠습니다. 확인.

사지로 몰아넣는 것만 같다.

'이건 위험해.'

하는 생각을 하게 된다. 전술을 글로 배운 자신이 보기에도 24번 전진 기지의 전황은 많이 기울어 보였으니까. 아니, 기운 정도가 아니라 천사들로 꽉 차 있는 것만 같다.

손거울로 보이는 화면의 시야가 흐려진 것은 바로 그때. 마치 안개가 낀 것처럼 손거울에 아무것도 비치지 않는다.

노을빛의 검사가 보고 있는 시점 역시 마찬가지다. 가까스로 눈앞에 있는 것이 무엇인지는 확인할 수 있지만 당장 3미터 앞도 눈에 보이지 않는다.

어째서 저런 현상이 나타났는지는 금방 깨달을 수 있었다.

'교국 8좌. 안개 소환사. 천관위.'

명예추기경님이 지시를 보낸 것이 틀림없으리라. 24번 전진 기지 전체를 안개로 뒤덮은 그의 마법에 입을 벌렸던 것도 잠시. 더욱더 황당한 상황에 자신의 머리를 쥐어뜯게 된다.

조금만 생각해 보면 알 수 있는 이야기다. 저 정도 규모의 마법에 캐스팅이 걸리는 시간을 계산해 보면 당연히 알 수 있는 이야기다.

'적어도 10분.'

아무리 빨라도 8분이 걸리는 캐스팅을 미리 외워두고 있었다는 소리가 된다. 그 말인즉슨…….

'알고 있었던 거야.'

명예추기경은 알고 있었다. 8분 전에 노을빛의 검사가 24번 전진 기지에 진입할 거라는 걸 이미 예상하고 있었다. 30번 전진 기지에서 24번 전진 기지까지 도달하는 데 걸리는 시간이 정확히 8분이고 그 시간에 오차는 없을 거라는 걸 알고 있었다.

미래를…… 미래를 내다보고 있다고밖에는 설명이 되지 않는다. 정말로 미래를 내다본다고 생각하는 게 더 합리적이다.

'저게 가능하다고?'

만약에 미래를 보고 있지 않으면 저런 게 가능할 리가 없지 않은가. 시시각각 변하는 전장의 모든 변수를 고려해 가장 가능성이 높은 판단을 내리고 지령을 내려? 저 속도로 움직이는 사람을? 인간의 뇌로 그걸 계산하고 판단하는 게 가능해? 아니, 애초에 저렇게 움직이는 걸 눈으로 담을 수나 있는 거야? 정말로 미래를 보고 있는 거 아니야?

봐봐, 지금도…….

"허공을…… 바라보고 있잖아……."

"원래 부길드마스터는 종종 허공을 바라보기도 합니다. 무엇을 보고 계신지는 잘 모르겠지만……."

'뭘 바라보고 있겠어요. 안 씨 아저씨. 미래를 보고 있겠죠. 저거 봐요.'

"원거리 저격수. 준비. 지금 찍어 보낸 좌표에 화살."

-네. 파란 부길드마스터. 오랜만이네요.

"지금 당장."

-네.

'저거 보라고요.'

같은 교국 8좌에 원거리 저격수 위란, 안개 소환사 천관위로 함께 다완의 명성을 드높인 모험가는 허공을 향해 화살을 뿌린다. 한 번에 백여 개가 넘는 빛줄기가 안개 속으로 빨려 들어간다. 쉬지 않고 안개 속으로 활시위를 당기는 원거리 저격수는 한 치의 의심도 품지 않는다.

결과는 곧바로 노을빛의 검사가 바라보고 있는 1인칭 화면에 나타나기 시작한다.

그의 바로 코앞에 있는 악마 하나의 머리가 화살에 내리꽂힌다. 옆에 있는 녀석도 마찬가지, 그 옆에 있는 악마 역시 마찬가지다. 안개에 가려 시야가 흐렸지만 화살로 인해 만들어진 빛줄기는 계속해서 비둘기들을 두드리고 있었다.

조금만 더 늦었어도 저 화살은 노을빛의 검사를 노렸을 것이다. 조금만 더 포인트에 당도하는 속도가 빨랐다면 노을빛의 머리에 화살이 박혔을 것이다.

움직이는 것에 망설임은 없다. 아군과 적군이 만들어낸 화살 빗속에서도 노을빛의 검사는 끊임없이 안개를 뚫고 전진한다.

-확인.

"……."

-확인.

"……."

-확인.

무섭지도 않은 건가. 정말로 하나도 두렵지 않은 걸까.

마침내 안개를 뚫고 온 노을빛의 검사의 입에 미소가 걸려 있는 것이 시야에 비친다.

살짝 옆을 바라보니 코피를 뚝뚝 떨어뜨리며 미친놈처럼 입꼬리를 올리고 있는 명예추기경님의 얼굴이 보인다.

오히려 즐거워 보이지 않은가. 이 광활한 전장에서 미친 짓을 하는 순간을 즐기고 있는 것처럼 보인다.

자꾸만 웃음을 참고 있는 것만 같은 명예추기경의 입가가 신경 쓰인다. 커다랗게 웃는 모습은 상상하기 힘들지만 만약 가만히 내버려 둔다면 박 씨 아저씨를 처음 만났을 때처럼 웃어버릴 것만 같다.

"21번 전진 기지. 진입."

-확인.

'전장의 5분의 1을 내질러서 달려왔어.'

어째서 북부 전체의 맵을 띄워놨는지 알 것 같다는 생각도 든다.

"김 양! 준비해야지! 이제 신전 나갈 거라니까!"

"아…… 네! 박 씨 아저씨."

"방패 들어! 방패!"

"네…… 넵!"

"방패 들어! 전진! 전진! 오른쪽에 적 마법, 오른쪽에 적 유탄! 마법사들 캐스팅 외우라니까!!"

"정신 사납게 하지 말고 그냥 전진해. 돼지 새끼!"

'방금 명예 추기경님 목소리였나?'

-무슨 일 있었습니까? 기영 씨? 잠깐 통신이…….

"아무것도 아닙니다. 임무 수행하세요."

-확인했습니다.

"마법 날아온단 말이요! 마법!"

"그냥 전진."

허겁지겁 마법이 떨어지는 쪽과 명예추기경님이 계신 곳을 번갈아 봤지만 여전히 중얼거리기 여념이 없는 모습. 다른 곳에 신경 쓸 여유는 없어 보인다.

"형님이 그냥 전진하라고 합디다! 그냥 전진! 그냥 전진!"

'뭐야. 뭐야? 진짜로? 저거 직격탄인데?'

"그냥 전진해! 전진! 망설이지 말고 전진합니다!"

'안 씨 아저씨 정말로 그냥 전진해도 되는 거 맞아요?'

"전진해. 빨리. 뒤처지지 말고. 빨리. 전. 진."

'김예리 님 정말로요?'

"전진!"

명령이 들려오면 따를 뿐이다. 눈을 질끈 감고 달려봤지만 폭음은 들려오지 않는다.

천천히 눈을 뜨자 커다란 뿔을 달고 거대한 날개를 펼친 채 이쪽에 떨어진 공격을 막아선 노을빛의 검사의 뒷모습이 시야에 비친다.

'언제 여기까지 온 거야……'

"기영 씨? 괜찮으십니……"

"다음."

"네. 확인했습니다. 그럼."

이윽고 순식간에 점이 되어 사라지는 뒷모습이 눈에 보였다. 김현성과 이기영은 잠깐 눈을 마주쳤지만 이내 명예추기경님은 손거울을 바라보고 노을빛의 검사는 전장을 바라본다.

확신할 수 있었다. 이 두 사람은······.

'인간이 아니야.'

신에게 선택받은 무언가일 것이다. 그렇지 않고서는 이런 게 가능할 리가 없다.

◆

'아, 씨······. 머리 아파 뒤질 것 같네, 진짜.'

쉽지 않을 거라는 건 이미 예상했지만 내가 생각하고 있던 것보다 난이도가 높다는 걸 인정할 수밖에 없었다.

'와. 씨······.'

정말로 다른 곳에 신경 쓸 여유가 없다. 허겁지겁 김현성의 움직임을 따라가는 것이 전부라고 할 수 있는 상황, 옆에서 박덕구가 주접떠는 소리마저 거슬리게 느껴질 정도였으니 무슨 말이 더 필요할까.

"방금 그거 형씨였소?"

'시바 보면 몰라? 김현성이었잖아.'

"언제 여기까지 왔는지······ 진짜 끝을 알 수 없다니까! 그러니까 내가 말하지 않았나! 형씨랑 형님이랑 뭉치면 적수가 없다니까."

'아니. 알겠으니까 조금 조용히 좀 해.'

"크으……."

"아, 좀! 입 좀!"

"아…… 알겠……."

-네?

"아무것도 아닙니다."

잠깐 돼지 새끼에게 시간을 빼앗긴 사이에도 전장은 시시각각 변하고 있다.

'시바, 그래도 제대로 될 거라고 생각했었는데.'

엘룬의 망원경을 얻은 것은 물론이거니와 그동안 지력 능력치의 상승도 있긴 했었으니까.

하지만 그것 역시 자만이었던 모양이다. 라파엘을 돌아보며 김현성을 그리워한 게 우스워질 지경이지 않은가. 준비가 되지 않은 것은 김현성이 아니라 나였다. 열심히 스펙업 한 이 자동차는 이기영이라는 파일럿이 감당하기에는 역부족이다.

물론 변명거리 정도야 있다. 커버해야 될 공간이 늘었으니까. 커다란 검은색 날개를 달고 있는 김현성이 움직일 수 있는 공간은 더 이상 제한적이지 않다. 김현성이 전장으로 사용할 수 있는 공간은 이 흙바닥뿐만이 아니라는 거다. 드넓은 하늘 전체가 김현성의 전장이나 다름없다.

말인즉슨 녀석의 앞뒤는 물론이거니와 위아래까지 커버해 줘야 한다는 것. 위에서 공격이 떨어질 수도 있고 아래에서부터 화살이 올라올 수도 있으니 시야가 부족하다고 느껴질 수밖에 없었다.

'시바. 시바. 시바. 그래, 시바. 변명이지. 변명이야.'

녀석의 100%를 끌어올리지 못하고 있는 이유는 어디까지나 이기영의 무능이다.

장담할 수 있다. 김현성은 더 빠르게 움직일 수 있고, 더 효율적으로 적들을 무력화시킬 수 있다. 아까까지만 해도 내가 놈의 전부를 끌어내고 있다고 생각했었지만 이제는 그게 아니라는 걸 안다.

'기영 씨 괜찮으십니……?'

괜찮으십니까? 괜찮으십니까아? 말을 걸 여유가 있었네. 한가롭게 남 걱정할 여유가 있었던 거지? 내가 어떤 상황인지 살필 여유가 있었던 거지?

놈이 멈칫거리는 시간은 불과 몇 초에 불과했지만 그 몇 초가 어떤 결과를 가져올지, 그 몇 초가 얼마나 중요한지 녀석이 모르고 있을 리가 없다. 뻔하지 않은가. 본인의 개인적인 능력으로 딜레이된 몇 초를 메울 수 있다고 생각한 게 틀림없다고 장담할 수 있다.

아나나 다를까 김현성이 더욱더 속도를 올리는 중, 뭔가 시무룩한 얼굴부터가 본인이 아직 여유가 있다고 말하는 것만 같다. 심지어 불편한 표정을 보내고 있지 않은가.

'진짜 짜증 나네. 진짜로. 만족이 안 돼? 이걸로도 안 된다고?'

더 빠르게 움직일 수 있다고 이야기하고 싶은 것만 같다.

'이것밖에 안 되나.'

따위의 생각을 하고 있는 것 같다. 조금 더 페이스를 빠르게 가져가고 싶었지만 그것마저 쉽지 않다.

회귀자의 100%를 끌어올리지 못하면 이 전술을 사용하는 의미가 없다. 우습지 않은가. 병력의 잠재력을 끌어올리지는 못할망정, 병력의 움직임을 제한하고 있는 컨트롤 타워라니, 이렇게 무능한 새끼가 또 어디 있을까.

가능성은 낮지만 내가 김현성이였다면 이기영 손절 계획을 머릿속에 담아두고 있을지도 모른다. 아, 이제는 쓸모 없구나 기영 씨도…… 다른 사람을 찾아보는 건 어떨까.

물론 김현성이 이딴 말을 지껄이지 않을 거라는 건 알고 있지만 괜스레 짜증이 치솟기 시작한다.

'이래도 부족해? 이래도?'

곧바로 여신의 거울을 두드린다. 이게 내 한계라는 걸 알고 있지만 눈을 멈추지 않는다.

어느새 다음 전진 기지까지 당도한 김현성에게 계속해서 좌표를 전송하고 퀘스트를 내린다. 전장을 눈에 담은 것 역시 잊지 않는다. 어느새 내 앞을 가득 메우고 있는 여신의 손거울, 그리고 조금 더 보기 편한 거울이 눈에 보인다.

살짝 눈을 돌리니 빠른 속도로 상황실을 세팅하는 이들의 모습이 시야에 비쳤다. 그제야 내가 박덕구의 방패 위에서 내려와 의자에 앉았다는 걸 인지했지만 달라지는 건 아무것도 없다. 어차피 해야 할 일은 정해져 있었으니까.

'그래. 시바. 아가는 환경이 너무 별로였어? 그렇지? 시야도

너무 좁고 임시로 만들어진 상황실이었잖아. 기다려. 시바. 기다려. 이번엔 진짜 제대로 한다.'

다시 한번 화면을 눈에 담는다. 마치 곤충의 눈 같이 가득 차 있는 다각도의 시야가 한꺼번에 머릿속에 들어온다.

순식간에 들어온 어마어마한 정보량을 처리하기도 당연히 쉽지 않다. 머릿속에 있는 프로그램을 돌리는 와중에도 김현성은 계속해서 움직이고 있었으니까.

결국에는 모호한 퀘스트를 내릴 수밖에 없었다. 일단 김현성을 좌표로 보낸 이후에 주변 상황을 녀석에게 맞추는 것이다. 줄타기처럼 위험할지도 모르지만 일단은 이렇게라도 해야지.

-기영 씨?

'보내고 있어요. 시바, 기다려요.'

21번 전진 기지에 누가 있었지? 가장 가까이에 있는 게 누구였지? 박연주? 박연주 있나?

한쪽 손으로는 거울을 두드리며 망원경으로는 검은 백조의 길드마스터를 찾는다.

아니나 다를까 비둘기들과 함께 격전을 벌이고 있는 모습이 눈에 들어온다. 박덕구 몰카를 했을 때와 마찬가지로 검은색의 무구들을 계속해서 쏘아 보내고 있는 모습은 확실히 교국 8좌로서도 부족함이 없다.

"박연주 님. 그쪽으로 현성이 갑니다. 합류하는 그 즉시 제가 찍어드린 포인트로 함께 움직이세요."

-어?

의문을 표시할 시간 따위는 없을 것이다. 곧바로 옆을 지나치는 김현성이 시야에 비쳤을 테니까.

린델의 삼대 길드에 길드마스터를 꽁으로 먹고 있는 것은 아닌지 곧바로 호응하기 시작하는 박연주의 모습이 눈에 보인다. 서로 연계하며 검을 휘두르며 계속해서 움직이고 있는 모습은 뭐라 표현하기 힘들 정도로 유기적이다. 흩어졌다 붙었다 하기도 하며 서로 등을 맞댄 채로 검을 휘두르기도 한다. 김현성이 앞으로 전진 하는 사이 박연주는 김현성을 따라 붙어 검은색의 검들을 쏘아 보낸다.

열리지 않을 것 같은 공간이 열리기 시작한다.

'아, 시바. 체력 회복 깜빡했네.'

지금 곧바로 회복 주문과 버프를 갈아주는 것이 이상적이지만 이미 타이밍을 놓친 상황, 어쩔 수 없기는 했다. 두 사람을 위해 마법사들의 증원을 요청했어야 했으니까.

김현성과 박연주가 잠깐 움직임을 멈춘 사이 거대한 마법이 떨어진다. 두 사람은 폭발의 범위에 휘말리지 않는다.

미리 캐스팅해 뒀던 바람 마법이 두 사람을 공간으로 밀어 넣는다.

-확인.

-파란 길드마스터..

-오랜만입니다. 검은 백조 길드…… 확인…… 마스터.

-네. 이렇게 일어나 계신 모습을 보니…….

-확인.

잠깐이지만 두 사람은 추진력을 얻는다.

공중에서 휘리릭 돌면서 박연주는 온갖 화려한 기교를 부리며 사방팔방에 검을 쏘아 보내는 중, 김현성은 박연주가 열어준 공간으로 계속해서 검을 휘두르며 달리기 시작한다.

-현성 씨 위에!

하늘에서 빛을 떨어뜨리고 있는 적 비둘기를 보고 박연주가 입을 열었지만 김현성은 동요하지 않는다. 근처 마법 병단이 보호 마법 주문을 완성했으니까. 심지어는…….

콰아아아아아아아아아!!

하는 소리와 함께 멀리서 쏘아진 브레스가 공중에 떠 있는 적을 한 차례 쓸어버린다. 박연주의 임무는 여기에서 끝.

'쩔었지? 현성아? 쩔었지?'

-꼭 무사하세요. 파란 길드마스터.

-확인.

곧바로 날개를 펴고 공중으로 향하는 김현성의 모습이 시야에 비친다. 사방팔방에서 날아 들어오는 화살들의 위치를 계산하고 좌표를 쏘아 보내자 공중에서 방향을 선회하는 김현성의 모습을 확인할 수 있었다.

'방금 쩔었지? 진짜? 장난 아니었지?'

제발 그렇게 생각해 줬으면 좋겠다. 나름대로 공을 들인 한 수였으니까.

'더 빠르게 움직일 수 있어.'

더 빠르게 움직일 수 있을 거야. 그렇지?

콰아아아아아아아아아아!!

하는 소리가 들려온다. 드래곤 브레스가 하늘을 가득 메우고 있다. 그 와중에도 김현성은 계속해서 몸을 움직이고 있다. 마치 언제 브레스가 쏟아질지 알고 있었던 것처럼 김현성은 공중에서 다른 비둘기들보다 한 발자국 먼저 움직이고 있었다.

간발의 차이로 브레스들 모두 김현성을 빗겨 나간다. 아니, 날개 끝부분이 살짝 그을린 것 같기는 한데…… 아주 약간의 오차가 있었나 보다. 뭐, 저 정도면 그래도 정상 참작할 수 있는 수준이니까. 괜찮겠지. 김현성도 눈치챈 것 같지가 않다. 계속해서 빠르게 움직이는 김현성의 표정에 변화는 없었으니까.

그래. 시바 녀석의 표정은 여전히 변화가 없다.

'아직 부족해? 아직?'

도대체 어디까지 해줘야 할지 감을 잡을 수가 없을 지경, 전술 김현성이고 나발이고 때려치우고 싶은 마음이 들어와 내리꽂힌다.

'이건 어때?'

-확인.

'이렇게 한번 움직여 볼래?'

-확인.

여전히 변화가 없다. 내 실수가 있을지언정 김현성의 실수는 일어나지 않는다.

여전히 불만스러운 표정이 괜스레 나를 짜증 나게 만든다. 뭐가 그렇게 불만인지는 모르겠지만…….

'더 많이 봐야 돼.'

더 많이 봐야 한다.

'더 빠르게 생각해야 돼.'

더 빠르게 생각해야 한다.

내 손가락질에 천천히 늘어나기 시작한 화면은 어느새 상황실 전체를 가득 메운다. 크고 작은 화면들은 계속해서 서로 다른 장면을 비춰주고 있다.

'내가 조금 뒤떨어졌나.'

김현성은 퀘스트 이상의 임무를 수행해 주고 있다. 몇 초 정도 딜레이된 명령 체계 동안 할 게 없는 녀석이 다른 곳까지 커버하고 있는 것이다.

'이래도? 이래도?'

눈에 핏줄이 터져 나올 것 같다. 머리가 핑하고 어지럽지만 높은 지력 능력치는 정신을 놓게 만들지 않는다.

계속해서 코피가 뚝 뚝 떨어졌지만 닦을 여유는 없다. 대충 팔뚝으로 닦자 얼굴이 피로 문질러진 것만 같다.

'아직도? 아직이야? 이제 괜찮지? 그렇지?'

-조금 더 올리겠습니다.

'이 개새끼.'

더 이상은 능력 밖이다.

'이 이상은 불가능해.'

이미 머리는 받아들일 수 있는 정보의 한계를 넘어섰다. 하드는 비명을 지르고 있었고 퓨즈가 꺼지기 일보 직전이다.

'더 이상 시발 뭘 어떻게 하라고 진짜.'

한 구역 전체에서 일어나는 일들을 머리와 눈으로 받아들이고 있다. 내 입으로 이런 말 하기는 뭣 하지만 이미 평범함의 범주를 넘어선 위업이다. 나조차도 이런 게 가능할지에 대해 고민해 봤을 정도였으니 무슨 말이 더 필요할까. 그래. 이 방식으로는 이게 한계다.

'조금 더 느껴야 돼.'

내가 직접 전장으로 들어갈 수 있게. 김현성과 함께 호흡해야 한다. 놈의 눈이 전장을 바라보고 있는 것처럼 나도 김현성이 바라보고 있는 것을 함께 바라봐야 한다.

'피부로 느껴야 된다고.'

시각적으로 보이는 것뿐만이 아니라 전혀 새로운 종류의 정보가 필요하다. 이를 테면 감각. 절정에 이른 검사가 전장에서 느끼는 감각, 피부로 느껴지는 위협, 코 끝을 스치는 악취, 경험으로 쌓인 무의식적인 움직임, 바닥의 감촉, 공기의 흐름, 피부에 맞닿는 적들의 혈액. 김현성이 느끼고 있는 모든 걸 나도 느낄 수 있어야 한다. 나는 지금 더 많은 정보를 필요로 하고 있다.

'가능해?'

불가능하면 가능하게 만들어야지. 아니, 아마 최대한 비슷하게 할 수 있을 거야.

일단은 김현성이 보고 있는 시야부터. 여신의 거울로 보이는 게 아니라 놈이 진짜로 보고 있는 것처럼. 망원경이 있으니까 해결할 수 있을 거야. 망원경을 반으로 쪼갤 수 있나? 내가 잠깐 놈에게 망원경을 빌려주면 같은 곳을 바라보는 게 가능한가? 남아 있는 신성으로 그런 게 가능할까. 절박하기까지 한 느낌. 어떻게든 방법을 찾고 있었지만 여전히 해답은 나오지 않는다. 뒤떨어지는 기분이다. 계속해서 몇 발자국씩 멀어지는 듯한 기분은 괜스레 자존감을 갉아먹는다.

'내가 못 할 것 같아?'

불가능했으면 여기까지 오지도 못했어.

'할 수 있어.'

시스템을 이용하면 가능해. 아니, 이건 처음부터 내가 가지고 있어야 했던 거였어. 내가 가지고 있어야 할 능력이었다고. 그러니까. 해야 돼. 내놔. 그러니까 내놓으라고. 본래부터 내 거였어.

순간적으로 올라오는 짜증에 바닥을 내려쳤던 바로 그때였다.

[신화 등급의 새로운 특성을 개화합니다.]

"내가, 시발, 이럴 줄 알았다고. 시바."

[신화 등급 -회귀자 사용설명서]

217장
끝으로(2)

그것은 환희에 가까웠다.

이 상황을 뭐라고 표현해야 할지 알 수 없었지만 이건 분명히 환희와 비슷한 감정일 거라고 생각했다. 이전에도 한 번 느껴본 적이 있는 고양감이 전신에 퍼져 나간다.

드넓게 펼쳐져 있는 전장이 오롯이 자신을 위해 펼쳐져 있다. 모든 퍼즐이 딱딱 들어맞을 때 인간이 느끼는 원초적인 쾌감이 등 뒤를 쓸고 지나간다.

사실 1회차에도 2회차에도 나는 전투에 특별한 의미를 담아본 적이 없었다. 아무 생각이 없다는 쪽이 더 어울리는 표현일 것이다. 말 그대로의 의미다. 어떻게 전쟁에 특별한 의미를 부여할 수 있을까.

사방에서 들려오는 비명 소리와 땀과 혈액으로 젖은 몸, 숨이 턱 끝까지 차오르는 감각과 죽을지도 모른다는 공포, 전투가 끝나고 나면 녹초가 되기 일쑤였고 전장으로 나서기 전에는 불안감에 잠을 이루지 못했을 정도였다.

물론 간혹 다른 부류가 있기야 하다. 전쟁을, 전투를 진심으로 즐기는 이들이 있기야 하다.

이를테면 용병여왕, 그녀는 1회차에서도 2회차에서도 전투 그 자체를 즐기고 있었으니 그런 부류에 포함해도 되지 않을까. 피에 취해 전쟁터를 떠돌아다니는 그런 부류를 말하는 것이 아니다. 붉은 용병의 길드마스터인 차희라는 정말로 순수하게 싸움을 즐기는 종류의 인간이었으니까. 어쩌면 그녀가 느끼는 감정이 이런 종류의 쾌감일까.

아니, 그럴 리가 없다. 그녀조차 그와 함께하는 전장을 겪어 본 적이 없으니까. 아마 그녀가 느낀 것은 자신과 다른 종류의 감정일 것이다.

모든 것이 유기적으로 연결되어 있다는 느낌이 든다. 모든 것이 연결되어 있다. 하늘 위로 치솟는 순간 쏟아지는 브레스가 느껴졌지만 굳이 고개를 돌릴 필요도 없다. 저게 자신을 스쳐 지나갈 것이라는 사실을 알고 있었으니까.

귓가를 곧바로 스쳐 지나간 용의 숨결이 눈앞에 있는 천사들을 휩쓸어 버리는 것이 시야에 비친다. 열리지 않을 것 같은 공간이 열리는 것이 보였지만 그쪽으로 몸을 비틀지는 않았다. 내가 향해야 할 곳은 저곳이 아니었으니까. 더욱더 커다란 공간이 눈에 비친 것은 바로 그때, 곧바로 날개를 치솟자 몸이 움직이는 게 느껴진다.

뻥 뚫린 고속도로를 달리는 것만 같다. 아무 생각도 하지 않고 검을 휘두를 수 있다. 조금 과장해서 이야기한다면 적들이 스스로 급소를 내어주는 것만 같다. 사방에서 뻗어 나오는 빛과 마법에서 오롯이 자신만 벗어나 있다.

'이게…….'

새롭다. 내가 상상할 수도 없을 정도로 잘 짜여진 전장에서 느끼는 이 기분은 매번 새롭다.

'즐거워.'

지독히도 증오했던 전쟁터에서 즐거움을 느끼고 있다니, 한편으로는 아이러니하다고 생각했지만 그럴 수밖에 없다고 생각했다. 전투 그 자체에서 비롯된 즐거움이라고 하기에도 애매한 부분이 있었으니까. 문제가 있다면…….

'몸은 정상인 건가?'

현재 그의 몸이 정상이 아니었다는 것.

'지금이라도 그만둬야 하는 거 아닐까?'

언제나 자신의 건강은 뒷전인 사람이었으니 그런 모습을 보이는 것도 무리가 아닐 것이다. 수척해진 상태로 피를 흘리던 모습이 떠오르자 다시 한번 입술을 꼭 깨물게 된다.

'부담되는 거야.'

생각해 보면 당연한 문제다. 컴퓨터조차 과부하가 걸릴 정도의 데이터양을 한 인간이 받아들이고 있다. 미래 예지에 가까울 정도로 전장을 컨트롤한다는 건 들어본 적도 없고 본 적도 없다. 인간이 이런 걸 실현한다는 것 자체가 기적이고 위업이다. 물론 그가 특별하다는 것은 알고 있지만…… 건강에 이상이 생겼을 가능성도 존재한다. 전쟁이 시작되기 전부터 그의 몸은 망가져 있었다. 어쩌면 한계에 다다랐을 수도 있다.

'그만두게 해야 해.'

최대한 빨리 그를 내버려 둬야 한다고 생각하고 있었지만 자신의 몸은 계속해서 이 감각을 받아들이는 것을 원하고 있었다.

'멈추게 해야……'

하지만 그게 의미가 있을까.

'끝낼 수 있을까?'

그 없이 이 전장에 마침표 찍을 수 있을까.

"불가능해. 절대로…… 불가능해."

이 감각을 계속해서 느끼고 싶어 합리화하는 것이 아니다. 말 그대로 기영 씨 없이는 이 전장을 마무리 짓는 것은 불가능에 가깝다.

어디로 향해야 하는 거지? 어디부터 깎아내리면 되지? 어디서 싸우면 되는 거야?

북부 전체에 펼쳐진 전장은 드넓다. 경험이 많이 쌓였다고 한들, 천재들이 바라보는 전장을 들여다볼 수 있는 것이 아니다. 기영 씨가 보고 있는 전장은 자신은 들여다볼 수도 이해할 수도 없다. 그는 언제나 합리적인 판단을 내린다. 오차는 없고 실수 따위도 하지 않는다. 아주 작은 것 하나도 용납하지 않는다. 어떻게 해야 김현성이라는 자원을 잘 써먹을 수 있는지에 대해 누구보다도 잘 이해하고 있다.

만약 그가 없다면……. 그래. 당장 눈앞에 있는 천사들과의 전투를 승리로 가져갈 수는 있겠지. 하지만 전쟁에서 승리할 수는 없을 것이다.

'어쩔 수 없어.'

자신은 그를 필요로 한다.

'더…… 더.'

빠르게 날개를 펼치며 검을 휘두른다.

'더…… 더!'

땅으로 내려온 직후에도 다리를 멈추지 않는다.

"확인."

왼쪽에서 날아 들어온 창은 팔을 들어 쳐낸다.

'더…… 더 할 수 있어. 더.'

"확인."

시야가 빠르게 뒤바뀐다. 너무나도 빠르게 흘러가는 풍경 덕분에 전장을 제대로 살피기가 힘들다.

'아직 더 할 수 있어. 더.'

몸의 속도를 눈이 따라가지 못하고 있다는 느낌이 들지만 중요하지 않다. 내 눈을 대신해 줄 사람이 있으니까.

"확인."

잠깐 숨을 고른 사이에 곧바로 회복 마법이 몸에 떨어진다. 체력 회복 주문도 함께 외워준 것 같았지만 체력이 떨어졌다고 느껴지지 않는다.

숨이 턱 끝까지 차오르지 않은 것은 아니다. 거친 숨을 쉬고 있는 상황이었고 근육은 비명을 내지르고 있었다. 하지만 전혀 힘든 것 같지 않다. 이미 뇌가 아드레날린으로 꽉 찬 것 같은 느낌, 일종의 존 상태에 들어간 것처럼 기분 좋은 감각이 계속해서 몸에 힘을 불어넣어 주고 있었다. 얼굴에 쏟아지는 바람이 상쾌하게 느껴진다. 턱 끝까지 차오르는 숨도 기분이 좋다.

'더. 더 할 수 있어.'

더 빨라질 수 있을 것 같다. 더 날카로워질 수 있을 것 같다. 지치지 않을 것 같고 온종일이라도 싸울 수 있을 것 같다. 자꾸만 목이 마른 것처럼 몸이 계속해서 이 전장을 원하고 있었다.

'아직 더 움직일 수 있어.'

하지만 그 이상의 퀘스트는 떨어지지 않는다.

'조금 더 빠르게 움직일 수 있는데.'

하지만 그 이상의 지령이 내려오지 않는다.

어째서. 내가 한계를 맞았으니까?

분명히 그럴 것이다. 기영 씨는 내가 뭘 할 수 있는지, 내가 어떻게 움직일 수 있는지 이해하고 있다. 어떤 퍼포먼스를 보여 줄 수 있는지에 대해서도 완벽하게 이해하고 있다. 아마……

'신체가 버티지 못하고 있다고 판단하고 계신 건가?'

정확히 몸 상태가 어떤지에 대해 자가 진단을 내리기가 힘들다. 검을 휘두르고 발을 놀리는 감각에 취해 다른 생각을 하기가 쉽지가 않다.

전장은 길다. 빠르게 탈진하거나 금방 리타이어 하는 상상을 하고 있을지도 모른다.

'더 할 수 있을 것 같아.'

아니. 그의 판단이 맞다. 여기서는 페이스를 조절하는 게 정답이다. 하지만 아주 조금만 더 텐션을 올리는 것도 나쁘지 않을 것 같다.

자신은 괜찮다고 말하고 싶었지만 무리를 시키는 것 같아 말을 꺼내는 것도 쉽지 않다.

대신이라고 하기에는 뭣 하지만 지령 이외의 움직임을 선보이게 된다. 아마 조금은 여유가 있을 거라는 뜻으로 받아들여지지 않을까. 분명히 그럴 것이다.

하지만 그 이상의 퀘스트가 도착하지 않는다. 결국에는 조심스레 입을 열 수밖에 없었다. 합리화하는 것은 아니지만 그가 더 무리하기 전에 이 전쟁을 끝내는 게 정답인 것 같았으니까.

"조금 더 올리겠습니다."

그럼에도 불구하고 다른 지령이 오지 않는다.

'불가능하다고 생각하고 계시고……'

정말로 내 육체가 한계를 맞이하고 있다고 판단하고 있다.

'아직 더 할 수 있는데……'

이게 끝이 아니라는 걸 보여줘야 하는데.

여전히 목소리는 들려오지 않는다.

아직도 부족하다는 생각에 머리가 복잡해진다. 갑작스레

몰려드는 자괴감에 검을 쥔 손에 힘이 들어간 바로 그때였다.

"어……."

변화는 천천히 하지만 갑작스럽게 일어나기 시작했다. 가장 처음 변화를 보인 것은 전장을 바라보는 시야.

"이게…… 이게…… 도대체……."

마치 곤충의 눈으로 세상을 바라보는 것만 같다. 왼쪽 눈에 엄청난 통증이 느껴져 눈을 매만졌지만 이내 고통은 순식간에 사라지기 시작한다.

눈에 비치는 것은 정면뿐만이 아니다. 옆, 그리고 뒤, 광활한 전장, 위에서 아래에서 다각도의 시야가 왼쪽 눈에 들어온다.

순식간에 들어오는 정보량에 머리가 깨질 것처럼 아프다. 자신도 모르게 이해하게 된다. 눈앞에 보이는 천사가 어느 정도의 역량을 가지고 있는지, 지금 전장이 어떻게 흘러가고 있는지, 내가 현재 해야 할 일은 무엇인지 이해하게 된다.

날개가 삐쭉삐쭉 설 것 같은 감각이 등 뒤를 훑고 지나가고 그 감각이 사라지기가 무섭게 전혀 새로운 감각들이 쏟아진다.

강아지는 후각으로 수만 가지의 정보를 받아들인다고 했던가. 현재 자신도 비슷한 상황일 거라고 생각했다. 적들이 내뱉는 호흡, 아군의 상태, 차가운 바닥과 말라비틀어진 혈액, 공기의 흐름, 피부의 감촉, 지금까지 느껴왔던 모든 감각이 새롭다.

그중에서도 가장 새로운 감각은…….

"하하."

그와 연결되어 있다는 감각.

"하……하하하!"

확신할 수는 없지만 느껴지는 게 있는 법이다. 우리가 연결되어 있다는 게 느껴진다. 아마 기영 씨도 똑같은 걸 느끼고 있겠지. 호흡과 컨디션, 마치 전장에 함께 선 파트너처럼 모든 걸 알고 계시겠지. 내 뒤에, 내 앞에, 내 옆에서 함께해 주고 있다. 옆 곧바로 귀에 꽂혀 있는 수신기를 뺄 수밖에 없었다. 이제 이런 건 필요하지 않으니까.

드디어 인정받은 거구나. 드디어 옆에 설 수 있게 된 거야. 하는 성취감이 온몸을 휘감은 것도 잠시, 순간적으로 비틀거리는 다리를 부여잡을 수밖에 없었다.

-괜찮습니까?

"네. 괜찮습니다."

귓가로 들려오는 소리보다는 속 안에서 울리는 목소리.

-정말로 괜찮으신 것 맞습니까?

검을 휘두르며 한쪽 손으로는 머리를 부여잡는다.

머리가 터질 것 같은 감각은 익숙하지 않다. 괜찮아졌다고 생각한 왼쪽 눈이 계속해서 지끈거린다.

'어째서……'

어째서 이 천재가 자신을 배려했는지 알 수 있을 것 같다.

'김현성…… 김현성…… 이 병신 새끼. 이 모자란 새끼…….
주제도 모르는…….'

어째서 그동안 이걸 하지 않았는지 깨달을 수 있었다.

-무리하지 않으셔도 됩니다. 아직은 불가능했던 모양이군요. 뭐 아쉽지만…….

"아니요. 괜찮습니다. 아무렇지도 않습니다. 감당할 수 있습니다. 네."

-상태를 두고 보겠습니다.

"저는…… 저는 괜찮습니다."

-힘드시면 언제든지 말씀하셔도 됩니다. 무리하지 않으셔도 돼요.

"온종일…… 이라도 할 수 있습니다."

-그렇게까지 말씀하신다면…… 본격적으로 연결하겠습니다.

'이게…… 아직 연결된 상태가 아니라고?'

-지금부터는 구태여 좌표를 보내거나 설명드리지 않겠습니다. 느끼고 계실 거라고 생각해요.

"네…… 느껴집니다. 느낄 수 있을 것 같습니다."

-그럼…….

"네."

-행동하시면 됩니다.

"……."

-뭐 해? 움직여.

눈을 부여잡았던 손을 천천히 떼자 입꼬리가 올라가기 시작했다.

전혀 새로운 세계가 눈앞에 펼쳐졌다.

"승리하리라! 우리는 승리하기 위해 이 자리에 있다!"

"밀어붙여. 하늘로 떠오르지 못하게 해! 마법을 상시 유지해라!"

"아아아아악!"

"죽어!"

"지원! 지원!"

"방패 들어! 방패 들어!"

'이거 위험한데.'

"전열을 무너뜨리지 마라. 밀어붙여!"

'위험해.'

"이건 위험하다고. 젠장."

상황이 좋지 않다는 게 보였다. 전투가 어떻게 흘러갈지 예상하는 것은 시기상조였지만 모든 전장에는 본래 흐름이라는 게 있는 법이다.

'아직 무너지지 않은 곳이 얼마나 되는 거지? 제대로 버티고는 있는 건가?'

창을 내지르는 악마의 모습이 눈에 보인다. 고개를 숙여 창을 피한 이후에는 곧바로 도끼를 들어 녀석의 어깻죽지에 쑤셔 박았다. 충분히 고통스러울 만도 했지만 녀석은 비명도 지르지 않은 채로 다시 한번 창을 내질렀다. 옆에 있는 동료가 아니었다면 아마 목에 창이 박혔을 것이다.

숨이 턱 끝까지 차올랐지만 일단은 계속해서 도끼를 휘두를 수밖에 없었다. 지금 상태에서 등을 돌린다는 것 자체가 불가능했으니까. 이미 후퇴할 수 있는 상황이 아니다.

'오스칼 님은 무사하신 건가?'

계속해서 커다란 목소리가 들려오는 것을 보면 무사하신 것 같기는 했지만, 희망찬 상황이라기보다는 그나마 다행이라고 표현하는 것이 맞다. 전열이 무너진 것으로 모자라 완전히 포위된 형국이라고 볼 수 있었으니까. 아마 이런 페이스대로라면 오스칼 님이 계신 본대 역시 위험하지 않을까.

불길한 상상을 하기는 싫지만 어쩌면 이번이 마지막일지도 모른다는 생각이 들어와 꽂힌다.

"끝까지 버텨. 끝까지! 무너지지 마라! 절대로! 무너지지 마!"

"우리는 승리할 것이다! 우리는 승리할 것이다!"

한참 동안이나 악마들과 전투를 치렀을까. 옆에서 목소리가 들려온 것은 바로 그때였다.

"맥크리 분대장."

"예."

"지금 이동해야겠네."

"어디로 향하는 겁니까?"

"오스칼, 아니, 오스칼 님이 계신 곳으로."

"……."

"이미 전열이 완전히 무너졌어. 합류하는 게 최선이겠지……

조금만 뚫어내면 돼. 자네가 앞장서 주게."

"……."

"난 이곳에서 시간을 벌겠네."

"제가 남아 있는 게 더……."

"아닐세. 아직 한참 젊은 사람들에게 이런 일을 맡길 수는 없지 않은가."

시야에 들어온 것은 한때 제국의 검이라고 불렸던 남자였다. 수많은 사선을 넘고 수많은 전장을 승리로 이끈 명장이었으며 황가를 수호하는 무력 그 자체였던 남자였다.

천천히 얼굴을 들여다보자 복잡한 표정을 짓고 있는 빅터하르트 님의 모습이 눈에 보이기 시작했다.

"빅터하르트 님."

"후회되는군."

"……."

"지난 시간이 후회가 돼. 인정하기는 싫지만 인정할 수밖에 없겠구만. 그자의 의도가 어떻든 간에 그자는 제국을…… 아니, 대륙을 바꿔놨어. 어째서 베니고어 님께서 그자를 선택한 건지 이해할 수 없었지만 이제는 이해할 수 있네. 가서 새로운 지도자를 지켜주게나. 그리고……."

"네? 그게……."

"명예추기경에게 안부 전해주게."

"네?"

"지금."

"네…… 네."

거대한 검을 휘두르는 빅터하르트의 모습이 눈에 보인 직후, 작지만 틀림없이 공간이 열리는 걸 두 눈으로 확인할 수 있었다.

생각할 시간은 짧다. 일단은 곧바로 몸을 날리는 게 최선이다.

"이동한다! 이동! 오스칼 님과 합류한다!"

"이곳이 우리의 마지막 전장이다. 교국의 전사들아."

뒤쪽에서는 거대한 목소리와 함성 소리가 들려온다.

어떻게든 길을 열려고 기를 쓰는 부대원들은 죽음을 두려워 하는 것 같지 않았다. 이곳이 끝이라는 걸 직감하고 있으면서도 그들은 방패를 들고 적들에게 대항하고 있었다. 수많은 전장을 돌아다닌 자신조차 이런 광경은 본 적이 없다. 세상에 숭고한 죽음이 어디 있을까. 언제나 죽음은 비참하고 두려운 존재다.

하지만…… 하지만 그들에게 공감할 수 있다. 대의란 그런 것이었으니까. 이 죽음이 무가치하지 않다는 걸 알고 있으니까. 대륙을 지키기 위해서 싸운다. 가치를 위해 싸우고 빛을 위해 싸운다. 이들은 가슴 속에 빛을 품고 있을 것이다. 명예추기경님께서 내린 커다란 빛을 그 품에 안고 싸우고 있다. 본인들의 희생이 절대 헛되지 않는다는 걸 이해하고 있다.

자신 역시 마찬가지였다.

명예추기경님처럼 대륙을 위해 싸운다. 어둠이 이 땅을 집어삼키게 하지 않기 위해 싸운다. 이런 거창한 뜻을 품고 전장에 선 것은 아니다. 하지만 나 역시 지키고 싶은 것이 있다.

멀리 떨어지지 않은 곳에서 보이는 지도자. 교국을 혁명으로 이끈 자유의 상징. 교국에 모든 것을 바치겠다는 의미로 머리를 짧게 자른 혁명가는 검을 높게 들어 올리며 작은 불씨를 지켜 나가고 있었다.

"죽음을 두려워하지 말라. 교국의 병사들아. 우리의 죽음이 헛되지 않을 것이라는 걸 기억하라. 명예추기경님이 우리를 기억하실 것이다. 역사가 우리를 기억할 것이다. 내가 너희들을 기억할 것이다. 한 사람 한 사람의 얼굴을 모두 눈에 담고 기억에 담을 것이다."

'오스칼.'

"나는 자랑스럽다. 교국의 영웅들아. 역사가! 우리의 후대들이! 우리의 마지막에 대해 노래 부를 것이라 생각하니 자랑스럽기 그지없다. 내가 이 영웅들과 함께 최후를 맞이한다고 생각하니, 내가 이곳에 있는 영웅들과 함께 기억될 거라고 생각하니 자랑스럽다. 영웅들 역시 응당 자랑스러워해야 할 것이다."

'오스칼 님.'

"마지막까지 희망의 등불을 잃지 마라. 우리가 패한다고 해도 빛은 승리할 것이다. 베니고어의 아들딸들은 결국에는 승리를 쟁취해 낼 것이다. 최후의 최후까지 저항하라 우리의 마지막은 분명 빛에게 보탬이 될 것이다. 베니고어 신성교국이 자유의 저항의 신념 아래 세워졌다는 걸 기억하라. 그것이 그대들의 힘이 되어줄 것이다. 우리의 뿌리가 그대들에게 싸울 수 있는 힘을 전해줄 것이다. 교국인들의 긍지를 보여라. 우리가 베니고어 님의 아들딸이라는 것을 적들에게 보이자."

'검도 제대로 다루지 못하시는 분이었는데.'

전투의 보탬이 된다고는 볼 수 없지만 그것 이상으로 저분이 함께해 주신다는 것은 커다란 힘이 된다. 교국의 가장 위에 선 위인이 함께 죽음을 맞이하겠다 말씀해 주시는 것만으로도 위안이 된다.

하지만……

'함께 최후를 맞이하게 해서는 안 돼.'

그런 역사가 쓰여져서는 안 된다. 오스칼 님은 오랫동안 교국의 지도자로서 기억되어야 한다. 병사들과 함께 최후를 맞이한 비극적인 지도자가 아닌, 교국을 바꾼 인물로서 남아야 한다.

아마 나 같은 생각을 하는 이들이 한둘이 아닐 것이다. 이를 악물고 어떻게든 전선을 유지하려는 수많은 병사의 눈에는 진심으로 자신들을 생각해 준 지도자를 위해 싸우고 싶다는 신념이 서려 있었다.

'살려야 해.'

이 목숨을 바치는 한이 있더라도 지켜내야 하는 것이 맞다.

'베니고어시여. 제 보잘것없는 목숨은 거둬가셔도 좋습니다. 하지만 당신이 선택한 교국의 상징만은 오랫동안 남게 해주시옵소서.'

"베니고어시여."

"지켜! 죽을 힘을 다해 막아!"

"희망의 등불은 꺼지지 않는다. 우리가 쓰러질지언정 빛은 승리할 것이다. 빛과 명예추기경님께 힘이 되어야 한다!"

"버텨! 버텨!"

"신성기사단이여! 최후의 최후까지 응전해라. 베니고어 님께서 너희들을 빛의 품으로 인도할 것이니. 명예추기경이 우리를 베니고어 님의 곁으로 안내할 것이다."

"베니고어시여! 베이고어시여!"

"신의 아들을 위해. 빛의 선택을 받은 자를 위해."

"오스칼 님을 지키자. 교국을 지켜!"

하지만 점점 전장은 기울어진다. 함께했던 영웅들이 하나하나 쓰러질 때마다 목이 터지라 소리를 지르는 오스칼 님이 눈에 보인다. 그 눈빛의 희망은 꺼지지 않는다. 하지만 입술을 꽉 깨물고 있는 모습이 시야에 비친다.

어째서인지는 알 수 없다. 하지만 조금 전에 봤던 제국의 검의 표정이 오버랩된다.

'후회?'

무엇에 대한 후회인지는 알 수 없지만 작게 중얼거리는 것만 같다. 어쩌면 자신의 마지막을 전하고 있는 걸지도 모르겠다.

오스칼 님의 표정이 천천히 변하기 시작한 것은 바로 그 직후였다.

'어……'

아주 작은 희망이 그녀의 눈빛에 들어선다. 기쁨에 찬 얼굴이 들어선다.

"지원군."

"아……."

"지원군이다! 지원군이 오고 있다! 조금만 더 버텨라! 대륙의 영웅들아."

"하……하하하하!"

"조금만 더 버티면 돼! 조금만 버텨!"

"지원군이……."

공기의 흐름이 달라진 것 같은 기분이 든다.

"마법 준비해! 마법!"

"이게…… 도대체……."

뭔가가 벌어지고 있다. 아무런 전조도 없었지만 갑작스레 그런 생각이 들었다.

자신도 모르게 하늘을 바라보니 검은색의 점이 선을 그리며 날아오는 모습이 눈에 들어왔다.

'저게 뭐지?'

이내 그 검은색 선은 자취를 감췄지만 방금 전까지 멀지 않은 곳에서 병력과 대치하고 있었던 악마의 목이 잘려 나가는 것이 시야에 들어온다.

그 악마뿐만이 아니다. 마치 누군가가 오른쪽으로 커다랗게 원을 그리고 있는 것처럼 아군 병력을 둘러싼 악마들의 몸이 추풍낙엽처럼 쓰러지고 있다. 순식간에 공중으로 치솟는 이들 역시 마찬가지, 공중에서 날개가 잘려 나가 땅으로 떨어지는 악마들의 모습만 눈에 보인다.

"기적?"

검은색의 빛이 선을 그리는 것 외에는 보이는 것이 없다. 말 그대로 검은색 빛줄기가 하늘을 수놓고 있다.

콰아아아아아아아아아아앙!!

콰드드드드드드드드드드드득!

거리는 소리와 함께 땅이 갈라지고 있다. 지금 무슨 상황이 벌어진 건지 제대로 인지할 수 없을 지경.

멍하니 있는 그 광경을 바라보고 있는 이들은 환호성조차 지르지 않는다. 너무나도 당황스러운 광경에 말문이 막혀 버린 것이다.

대신이라고 하기엔 뭣하지만 허공에 주문을 외우는 마법사들과 사제들이 눈에 보이기 시작했다. 번쩍이는 빛이 계속해서 퍼져 나간다. 검은색 빛이 또다시 커다란 선을 만든다.

허공에서 움직이는 악마들 수십 마리가 나가떨어진다. 검은색 빛은 왼쪽에도 자리해 있다. 너무나 빠르게 지나가 제대로 확인할 수 없었지만 공중에서 선을 그리던 그 빛이었다.

"하…… 하하……."

콰아아아아아아앙!!

커다란 소리가 들려온 직후에는 검은색의 원이 적 병력에 내려앉는다. 마치 그림을 그리고 있는 것 같다. 아니, 유성이 떨어지는 것 같기도 하다.

'내가 지금…… 내가…… 꿈을 꾸고 있는 건가.'

전장 전체를 휘젓고 다니는 검은색 선. 바닥에 처박히기 바쁜 악마들. 이해할 수 없는 것투성이였다.

'도대체…… 이게 어떻게 된 영문이지?'

"노을빛의 검사다."

"뭐?"

"노을빛의 검사가 왔다!"

마법사들 사이에서 커다란 목소리가 터져 나왔다.

'노을빛의 검사라고? 저 검은색 선이?'

"저…… 저게?"

다행히 의문을 해결하기 전까지 그리 오랜 시간이 걸리지 않았다. 마침내 검은색 선이 공중에 멈춰 섰을 때…….

"파란…… 길드마스터."

천천히 숨을 몰아쉬는 영웅의 모습을 확인할 수 있었으니까.

영웅이라기보다는 악마에 가까운 모습. 검은색 날개를 달고 커다란 뿔을 가지고 있는 악마. 기다란 장발에 피처럼 붉은 눈. 비현실적인 광경을 보여준 직후라서 그런지는 모르겠지만 경외감보다는 공포심이 먼저 들어선다.

"악마……."

라고 중얼거렸지만. 신성하게 빛나는 황금색의 왼쪽 눈을 바라본 순간 저도 모르게 입을 열 수밖에 없었다.

"아니, 저건…… 신이야……."

검은색 선이 지나갈 때마다 온몸이 잘리며 땅바닥을 나뒹구는 비둘기들의 모습이 시야에 비쳐온다.

멀찍이서 바라보면 저런 광경밖에 보이지 않는다. 아마 저걸 지켜보고 있는 갤러리들 역시 김현성의 모습이 선으로 보일 거라고 생각했다.

눈앞에 있는 커다란 여신의 거울을 손가락으로 한 번 긋자 내 손을 따라가는 김현성의 모습이 시야에 비쳤다.

당연하지만 저 거울에 새로운 기능이 걸린 것은 아니다.

-확인했습니다.

"네."

김현성은 알고 있다. 내가 무엇을 원하고 있는지, 어디로 움직이기를 원하는지 모든 걸 이해하고 있다.

사실 확인했다고 말할 필요도 없다. 내가 생각하고 있는 걸 전하기도 전에 녀석은 이미 깨닫고 있었으니까. 어떤 경로로 녀석이 그걸 깨닫게 되는지도 이해할 수 없었지만 녀석은 분명 내 생각을 이해하고 있었다.

'이거, 시바, 내가 생각하고 있는 것도 읽고 있는 것도 아니지?'

아니, 그건 불가능하다. 새로 얻은 특성의 이름은 이기영 사용설명서가 아니라 회귀자 사용설명서였으니까.

김현성이 나를 사용하는 것이 아니라 내가 김현성을 사용하는 종류의 특성이라는 거다. 나는 녀석의 어떤 걸 느끼고 있는지 이해할 수 있다. 김현성이 바라보는 시야, 녀석의 상태, 내가 원했던 것처럼 김현성이 느끼고 있는 모든 걸 함께 느끼고 있었다.

'시바…….'

머리가 핑핑 돌아갈 정도로 아드레날린이 분비되는 것은 아마 그것 때문일 거라고 생각했다.

아무 힘도 가지고 있지 않은 일반인이 갑작스레 초인이 되었다고 상상해 보라. 나는 그 힘을 휘두를 수 없지만 그 힘을 휘두르는 이가 느끼는 감각들을 느끼고 있다. 공기를 찢으며 이동하는 속도와 바위도 으깰 수 있을 것 같은 근력. 절정에 이른 검사의 검술과 녀석이 다룰 수 있는 힘, 그리고 전쟁터에서 쏟아지는 열기와 적의, 초인의 후각과 촉각, 고양된 기분과 감각, 모든 걸 느끼고 있다.

김현성이 느끼고 있는 것은 내가 자신과 연결되어 있다는 것과 내가 어떤 명령을 원하고 있는지 알게 되는 것뿐이다.

겁이 많고 자존감이 낮은 김현성은 그것만으로도 충분히 도움이 되는 모양. 누군가 전장에 함께해 준다는 건 녀석에게는 커다란 의미로 다가올 것이라고 장담할 수 있다. 그 누군가가 자신의 유일한 이해자인 빛기영이라면 특히나 그렇지 않을까.

'아암, 그렇고말고.'

항상 느끼는 것이지만 김현성은 선택을 두려워한다. 본래 녀석의 성향이 그랬던 건지, 아니면 만들어진 건지는 모르겠지만 아마 후자에 가까울 것이다. 가면의 영웅이 회귀자에게 내린 시련은 녀석을 단단하게 만드는 데 기여했지만 한편으로는 유약하게 만들기도 했다.

1회차에 김현성을 생각해 보면 무척 뻔한 이야기지 않은가.

김현성은 모든 일을 망쳤다. 튜토리얼부터 마지막에 이르기까지 녀석은 항상 최악의 선택지에만 발을 담갔다. 녀석이 어떤 선택을 할 때마다 놈의 동료들을 죽거나 반병신이 됐고 끝끝내 가면의 영웅이 내린 가면의 시련 앞에 무너졌다. 그 트라우마가 사라졌을 리가 없지 않은가.

그래서 녀석은 선택을 두려워한다. 아닌 척하거나 신경 쓰지 않는 척을 해도 놈은 선택하는 것을 무서워한다. 가슴속, 아니, 영혼 속 깊숙한 곳에 자리 잡은 그 잔재는…… 김현성이 본래의 힘을 내는 걸 억제하고 있었다.

굳이 비유하자면 족쇄를 달고 있는 맹수에 비유할 수 있지 않을까. 본인의 앞발과 뒷발에 커다란 쇳덩이가 달려 있는지도 모르는 맹수.

-하……하하!

김현성은 내가 자신에게 힘을 내려주고 있다고 생각하고 있는 것 같았지만 지금 보여주고 있는 무력은 모두 김현성이 가지고 있는 본래의 힘이다. 녀석은 마음의 눈으로 보이는 것 이상의 것을 해줄 수 있다.

김현성은…….

'X나 세. 진짜.'

개인적으로 측정한 전투력을 훨씬 상회하는 힘을 가지고 있다.

콰아아아아아아아아아아아앙!!!

콰지지직! 콰아아아아아아아아앙!!!

전장을 휩쓸고 있는 저 친구 좀 보세요, 여러분들. 시바, 만화에서나 나오는 모습 아니야?

-확인했습니다!

"집중하세요."

-네!

환희에 찬 얼굴이 눈에 보였다. 검을 휘두를 때마다 검은색 파동이 놈들을 뒤덮는다.

온종일이라도 싸울 수 있을 것 같다는 회귀자의 말은 결코 과장된 것이 아니다. 다른 병력을 김현성을 위해 사용할 필요도 없다. 날아들어 오는 마법과 화살을 방어할 보호 마법을 지원해 주거나 공간을 만들기 위해 다른 영웅들을 밀어주지 않아도 된다.

김현성 혼자 움직여도 결코 무리하고 있다는 생각이 들지 않는다. 거대한 빛과 화살, 창들이 사방팔방에서 날아들어 오는 것이 시야에 들어왔다. 굳이 마법사에게 지원을 요청하지 않는다.

왜. 녀석이 보고 있으니까. 정면만 바라보고 있었던 이전과는 다르게 이제는 모든 각도에서 볼 수 있었으니까.

물론 판단하는 것은 김현성이 아니다. 상황실에 앉아 있는 내가 모든 것을 판단한다. 어디로 피하는 것이 좋을지 어떤 루트로 움직이는 것이 좋을지 판단을 내린다.

아무 근거 없이 내리는 판단이 아니라 내게 쏟아지는 모든 정보를 근거로 한 판단이다.

'그렇게 이기적으로 비롯된 판단도 아니지.'

김현성의 상태, 녀석의 경험치, 녀석의 생각. 이기영의 개인적인 의견을 거기에 덧붙여 가장 합리적인 루트를 찾아준다. 이 모든 것을 판단하는 시간은 찰나다.

어떻게 이게 되는지에 대해서는 나도 알 수 없다. '어째서 생각할 수 있나요'라고 묻는 것과 똑같은 질문이었으니까.

그렇게 만들어진 명령 체계가 김현성에게 내리꽂히는 것 역시 찰나. 마치 뇌가 하나가 된 것 같은 기분이었다.

김현성이 고개를 끄덕이는 것이 보인다. 녀석은 날아 들어오는 창을 하늘로 쳐낸다.

팔이 살짝 저릿하다. 날아 들어오는 빛무더기는 날개로 자신의 몸을 감싼 채로 돌파한다. 화살은 날개를 펼치는 풍압으로 날려 보낸다.

가장 합리적인 공간으로 날개를 뻗는다. 듀렌달을 휘두르기가 무섭게 몇십 마리의 비둘기가 휩쓸려 나간다. 검은색 선이 다시 한번 하늘을 가로지른다.

'시바! 개 빨라! 시바!'

하늘에 서 있는 검은색 선은 어느새 땅바닥에 그림을 그리고 있다.

'현성아 너무 빠르다. 시바.'

눈앞에 빅터하르트 영감이 고군분투하고 있는 것이 보인다. 여기서 마무리하기에는 아까운 인간이니 살려두는 것도 괜찮겠지.

루트를 수정하자 김현성이 다시금 몸을 움직이는 것이 느껴진다. 저 멀리서 보였던 영감의 얼굴이 순식간에 가까워진다. 영감을 향해 창을 내지르고 있었던 비둘기들 몇 마리의 머리가 김현성의 손에 의해 땅바닥에 처박혀 있다.

콰아아아아아아아아앙!!

소리가 들려온 것은 그 이후다.

—자…… 자네는…….

"오랜만입니다. 영감님."

—오랜만입니다. 영감님.

"따라 하라고 말한 게 아닙니다. 현성 씨."

—아…… 네.

금안 적안의 오드아이가 그렇게 간지났을까. 김현성의 얼굴을 빤히 바라보던 영감은 허탈한 듯 말을 이었다.

—하…… 하하…… 그래. 그렇게 된 거였군……. 신에게 선택받은 이가 하나가 아니었던 모양이야.

—……아니. 신에게 선택받은 이는 하나입니다.

—?

—저는…… 신에게 선택받은 이에게 선택받은 사람입니다.

'아이고 현성이 기특하기도 해라. 그래. 내가 널 선택한 거야.'

—아니…… 그렇지 않네…… 자네는…….

순식간에 영감이 멀어진다. 빠르게 달린 김현성이 다시 한번 검을 휘두르는 것이 느껴진다. 절정에 이른 검사의 팔이 검을 휘두르는 감각이 내 손 안에 그대로 느껴진다.

'와, 이거 시바 나도 세질 가능성 있는 거 아니야?'

머릿속에 김현성의 검술이 있는데. 동네 양아치들 정도는 검술로 제압할 수 있지 않을까?

계속해서 적들을 뚫고 나간다. 흑색의 선이 한 차례 전장을 훑고 지난 곳에 남은 것은 한 차례나 늦게 땅바닥에 처박히는 비둘기들뿐이다.

'가즈아! 가즈아!'

콰아아아아아아앙!! 콰지직! 퍼어어어어어어엉!!

'검만 쓸 수 있는 줄 알았더니 몸도 잘 쓰네. 왜 지금까지 안 쓰고 있었어? 너무 얽매여 있었던 거 아니야? 아니면 까먹고 있었어?'

검을 땅바닥에 꽂은 김현성이 비둘기들을 주먹과 발로 후려치는 것이 보인다.

퍼어어어엉!

비현실적인 소리와 함께 온몸이 으깨진 놈들이 김현성에게서 튕겨 나간다.

'컨셉에는 조금 안 맞는 것 같기는 한데 한번 뿔로 들이받아 보는 것도 간지날 것 같자너. 어차피 오늘 이후로는 뿔 쓸 일도 없을 텐데 한 번만 써보자.'

머릿속으로 다소 어처구니없는 지령을 떠올리자 곧바로 김현성이 천사 한 명을 뿔로 들이받는 것이 눈에 보였다.

"아……."

확실히 그다지 어울리는 모습은 아니지만 나쁘지는 않다.

'아…… 이거 진짜 너무 쉽잖너.'

이런 쓸데없는 짓을 할 수 있을 정도로 지금의 상황이 여유가 있다. 전력 차는 압도적이고 악마들 사이에 김현성은 양 소굴 안에 들이닥친 늑대나 다름이 없다.

어깨 쪽에 통증이 느껴진 것은 바로 그때였다.

"아아아악!!"

고개를 돌린 곳에 자리한 것은 활시위를 당기고 있는 네임드 비둘기.

'방금 말 취소. 시바 방심하면 안 되겠다.'

화살을 쏘아 보내는 특기라도 가지고 있었던 모양이다. 잠깐 다른 생각을 하는 사이에 보이지 않는 화살을 감지하지 못했다. 김현성 역시 깜짝 놀란 것 같은 반응. 화살이 박힌 건 자기 어깨인데 뭐 저렇게 놀란 건지 모르겠다.

이 새끼는 아프지도 않아? 고통에 익숙한 거야? 시바 졸라 아팠는데…….

-괜찮…… 괜찮으십니까?

"아…… 네. 괜찮……."

-죄…… 죄송…… 죄송합니다. 죄송…….

"아니요."

'아…… 진짜 이 새끼 또 겁먹었다.'

"통각 공유는 조금 줄일 수 있을 것 같습니다. 진정하세요. 지나치게 흥분한 것 같네요."

순식간에 거대한 분노가 머릿속에 내리꽂힌다. 미처 명령을 내리기도 전에 화살을 날린 네임드 비둘기의 얼굴이 피떡이 되어 있다. 얼굴이 완전히 뭉개져 있는 것으로 모자라 사지가 난도질 되는 모습은 조금 역하기까지 하다.

-개자식! 개자식!

'알았어, 그만해. 둠현성 다혈질 시바…….'

어쩌면 감정도 조절할 수 있지 않을까. 천천히 마음을 다잡자 안정됐는지 천천히 숨을 몰아쉬는 김현성의 모습을 확인할 수 있었다.

'이거 진짜 되네.'

머리에 몰려 있던 피가 점점 빠지는 것 같은 감각이다. 녀석도 본인이 지나친 모습을 보였다는 걸 인지하고 있는지 조용히 고개를 숙이는 모습이 눈에 들어왔다.

-죄송합니다.

"아니요. 저도 잠깐 집중력을 놓고 있었던 것 같습니다. 그럼……."

-아니…… 정말로 죄송합니다.

"전투에 집중하세요."

-네.

아직 전쟁이 끝난 것은 아니다. 어깨가 조금 아프기는 했지만 흑색의 선이 움직이는 것에 방해될 정도는 아니다. 아까보다 입술을 더 꽉 깨문 녀석은 오히려 더욱더 빨라지고 있었다.

폭음과 굉음만 계속해서 들려온다. 이제는 '확인했습니다'라고 말하는 목소리도 들려오지 않을 정도로 녀석이 집중하고 있는 것이 눈에 보인다.

김현성이 검을 휘두르려고 하는 것이 보인다. 노을빛의 검을 주문했지만 아쉽게도 둠현성 상태로는 나가지 않는 모양, 하지만 거대한 칠흑색의 기운이 적 진영을 덮친다. 모든 게…… 모든 게 눈 깜빡할 사이에 벌어진 일이었다.

'시바 진짜 졸라 멋있네. 진짜.'

온몸에 소름이 돋을 정도의 광경이었다. 그 누가 저 장면을 보고 전율을 느끼지 않을까. 저걸 보고 전율을 느끼지 않는다면 놈이 있다면…….

'그 새끼야말로 악마 관계자지.'

이단 심문관이라도 불러 심문하는 것이 옳다. 한쪽 손으로 머리를 부여잡고 있는 와중에도 눈을 뗄 수가 없을 정도의 광경이었다.

조용히 고개를 끄덕이며 자신의 손을 바라보고 있는 녀석의 모습이 보인다.

"괜찮았습니다. 곧바로 다음으로. 얼마 지나지 않아 전쟁을 끝낼 수 있을 겁니다."

-네.

다시 한번 고개를 끄덕이는 모습. 환하게 웃고 있는 김현성의 모습은 정말로 기분이 좋아 보였고 또 그렇게 느껴지기도 했지만 뭔가 찜찜한 것 같은 기분이 든다. 아주 깊숙한 곳에서 두려움과 결심이 느껴진다. 찰나였지만 녀석이 가지고 있는 감정이었다.

'뭐야? 뭐가 무서워? 아까 그것 때문에 그래?'

네가 나를 속일 수 있어? 잠겨져 있는 걸 풀어내는 것 정도야 쉽다. 조금 더 깊숙한 곳으로 들어가 보려고 생각하자 확실히 놈이 품고 있는 감정이 무엇인지 느껴지기 시작했다.

-다음은 어디로 가면 되는 겁니까?

"……."

-어서 빨리 전쟁을 끝내고 싶습니다. 기영 씨. 이렇게…….

"……."

-지금 움직이겠습니다.

'하…… 이 새끼 봐라.'

커다란 문제는 아니었다.

'이 개새끼 진짜.'

내게 있어서 커다란 문제는 아니었다.

김현성은…….

김현성은 자신의 죽음을 떠올리고 있었다. 이 모든 일의 끝을 자신의 희생으로 마무리하기로. 그렇게 하기로 결심하고 있었다.

다시 한번 녀석을 살펴봐도 달라지는 것은 없다. 어이가 없어서 헛웃음이 다 나올 정도였으니 무슨 말이 더 필요할까.

'김현성 정신 성장은 개뿔. 이 새끼 이 정도면 무슨 정신병 있는 거 아니야? 진짜?'

"……."

'내가 병신이었지. 내가 병신이었어.'

다시 한번 생각해 봐도 여전히 당황스럽다.

완전히 미쳐 버린 상태에서 이성을 되찾은 걸 칭찬했던 내가 병신처럼 느껴진다. 제정신을 차린 이후에 뭔가 내면적인 성장을 이뤄낸 거라고 생각했었던 이기영이 병신이었나 보다.

'난 또 진짜 성장한 줄 알았자녀. 내면적인 성장은 개뿔 그딴 거 없었자녀. 아니, 성장하기는 성장한 것 같은데 루트를 잘못 탔네.'

조금만 생각해 보면 그럴 리가 없는데 말이야. 진짜 회귀자 사용설명서 아니었으면 큰일 날 뻔했자녀. 상황 제대로 꼬일 뻔했네. 진짜.

욜라 이상하긴 이상했다니까. 김현성이 갑자기 내 도움이 필요하다고 말할 리가 없는데.

말 그대로, 애초에 녀석이 내 도움이 필요하다고 말했던 것부터가 조금 부자연스럽게 느껴진다. 내 몸에 무리가 갈까 봐 온갖 고집은 다 부리며 통신까지 차단했던 그 김현성이 갑작스레 함께해 달라고 말했다는 게 가당키나 한 이야기인가. 짐을 나눠 들기는커녕 짐을 떠넘겼다고 죄책감에 시달렸던 녀석이었다. 김현성 속의 이기영이 무척 위태로운 것으로도 모자라 언제 죽을지 모르는 병약한 새라는 걸 떠올려 보면 더욱더 그렇다. 잠깐 까먹고 있을 뻔했지만 아직까지도 기억상실 기믹을 유지하고 있는 상황.

무슨 약을 먹고 왔는지, 갑자기 도움이 필요하다고 말한 것은 정말로 내 도움이 필요하다고 판단했기 때문이겠지만 기본적으로는 이번이 마지막이라는 심리가 깔려 있기 때문일 거라고 생각했다. 최대한 빨리 전쟁을 끝내고, 최대한 빠르게 마무리를 짓는 게 유리하다고 판단하고 있는 거겠지.

어쩌면 보상 심리 같은 것도 있을지도 모르지. 모든 걸 매듭짓기 전에 한 번은 더 교감하고 싶다는 표현이 아니었을까. 왜 그런 거 있잖아. 버킷 리스트 같은 거. 마지막인데 혼자 싸우면 쓸쓸하잖아.

'제정신 차린 게 자기희생 엔딩이나 찍으려고 그러셨어요? 왜, 시바 계속 도망치다가 갑자기 무슨 바람이 불어서 이 새끼가 희생한다고 지랄을 할까 몰라.'

"……."

'와, 진짜 머릿속을 열어보고 싶네.'

이미 반쯤은 열어보고 있었지만 아주 세세한 생각을 전부 캐치하기에는 숙련도가 많이 부족한 모양, 하지만 굳이 보지 않더라도 이해할 수 있는 게 있는 법이다. 녀석이 어떤 생각을 하고 어떤 심리 상태에 있는지 훤히 보인다. 정확하다고 딱 집어서 말할 수는 없지만 녀석이 살아온 배경이나 감정을 느껴 보면…….

'뻔하지. 뭐.'

잠깐 김현성한테 빙의해 보자면 이렇다.

'지금까지 너무 도망만 쳐온 것 같습니다. 제게 주어진 역할이 뭔지 알고 있으면서도 외면해 왔던 겁니다. 제가 회귀한 이

유를 이제는 알 것 같습니다. 이제는 도망치지 않고 똑바로 마주하겠습니다.'

그렇지. 도망쳤지. 근데 그게 왜. 누가 너보고 도망치지 말라고 칼이라도 겨눴어? 사람이 도망 좀 치고 회피할 수도 있는 건데 너는 뭐가 그렇게 문제야?

어쩌면 세라핌에게 죄의 심판을 받았던 것도 떠올린 것일지도 모르겠다.

'저는 수많은 죄를 저질렀고 이 죄들을 외면해 왔습니다. 계속해서 생각했었습니다. 어쩌구. 속죄하기 위해서는 어떻게 하는 게 좋을지 항상 생각해 왔었습니다. 저쩌구. 이제 이 죄에 대해 속죄하기 위해 어쩌구. 드디어 죗값을 치르고 어쩌구. 모든 것을 떠안고 어쩌고.'

마지막 순간에 주절거리며 명대사를 쏟아낼 빌드업을 하고 있을지도 모른다. 분명히 저런 대사를 지껄일 거라고 장담할 수 있다. 내가 쓰레기라 그런 것이 아니라 김현성이 정신병이 있다고밖에 볼 수가 없다.

'누가 네 죄에 대해서 신경이나 쓴대? 1회차? 그건, 시바, 어쩔 수 없는 상황이었잖아. 그리고 이미 2회차 시작한 마당에 뭐……. 이미 세탁했다고 생각해도 되는 거 아니야? 왜 이렇게 세상을 어렵게 살아가세요, 진짜. 이런 놈이니까 신한테 사랑받고 영웅이고, 주인공 포지션 잡는 건 이해하는데 아무리 그래도 너는 정도가 너무 심하다. 진짜.'

김현성이 1회차의 모든 것에 대해 말하지 않았다는 것 정도는 이미 알고 있었다. 빛의 성자 이기영을 실망시키지 않기 위해 필터링을 한 이야기를 쏟아냈다는 것 역시 뻔한 이야기다. 전쟁이 있었다는 것 정도는 이야기했지만 그 전쟁에서 자신의 모습이 어땠는지, 얼마나 많은 인간을 죽였는지, 놈의 기준으로 얼마나 비인도적인 일을 저질렀는지에 대해서도 묘사하지 않았다.

여전히 의문이 풀리지 않는 부분 역시 존재한다.

그러니까 1회차, 평범하고 순수했던 1회차 이기영이 가면의 영웅으로 각성하기 전, 박덕구의 죽음에도 김현성이 어떤 식으로 기여했는지 역시 의문으로 남아 있다.

'아니. 손을 거든 건 맞긴 해?'

대충 거들었을 수도 있겠지. 무슨 일이 있었는지는 모르겠지만 한 지역에 통째로 마법을 떨어뜨린다는 건 기득권들의 허가 없이는 벌어질 수 없는 일이니까.

최종적으로 결재를 내린 건 당시 제국의 여황이었을지는 몰라도 당시 기득권이었던 김현성의 의견도 들어가지 않았을 거라고는 장담 못 해. 그래도……. 정확히 무슨 일이 있었는지는 알 수 없지만 솔직히 김현성이 기여했든 기여하지 않았든 지금의 나와는 상관이 없는 이야기라는 거야.

사람마다 입장 차이라는 게 있을 수밖에 없다는 것 정도는 이해할 수 있고, 결과적으로 나는 가면의 영웅 본인이 아니었으니까. 녀석의 유지를 이어받기는 했지만 놈이 분노했다고 해서 나도 분노하라는 법은 없지.

-기영 씨?

"……."

-기영 씨?

"네?"

-무슨 일 있으신 겁니까?

"아니요. 아무 일도 없습니다. 루트는 계속해서 찍어드리고 있는 것 같은데. 뭐 문제라도 있는 겁니까?"

-아니요…… 그런 건 아닙니다만…….

"잘하고 계십니다. 아주 자알 하고 계시네요."

-…….

"전장에 미치는 영향력이 아주 대단안 하십니다. 혼자서도 전부 마무리 지으실 수 있을 것 같습니다. 네, 네."

-죄…… 죄송합니다.

"네? 뭐가 죄송하다는 건지 잘 모르겠는데. 뭐가 죄송한데 요? 뭐가 죄송한지 한번 들어나 봅시다."

-죄송합니다. 제가…….

"아니, 뭐가 죄송한지 알아야 사과를 받아주죠. 그냥 지금 상황 모면하려고 대충 던지는 말이나 다름없잖습니까. 마음에 도 없는 소리 하지 마시고 눈앞에 있는 거나 신경 쓰세요."

-정말로 죄송합니다. 제가, 그러니까, 아까 그 명령을 무시하 고 움직여서…… 순간적으로 너무 화가 나서…… 죄송합니다.

"그것 때문에 화난 거 아닙니다."

-제가 부주의한 탓에 상처를…….

"아니, 상처를 입은 건 현성 씨지 제가 아닙니다. 통각 차단 했으니까 안심하시고 마음껏 싸우세요. 말리는 사람 아무도 없습니다."

-정말로…… 정말로 죄송합니다.

"뭐가 죄송한데요?"

순간적으로 기분이 시궁창으로 나가떨어지는 것 같은 느낌 이 든다. 물론 내 기분이 그렇다는 것이 아니라 녀석의 그런 기 분을 느끼고 있는 것 같다. 뭔가 집중력 자체도 슬슬 떨어지고 있는지 전투에 집중도 못 하고 있는 모습이 시야에 비쳤다.

'진짜…….'

순간적으로 짜증이 치솟아 올라 잠깐 억지를 부리기는 했 지만…… 확실히 영향을 받고 있기는 한 모양이다.

'너무 심했나?'

그래도 제 딴에는 마지막이라고 생각하고 있는 것 같은 데……. 형제 같은 친구랑 마지막에 마지막에는 전장에서 함 께하면서 뭐 밀린 이야기도 나누고 정서적 교감도 하고 멋진 대사 쳐주고 눈물 한번 쫙 빼준 이후에 산화하는 그림 그리고 있을 게 뻔하자너. 근데 마지막이 이렇게 됐으니 얼마나 기분 이 더럽겠어.

물론 아직 마지막이 다가온 것은 아니었지만 김현성의 기분 을 나락으로 처박기에는 충분한 모양이다. 정상적인 마지막 인 사를 하지는 못할망정 전부 다 망치고 빛기영 기분 잡치게 한 것으로 모자라 어째서 기분이 상했는지도 알지 못하고 있으니

속이 터질 지경이지 않을까.

아니나 다를까 다시 한번 구덩이 속으로 점점 파고드는 감정이 느껴지기 시작했다. 내가 뭘 잘못했을까 하는 생각부터 꽤나 순도 깊은 자괴감마저 나를 덮쳐온다. 열심히 전장에서 검을 휘두르며 적들을 쓸어나가고 있지만 흔들리는 동공과 괜스레 힘이 들어간 전신은 녀석이 어떤 기분을 느끼고 있는지 말해주고 있는 것만 같았다.

-그러니까…….

'그래. 시바, 그만하자. 그래도 제 딴에 한번 해보려고 한 건데. 생각해 보면 내가 이렇게 흥분할 이유도 없지. 뭐.'

어차피 김현성의 계획이 실제로 성공할 가능성은 없다. 엔딩에 나와야 할 장면은 이기영 배때기지 김현성의 자기희생이 아니었으니까. 김현성의 입장에서는 자기희생 엔딩보다 더 끔찍한 엔딩이 될지도 모르겠지만 결과적으로 가장 나은 마지막이 될 것이라고 장담할 수 있다. 김현성은 죽지 않을 거고 희생도 하지 않을 거다. 희생하는 것은 회귀자의 동료지 회귀자가 아니다.

'내가 너 대신 희생하겠다.'

내가 생각하고도 조금 가슴 저릿한 멋이 있다.

'진짜 멋있기는 하네.'

자기 자신한테 살짝 취할 정도로 울림이 나쁘지 않다.

'아, 씨. 이렇게 생각하니까 마춰 물약이 또 아쉽네.'

-그러니까…… 제가…… 죄송…… 합니다.

"그렇게까지 말씀하신다면…… 네. 받아들이겠습니다."

-정말입니까?

"네. 흥분하신 것도 이해할 수 있으니까요. 현성 씨가 혼자 판단을 내리면 이걸 하는 의미가 없잖습니까. 이 정도 고통은 괜찮으니 지시를 무시하지는 말아주세요."

-네. 그렇게 하겠습니다. 네. 절대로 무시하지 않겠습니다.

'알기 쉽죠.'

녀석이 기분이 직접적으로 들어와 꽂히는 것 이전에 전장에서부터 그 영향력을 알 수 있을 정도로 감정에 솔직한 것 같다. 순식간에 적들을 쓸어버리는 검은색 선의 위용은 굳이 다시 한번 묘사할 필요가 없을 정도로 훌륭하다.

괜히 이미 전쟁은 끝난 것 같다는 표현을 사용한 것이 아니다. 신과 같은 존재가 전장에 강림한 상황. 열세로 보이는 전장에 커다란 영향력을 끼친 이후에는 다음 전장으로, 그다음 전장을 해결한 이후에는 또다시 다른 전장으로, 어마어마한 속도로 북부 전체에 영향력을 끼치고 있는 회귀자의 모습은 정말로 마지막 남은 불꽃을 태우는 것처럼 느껴진다.

'아직 못 턴 지역이 얼마나 되지?'

전장은 유리하게 돌아가고 있다. 김현성이 다녀간 전장은 밀리고 있는 형국에서 밀어붙이고 있는 형국으로 전환되어 있다.

'그렇게 무능하지는 않지.'

차려놓은 밥상을 떠먹지 못할 정도로 대륙은 무능하지 않다. 검은 백조 길드의 박연주, 오스칼과 빅터하르트 영감, 천관

위와 위란, 각 전진 기지를 대표하는 영웅들 역시 승기를 잡았다는 것을 직감하고 있는지 남은 적들을 몰아내는 중, 마치 데자뷔처럼 어딘가에서 많이 봐왔던 장면이었다.

언제 나왔는지 전장에서 날뛰고 있는 차희라의 모습 역시 시야에 비치고 있다. 아직까지는 치열한 접전이 유지되고 있는지 몸에 하나둘 창이 박히고 있는 모습. 그녀는 신경 쓰고 있지 않은 것 같았고, 대미지 역시 그리 커다란 것 같지 않지만, 저 장면 역시 본 것 같은 느낌이 든다. 아니, 틀림없이 카스가노 유노를 통해 본 장면이 가까워지고 있었다.

'이제 정말 온 것 같은데.'

-기영 씨.

"네?"

-그러니까…….

"네."

-잠깐 괜찮으십니까?

"네."

-그러니까 저희가 처음 만났을 때…… 기억하고 계십니까?

'아, 현성이와 함께하는 추억 여행 시작하나요.'

"네. 당연히 기억합니다. 이전에도 자주 드렸던 말씀이니까요."

'근데 우리 이 이야기 자주 했잖아.'

-네. 기영 씨가 제가 차가운 사람인 줄 알았다고 말씀하셨던 기억이 납니다. 실제로도 그랬었지만…… 생각해 보면 처음에는 정을 붙이려고 하지 않았던 것 같습니다.

'근데 추억 여행 처음부터 가려고 하는 건 아니지? 튜토리얼 때부터 되짚기에는 시간이 없자녀.'

-그리고…… 파란 길드에 처음 들어갔을 때 말입니다만…….

그 와중에 김현성은 자신의 손으로 끔찍한 짓을 저질러야 한다는 것도 모른 채 열심히 추억 속을 헤엄치고 있었다.

-그러니까…….

대충 봐도 빠르게 끝날 것 같지는 않았다. 사실 슬그머니 감정을 잡는 김현성의 모습이 눈에 들어왔을 때부터…….

'이미 예견된 상황이기는 했지.'

김현성은 평소에는 과묵한 편에 속하기는 하지만 한번 물꼬가 트이면 말이 많아지는 스타일이었으니까. 사람 자체가 재미 없는 편에 속하는 인간이다 보니 기실 대화를 받아주는 입장에서는 힘든 면이 있기도 했다.

마음 같아서는 빠르게 끊고 가고 싶었지만…… 그건 너무 사이코패스 같다는 생각에 입을 다물 수밖에 없었다. 녀석 나름대로는 마지막 추억 여행이기도 했고, 희생 엔딩 내기 전에 정리하고 싶은 것이 있을 테니 말이다.

아무튼 간에 김현성은 이 시간을 무척이나 기다려 왔다는 듯 조심스레 말을 건네기 시작했다.

-파란 길드에 처음 들어갔을 때는 여러 가지로 신경을 써드리지 못해 너무나도 죄송스러웠습니다.

"네……."

그래, 그건 솔직히 네가 심했지. 아직도 녀석이 내게 길드의 모든 업무를 맡기던 상황이 떠오른다. 지금 생각해 보면 돌멩이를 수백 번 맞아도 할 말이 없는 상황이라 할 수 있지 않을까.

-최대한 빠르게 길드를 키워야 한다는 생각에 저도 모르게 부담을 드린 것 같습니다.

'이 새끼 구라 치네. 뭔 저도 모르게 부담을 드려. 아주 작정하고 갈아버리려고 했잖아.'

-당시 기영 씨의 능력을 믿었기 때문에 내린 결정이기는 했지만 지금 생각해 보면 철없기 그지없는 행동이었습니다. 이후에 기영 씨의 부담을 줄이기 위해 혜진 씨를 데려오기는 했지만 그것마저도 기영 씨를……

'지가 잘못한 건 알고 있네. 진짜. 지금이야 내가 혜진이랑 절친 먹었으니까 괜찮은 거지만 그땐 너 죽이고 싶었어. 개 짜증 났었다고. 그때 선물까지 들고 갔었는데.'

하지만 일단 훈훈한 분위기는 유지하도록 하자.

"이제는 모두 지난 이야기니까요. 솔직히 원망스러웠냐고 물어보신다면 원망스러웠다고 말씀드리겠지만……."

-죄송합니다.

"죄송스러울 것도 없습니다. 지금 떠올려 보면 전부 다 재미있게 웃을 수 있는 이야기니까요."

-하…… 하하. 그렇게 생각해 주셔서 정말로 다행입니다.

"던전행도 마찬가지였어요. 당시에는 따라가기 힘들겠다는 생각이 들 정도로 지치고 괴롭기도 했지만…… 전부 다 즐거운 경험이었던 것 같습니다. 맨 처음 공포의 정원에 갔을 때도 그랬죠. 정유라 씨였나요? 정말로 통쾌하기는 했습니다. 현성 씨가 특별한 면이 있다는 걸 예상은 하고 있었지만…… 그걸 확신할 수 있었던 원정이었죠. 아마 현성 씨가 없었다면 그런 원정은 경험하지 못했을 겁니다."

-저주받은 신단도…….

'아, 그것도 있었지.'

-조금 위험하기는 했습니다만 솔직히 기영 씨가 물약을 제조해 공략에 일조해 주실 거라고는 상상하지 못했습니다. 본래 신단의 공략 방법은 그게 아니었는데…… 아직도 기영 씨가 게드릭의 흉내를 내던 모습이 눈에 선합니다. 정말…… 하…… 하하…… 결과적으로 율리에나를 빼앗기기는 했지만…….

'뭐야 너 마음에 담아두고 있었어?'

-처음부터 제 물건이 아니었던 거겠죠. 지금에서야 말씀드리는 거지만 율리에나는 마검사 정진호가 사용하던 물건이었습니다.

대충은 예상했는데 역시 그랬던 모양이다.

-여러모로 좋은 아이템으로 느껴져 2회차 초반부터 사용할 생각이었는데…….

'은근히 속 좁네.'

-그때는 스스로 움직이지 않았지만…… 그렇게 생각해 보면 기영 씨가 그 검을 얻은 게 천운이라는 생각도 듭니다. 잠깐 검술 수련을 한 것도 기억하십니까?

"네. 정말 힘들었었는데…… 길드 일이 본격적으로 바빠지다 보니 흐지부지되기는 했지만 솔직히……."

'너 그때 나한테 감정 있었지? 율리에나 뺏어간 것 때문에 꿍해 있었던 거지?'

-혹시나 오해하실까 드리는 말씀이지만 결코 기영 씨를 힘들게 할 의도는 없었습니다. 좋은 검을 얻으신 것 같아서…… 기본기만이라도 배우셨으면 좋겠다는 생각에…….

'거짓말하지 마. 시바. 어차피 나는 희망 없을 거라는 거 알고 있었잖아.'

-저…… 저는…… 결과적으로 다음 원정에서는 더 좋은 검을 얻기도 했고…….

"네. 박물관에서……."

-네. 지금 이 시기까지 사용할 수 있는 검을 얻을 수 있으리라고는 정말로 생각하지 못했습니다. 파티가 그렇게 커다란 위험에 처하게 될지도 몰랐고요. 고대신의 파편이라니…… 대륙의 멸망이라니, 무척 놀랐던 것으로 기억합니다.

"어때요? 지금은 지금 박물관으로 돌아간다면……."

-확신할 수는 없지만 아마 지금의 상태라면 가능성이 클 겁니다.

"현성 씨가 얼마나 많이 성장했는지 대충 알 것 같네요. 하하."

-전부가 제힘은 아니지만…….

쓸쓸한 듯이 웃고 있는 녀석의 모습이 눈에 보였다.

-굉장히 커다란 사건들도 많았던 것 같습니다. 제국을 교국

으로 변화시키기도 했죠?

"샤를리아를 황제로 만들 수 없었거든요. 저도 일이 이렇게 잘 풀릴지 몰랐으니 어떻게 보면 현성 씨 덕을 본 거나 다름없죠. 지금에서야 하는 말이지만 그때는……."

'너, 시바, 어디서 뭐 하고 있었지?'

-흑마법사 집단을 찾고 있었습니다. 1회차와는 달라진 것이 너무 많아 제대로 일을 처리할 수는 없었지만 말입니다. 그러고 보니 중요한 일이 생겼을 때는 기영 씨와 항상 떨어져 있었던 것 같습니다.

"라이오스에서 벨리알이 소환됐을 때를 생각하시는 겁니까?"

-네. 정말 많이 걱정했던 것으로 기억합니다. 뒤늦게 찾아갔지만…… 기영 씨를 지켜 드리지는 못했었죠. 진청 그자는 교묘하고 악마 같은 자였지만 제 무능이 만든 사고라는 것은 부정할 수 없을 겁니다.

"구태여 그렇게 스스로 자책할 필요는 없죠, 뭐. 상황이 조금 꼬이기도 했고, 현성 씨도 현성 씨 나름대로 할 일이 있었으니까요."

-하지만…….

"그때 입었던 대미지는 이제는 아무렇지도 않습니다. 오히려 조금 자랑스럽기까지 해요. 라이오스의 국민들이 저를 위해 기도했던 그 순간은 아직도 잊혀지지 않습니다. 하얀이한 테도 고맙고, 함께 싸워준 소라 씨와 덕구에게도 너무 고마웠죠. 아 물론 현성 씨에게도 감사한 마음뿐이었습니다.

-아니요. 아마…… 아마 기영 씨가 아니었다면 여기까지 오지 못했을 겁니다. 만약 진청 그자가 지금까지 남아 있었다면…… 이번 전쟁 역시…….

안 좋은 생각을 하는지 표정이 심각해지는 놈의 얼굴이 시야에 들어왔다.

'사실 그거 난 것 같아. 현성아.'

"현성 씨에게 처음 1회차의 이야기를 들었을 때는 정말로 놀랐었습니다. 사실 진청 그자가 그 정도로 악한 인간이었을 줄은 몰랐으니까요."

-그자에 대해서 이야기를 하려면 아마 밤을 새워도 부족할 겁니다. 그 정도로 치가 떨리는 인간이었습니다.

'조금 상처받는데. 다 널 위해서였어.'

"그러고 보니 현성 씨가 저를 의심한 것도 기억이 나네요."

-그건…… 죄송합니다.

'아니야. 굳이 죄송할 건 없어. 어차피 조금 있다가 또 의심하게 될 테니까. 이번에는 확신할 수 있을걸.'

-당연히 아니라는 걸 알고 있었지만, 그렇게 계속해서 되뇌고 또 되뇌어봤지만 제게 무언가가 쓰였던 모양입니다. 조금이나마 변명해 보자면 아직 모두를 믿을 준비가 되어 있지 않았던 것 같습니다.

"마음을 바꾼 계기가……."

-한 여성분을 만난 적이 있었습니다. 물론 그걸로는 부족하기는 했지만…….

'아, 그것도 난 것 같아. 근데 이건 그냥 묻어두자. 군이 밝힐 이유도 없잖아.'

-그 여성분이 제게 말씀하시더군요. 자신 역시 소중한 사람을 잃어본 적이 있다고, 믿음을 주지 못해서였다고…… 당시 제가 처한 상황과는 조금 다르기는 했지만 그 조언이 커다란 힘을 준 것 같았습니다. 물론 저는 그분께 씻을 수 없는 상처를 드리기는 했지만…… 언젠가 만나면 정말로 죄송했다고 사과드리고 싶습니다.

"아마 현성 씨가 다른 나쁜 뜻이 있다는 게 아니었다는 걸 이해해 주실 겁니다."

-그런 거라면 좋겠지만…… 하하. 네. 정말로 그분이 그렇게 생각하고 계신다면 정말로 다행인 거겠죠. 하지만 아마 저를 미워하시고 계실 겁니다.

녀석은 살짝 쓴웃음을 흘린 이후에 곧바로 검을 치켜들었다. 계속해서 비둘기들을 썰어 넘기면서도 저렇게 다른 생각을 할 수 있다는 게 조금 놀랍기도 했지만 전투보다는 대화에 집중하고 있다는 느낌이 강했다.

'임무 수행하는 데는 딱히 문제가 없으니까.'

딱히 지적하고 싶은 마음도 없다. 막상 대화를 나누다 보니 내 기분도 나쁘지 않은 것 같다. 어느 쪽이냐고 묻는다면 기분 좋은 쪽이라고 이야기할 수 있을 정도였다. 물론 녀석과는 다르게 나는 온전히 집중할 수는 없었지만, 그래도…….

'오랜만이니까.'

김현성과 이렇게 터놓고 이야기를 나누는 게 정말로 얼마 만인 줄 모르겠다.

-함께 호수에 간 것도 재미있었죠.

　"덕구가 그렇게 큰 배를 만들었을 줄은 몰랐으니까요. 이렇게 전쟁에 쓰일 거라고는 본인도 예상하지 못했을 겁니다."

　와인이라도 한잔하면서 여유롭게 이야기 나누면 참 좋을 텐데 말이야. 전쟁 중이라는 게 아쉽게 느껴진다.

　"거울 연어가 정말 맛있었는데. 솔직히⋯⋯."

　안주로 거울 연어 곁들이면 딱일 것 같은데.

-네. 기영 씨는 입이 짧으셨으니까요. 그렇게 잘 드실 거라고는 저도 예상하지 못했습니다. 아. 그러고 보니 제가 말씀을 드렸었나요? 거울 연어 양식에 성공했다고⋯⋯.

　"네?"

-연구비가 조금 들어가기는 했지만⋯⋯.

　'아니⋯⋯ 조금이 아닐 것 같은데? 그거 시바 차원을 돌아다 니는 물고긴데 그걸 어떻게.'

　"좋은 소식이네요. 그래도⋯⋯."

　'시바 길드 자금 함부로 쓰면 안 되는 거 알지?'

-네. 저도 다시 한번, 다시 한번 갈 수 있었으면 좋겠습니다.

　'아니, 나는 다시 가자고 이야기하려고 한 게 아니었는데⋯⋯. 아 이 새끼 또 지가 대사 쳐놓고 지가 꿀꿀해졌네.'

　"같이 가면 됩니다. 그것 말고도 할 게 많아요. 모든 게 끝 난 이후에 해야 할 게 참 많습니다."

'우리 노을도 보러 가기로 했잖녀. 아, 근데 또 괜히 말했나 봐.'

왠지 울음을 참고 있는 것 같기도 하다.

-네. 그렇죠. 모든 게 끝난 이후에…… 네…….

어쩔 수 없이 희생해야 하는 본인의 운명을 쉽사리 받아들이기 힘든 모양이다.

'너 희생할 일 없어요. 그만 감정 잡으세요.'

-저…… 기영 씨.

"네?"

아까와는 말투부터가 조금 달라진 것 같다. 슬슬 타이밍이라고 생각하기는 했지만 기다리고 기다렸던 어쩌고저쩌고 타임이 돌아온 모양이다. 쉽사리 말을 꺼내지 못하고 있는 게 느껴진다.

-저는…… 저는…… 구제 불능의 인간이었습니다.

'그래. 시바, 내가 이거 왜 안 나오나 했다. 근데 현성아. 그 정도는 아니야. 너무 자책하지 마.'

-아무도 믿지 못하고…… 인간관계에도 서툴고…… 항상 실패만 반복하는 인간이었던 것 같습니다. 1회차의 이야기를 말씀드리는 것이 아니라…… 생각해 보면 김현성이라는 인간이 그렇게 살아왔던 것 같습니다. 겁이 많고 회피하고 매번 도망만 치는 그런 인간으로 살아왔던 겁니다. 바뀔 수 있다고 달라질 수 있다고 항상 다짐하고 실제로도 결심을 하기는 했지만 항상 제자리걸음이었죠. 제가 달라질 수 있었던 것은 기영 씨 때문입니다.

"글쎄요. 저는 그렇게 생각하지 않는데."

-기영 씨가 저를 믿어주셨기 때문에 저도 기영 씨를 믿을 수 있었던 겁니다. 누군가를 완전히 신뢰한다는 건 쉬운 일이 아닙니다. 누구보다도 제가 가장 잘 알고 있습니다. 기영 씨는 제게 누군가를 믿는다는 게 뭔지, 그 의미를 알려준 사람입니다.

고맙기는 한데…… 걱정되기도 한다 야.

'원래 믿음이 클수록 배신당할 때의 배신감도 큰 법인데…… 이 새끼가 배때기에 안 찌르고 다른 데 찌르면 어떻게 해.'

활화산 같은 분노를 감당하기 힘들어 목을 뎅겅 베어버리지는 않을까. 한 방만 쑤셔도 되는데 여러 번 찔러서 배 속을 헤집지는 않을지 걱정된다.

그만큼 현재의 김현성이 느끼고 있는 감정에는 무한한 신뢰와 믿음이 섞여 있었다. 어떻게 인간이 저렇게 말과 행동이 일치하는지 놀랍게 느껴질 정도였으니 무슨 말이 더 필요할까.

'알아서 조절하시겠지?'

"말뿐이라도 감사합니다만 저는 그 정도로 대단한 사람이 아닙니다."

-말뿐만이 아닙니다.

"하…… 하하……."

-기영 씨에게는 사람들을 바꾸는 힘이 있습니다. 주변 사람들을 보면 알 수 있어요. 하얀 씨도 그렇고 차희라 역시 마찬가지입니다. 모두를 긍정적으로 만드는 에너지를 타고난 것이 아닐까 싶을 정도로 주위 사람들을 밝게 비춰주는 힘을 가지

고 있는 사람이라고 생각합니다.

'고맙기는 한데…….'

-저 역시 제가 이렇게 달라질 수 있을 거라고는……. 평범한 삶을 살아가는 사람들처럼 웃고, 떠들고, 친구를 사귀고, 별것 아닌 일로 즐거워할 수 있을 거라고는…….

'그래 내가 봐도 너 엄청 달라진 것 같기는 했어. 거울 호수에서 아이템 낚시 성공했을 때도…….'

"어?"

-이제는 제가 보답하고 싶습니다.

즐거웠던 분위기도 잠시. 조용히 위쪽을 바라보는 김현성이 시야에 들어왔다.

-제가 마침표를 찍겠습니다.

그곳에는 일그러진 표정으로 김현성을 바라보는 세라핌이 자리해 있었다.

'근데 쟤는 한쪽 눈이 왜 저래? 어디서 당하고 왔어? 케루빔이야?'

가장 먼저 눈에 띄는 것은 녀석이 정상적인 상태가 아니었다는 것.

'아니, 왜 저래?'

한쪽 눈에서 피를 질질 흘리고 있는 모습이 눈에 띄었다. 일반적인 상황이라면 케루빔에게 당했거니 생각하기도 했겠지만…… 그토록 형제자매들을 사랑했던 녀석이 세라핌의 눈을 후벼 팠을 거라는 생각은 들지 않는다.

조금 의아한 상황이기는 했지만 내 의문이 해결되기 전까지는 시간이 얼마 걸리지 않았다. 녀석의 한쪽 손에 구겨져 있는 더미 월드의 모습이 눈에 띄었기 때문이다.

'뭐야?'

분노로 떨리고 있는 한쪽 동공이 시야에 들어온다.

'진짜야?'

더미 월드를 집어 든 손에 힘이 들어간 것이 보인다.

'진짜 덤기영이 그랬어?'

가장 최근에 리셋했을 때가 덤기영이 바깥 세계에 영향력을 끼칠 수 있는 방법을 연구하던 때였던 걸로 기억한다.

지혜 누나가 코웃음을 치며 다음 회차 버튼을 누르기는 했지만, 아무래도 이번 회차에는 그 방법을 찾아 자신들을 괴롭히던 악마 같은 녀석에게 한 방 먹인 모양.

'와 시바 진짜. 무섭기는 무섭다. 내가 이 새끼 언제 한 번 사고 칠 줄 알았는데…… 와 그 쥐방울만 한 애들이 어떻게 세라핌 눈을 후벼 파냐. 이전 회차는 어떻게 계속 기억하고 있는 거야? 무의식 속에서 남아 있는 건가? 그런 트리거가 있는 거야?'

시스템상으로는 용납되지 않는 일이었지만 불가능한 일이 아니었을지도 모른다.

현재의 김현성을 보라. 누가 녀석이 신에 가까운 존재가 될지에 대해 예상이나 했을까. 수천, 아니, 수만 번을 넘게 같은 회차를 반복했던 더미 세계에서는 일생일대의 저항이요. 최후의 발악이었을 것이다.

자신들을 통제하려고 한 초월적인 악마에게 상처를 입힌 것은 그들이 결코 희망의 끈을 놓지 않았기 때문이었기 때문이라고 장담할 수 있다. 계속해서 똑같은 삶을 살아가며 실험용 생쥐처럼 취급당하는 삶에 부당함을 느끼며 들고 일어섰고 결국에는 자신들의 가치를 스스로 증명했다. 세라핌에게 상처를 입힘으로써 자신들이 운명에 저항할 수 있다는 걸 초월자들에게 알린 것이다.

　하지만…….

　'악마 같은 자식.'

　녀석들의 창조주는 작은 세계를 부숴 버리는 것을 선택했다. 산산 조각나 부서지고 있는 더미 월드의 모습은 내가 상상하고 있는 것보다 더욱 참혹할 것이다. 만약 더미 월드의 생존자가 있다면 세라핌을 세상을 종말 시킨 악마라 평가하지 않을까.

　'그 쪼그마한 애들이 무슨 죄가 있다고.'

　데이터 쪼가리에 불과하다고 생각하기는 했지만 그들을 진심으로 아끼고 있었던 나로서는 주먹을 꽉 쥘 수밖에 없었다.

　'어쩐지 시바. 너무 빡친 표정이기는 하더라. 이러면 대충 상황이 어떻게 돌아가고 있는지 눈치 깠겠는데.'

　놈이 바보가 아니라면 당연히 알 수 있는 이야기다.

　'조금 더 철석같이 믿고 있었어도 나쁘지 않을 것 같기는 했는데. 뭐 이것도 나쁜 상황이라고는 볼 수 없으니까.'

　철석같이 믿고 있었던 코인이 휴짓조각이 된 와중에도 신인류 계획이 정상적으로 돌아가고 있다고 생각하고 있지는 않을 것이다.

아마 본인이 속았다는 사실을 금방 깨닫지 않았을까. 별것 아니라면 오류가 있다고 생각할 수도 있었겠지만 한쪽 눈까지 박살 난 마당에 그런 판단을 내리지는 않을 것이다.

왜 하필 눈이 다쳤는지도 대충 궁예질 해볼 수 있을 것 같은 느낌. 내가 떨어뜨리고 간 더미 월드에 무슨 문제가 있는지 확인하기 위해 얼굴을 가져다 대다가…….

'회심의 일격 맞은 거자너. 와 진짜 다시 생각해도 놀랍다. 진짜.'

그 고통과 함께 모든 게 블러핑이고 개구라였다는 사실을 깨달았을 거라고 장담할 수 있다.

지나치게 흥분하고 있는 세라핌의 얼굴은 뭐라고 표현하기도 힘들 정도, 감정을 쉽게 표현하지 않는 놈이 저런 얼굴을 할 수 있다는 것도 놀랍다.

'얼마나 억울하겠어. 진심 전력으로 밀고 있던 주식이 순식간에 상장 폐지됐자너. 케루빔도 지 손으로 찌른 거잖아. 벌써부터 싸울 태세 만반이네. 현성아 할 수 있지? 할 수 있는 거지?'

-기필코 죽여 버리고 말 거야. 더러운 쓰레기. 구역질 나는 개자식.

'나한테 한 소리지?'

-…….

'나한테 한 소리 맞는 것 같은데. 시바 저 새끼가 한 말 들었

지 현성아? 저 새끼가 형 죽인단다.'

-절대로. 절대로 평범한 모습으로 살려두지 않을 거야. 이 쓰레기 같은 개자식. 평생을 영겁의 고통에서 헤엄치다 죽게 해주마. 평범한 고통이 아닐 거야. 가장 참혹한 모습으로 네 영혼과 육체에 고통을 새기고 유린하겠어. 네가 무엇을 상상하던 그 이상의 것을…… 그 이상의 것을 느끼게 해주마.

'들었지? 시바 현성아. 저 새끼가 나 유린한대.'

-네놈만은 기필코 고통스럽게 만들겠어. 기필코! 네놈만은! 네놈만은 용서할 수 없어! 네놈만은!

'흥분하자너. 무섭자너. 제정신 아닌 것 같자너.'

-듣고 있다면 대답해라! 개자식! 이 구역질 나는 쓰레기 자식! 이기영! 이기영!

'한마디 해줘야겠자너.'

"현…… 현성 씨."

-두려워하실 필요 없습니다. 기영 씨.

'역시 우리 현성이자너.'

-네놈은 존재 자체가 악이야! 존재 자체가 해악이고 해로운 존재야! 이 세상에 네놈 같은 쓰레기가 돌아다닌다는 것 자체가 대륙의 불운이며 차원의 실수야.

'조금 더 창의적인 욕 없어?'

-네놈이 본래 살고 있던 차원이 어째서 네놈을 뱉어냈는지 알 것 같구나! 알 것 같아! 이 더러운 오염물 자식! 대륙으로 버려진 인간들은 피해자들이다! 네놈을 뱉어내다 실수로 같

이 뱉어낸 인간들이겠지. 이 구역질 나는 인간! 네놈은 그 어떤 신에게도 선택받지 못할 것이다. 네놈은 모두에게 버림받아 마땅한 존재야.

'이건 조금 창의적이다.'

-아니! 네놈은 인간이라고 부르기에도 아까운 존재다. 네놈은 악마보다 더 지독하며 기생충보다 더 남에게 기생하는 법을 잘 알고 있는 구더기야! 나는 절대로 네놈을 내버려 두지 않을 거야. 절대로! 절대로!!

'진짜 맛탱이 간 것 같은데.'

조금 지나치게 흥분하신 거 아닙니까. 거 체통을 좀 지키셔야죠. 아무리 그래도 천사 중의 천사신데. 입이 왜 이렇게 상스러워?

-내가…… 내가 네놈에게 속을 줄 알았어?

'이미 속은 것 같은데.'

-쥐새끼 같은 쓰레기 자식! 더러운 기생충!

'그만 좀 해. 진짜 왜 그래? 구질구질하게. 저 새끼 한쪽 눈깔 돌아간 거 봐. 현성아 저거 내버려 둘 거 아니지? 그렇지? 소름 끼쳐…… 아으……'

"아으……"

-걱정하지 마세요. 제가 해결할 수 있습니다.

형은 너만 믿고 있어. 현성아.

흥분한 채로 거친 숨을 몰아쉬고 있는 비둘기의 모습은 꽤나 우습게 비쳐진다. 솔직히 녀석에게 갚을 빚이 있는 나로서는 이보다 통쾌할 상황은 쉽사리 나오지 않을 거라고 장담할 수 있다.

내 목소리를 놈이 들을 수 있다면 실컷 비웃어주고 싶은 심정이었으니 무슨 말이 더 필요할까. 아, 내 정신 좀 봐. 비웃어줄 수 있지?

[일반 등급의 강제퀘스트를 생성합니다.]

[비융신! 비유유우웅신! (0/1)]

[세라핌에게 일반 등급의 퀘스트를 전달합니다. 퀘스트 클리어 보상을 등록하지 않았습니다. 세라핌은 보상을 받으실 수 없습니다.]

-이 개자식! 이 쓰레기 자식!

[푸핫푸흐하하하하하핫! (0/1)]

-기필코 죽이겠다! 영겁의 고통에서 헤엄치게 해주…….

[야 이! 비유우웅신아! 눈깔은 어디다 두고 왔어? (0/1)]

-구더기만도 못한 쓰레기가!

[비유우웅신아! 눈깔은 어디다 두고 왔냐구? 그것참 아파 보이

는데 말입니다. (0/1)]

-네 살가죽을 하나하나 벗겨주마. 네 혓바닥을 가장 먼저 뽑은 이후에…….

[신인류 계획! 아디오스! 신인류! 야 근데 그 소식 들었어? 케루빔 미국 간 것 같더라고 신인류 계획이랑 같이 미국 갔댄다. (0/1)]

-이 개자시이이이이익!!!

결국에 흥분을 참지 못한 녀석이 하늘로 손을 뻗는다.

'현성아 전투 준비됐지? 전투 준비된 거지?'

머리는 전혀 긴장하지 않은 것 같았지만 몸은 긴장하고 있는 것 같다. 김현성도 그랬고 나 역시 그렇다. 아무래도 온몸에 검이 박혀 있었던 놈의 모습이 떠올랐기 때문인 것 같았지만 억지로 걱정을 삼키는 게 정답이다.

"질 확률은 없어."

놈은 강하지 않다. 나와 김현성이 함께라면 절대로 지지 않는다.

-심판!!

'너는 죄가 없어.'

라고 말해주고 싶었지만 별 의미가 없는 대사라는 것 정도는 알고 있다. 내가 도움을 준다고 하더라도 김현성은 자신의 원죄를 외면할 수가 없다. 순식간에 공중에 불어난 검들이 시야에 들어온다.

저절로 입술을 꽉 깨물게 된다.

'형이 한 발도 안 맞게 해줄 수 있어. 믿지?'

-믿고 있겠습니다.

'마음 통했네.'

하늘을 가득 채울 정도로 숫자가 많은 백금색 검들이었지만 공간이 아예 없는 것은 아니다. 마치 비를 피하는 것 같은 미션으로 느껴질 수도 있겠지만 김현성은 그걸 실현할 수 있을 정도의 무력을 갖췄다. 만약 김현성이 저 검에 한 발이라도 꽂힌다면……

'내가 개 쓰레기 새끼다. 시바.'

-천벌!!!!!

공중에서 셀 수도 없을 정도로 많은 검이 무더기로 쏟아지기 시작한다. 최대한 많은 숫자의 검을 눈에 담는…… 아니, 내 눈에 비치는 모든 검을 눈에 담는다. 잠깐 동안 머리가 핑 돌 정도로 집중하고 있다는 게 느껴진다.

순간적으로 안 좋은 생각이 머리를 스쳐 지나가기는 하지만 그 생각마저 다른 곳으로 날려 보낼 정도로 집중하고 있는 것만 같다.

시간이 느려진 것 같은 기분이 든다. 아니, 시간이 멈춘 것만 같다. 계속해서 흘러가는 것 같기는 하지만 내게는 시간이 멈춘 것처럼 느껴진다.

'어깨 쪽으로 떨어지는 건 몸을 비트는 걸로 피할 수 있어.'

머리 위로 떨어지는 것도 마찬가지지.

'등 뒤쪽으로 떨어지는 것도 보이네. 피할 수 있지? 내가 찍어준 공간 보이지? 거기서 비틀고 저건 쳐내야겠다. 아. 지금보고 있는 것도 쳐내는데 그걸로 위에 떨어지고 있는 것까지팅겨내야 돼.'

몸을 비튼 김현성이 검을 휘두르고 있는 것이 보인다.

검은색 선이 되어 그림을 그렸던 이전과는 다르게 땅바닥에발을 굳힌 채로 계속해서 하늘 위를 바라보고 있었다.

'아니. 전부 다 쳐낼 수 있어. 네가 더 빨라.'

하늘 위에서 떨어지고 있는 검보다 네가 더 빨라.

자세를 유지한 채로 검을 휘두르고 있는 것이 보인다. 시간이 멈춘 것 같이 느껴지는 이 공간에서도 김현성의 검이 잘 보이지 않는다. 아마 타인이 보기에는 희뿌연 보호막이 김현성의 앞을 가로막고 있는 것처럼 보일 것이다.

-심판!! 천벌!!!

'할 수 있어. 전부 다 보이잖아. 어떤 것부터 쳐내야 하는지알고 있잖아.'

녀석은 바닥에서 발을 떼지 않는다.

-천벌!!! 천벌!!! 천벌!!!

본인이 저지른 원죄들을 쳐내고 있는 모습을 보니 괜스레내 입꼬리가 올라가는 것 같다. 실제로 별 의미는 없었지만 뭔가 상징적이잖아.

콰아아아아아아아아앙! 콰지지지지지직!

콰드드드드드드득! 콰아아아아아아아아아아앙!!

주변으로 처박히는 검들은 커다란 굉음을 내고 있지만 아쉽게도 김현성에게 닿는 검은 존재하지 않는다.

'우리 ×나 세진 것 같아. 현성아. 그지? 시바 무적이라고.'

김현성 역시 자신이 만든 풍경을 말없이 바라보고 있었다. 날개가 부르르 떨리고 있는 것은 틀림없이 환희의 표현일 것이다. 내가 봐도 소름이 돋는 장면이었으니 오죽할까. 산더미처럼 꽂혀 있는 검의 무덤의 한가운데, 아무 상처 없이 서 있는 놈의 모습은 나를 기쁘게 하기에 충분했다.

[비유우우웅신. 그것밖에 안 돼? 벌써 끝났어? (0/1)]

'역시 이럴 때가 제일 재미있더라.'

[드루와! 드루와! 새끼야! (0/1)]

'아, 시바. 행복해.'

[센 척하더니 속 빈 강정이었네. 별거 아니자나. (0/1)]

'기분 째진다 진짜.'

원래 이런 종류의 싸움에서는 먼저 흥분하는 새끼가 질 수밖에 없는 법이다.

김현성과 녀석의 싸움이 아니라 나와 놈의 싸움이 그렇다. 입이 찢어질 정도로 기분 좋게 웃을 수 있었으니 무슨 말이 더 필요할까. 안 그래도 흥분해 있는 상태에 있는 놈의 속을 살살 긁다 보니 지금까지 머리를 아프게 해왔던 스트레스가 전부 사라지는 듯한 기분이었다.

[심판은 개뿔. 네가 진짜 뭐라고 되는 줄 알았어? 그런 거 아니야. 눈앞에 있는 걸 봐 병신아. 인간은 저런 모습에 경외감을 느끼는 거야. 너는 날개 달린 버러지 이상도 이하도 아니에요. 덜떨어진 신 흉내 내지 말고 지금부터는 그냥 납작 엎드리기나 하세요. 네? (0/1)]

-이…… 이 기생충 같은 놈!

'흥분하면 뭘 어쩔 건데? 응? 네가 뭘 어쩔 거냐고. 우리 현성이 이길 수 있어? 시바? 이길 수 있냐고. 네가 시바 이길 수 있냐고오!'

울 현성이 좀 봐라. 원래 빈 수레가 요란한 법이라고 싸울 때 말 많은 놈들은 도움이 되는 경우가 없어요. 묵직하게 제자리 지키고 있는 놈이 진짜 세 보이기도 하고 실제로도 세잖아. 너랑은 종자 자체가 달라요. 근본이 다르다고. 근본이. 네가 뭐 대단한 놈이라도 되는 양 생각 하지 마.

무척이나 흥분한 얼굴로 다시 한번 손을 뻗는 녀석이 보였지만 한 번 막힌 공격이 유효타로 들어갈 리가 없었다. 패턴 파악이 끝났다기보다는 스펙의 우위로 찍어 눌렀다는 표현이 더 어울리지 않을까.

만약 다른 패가 있었다면 이야기가 달라질 수도 있었겠지만 녀석의 처형은 그저 떨어질 뿐인 공격이다. 무수히 많은 숫자의 검이 어마어마한 속도로 한 목표물을 향해 떨어진다는 것밖에는 없다.

이전과 다르게 현재의 김현성은 그 검을 인지하고 피할 수도 있고 막아낼 수도 있다. 걱정했던 내가 바보처럼 느껴질 정도이지 않은가.

'방심은 금물이기는 해.'

바보가 아닌 이상에야 다른 패턴을 추가할 것이다. 이른바 2페이즈로 진입했다고 판단해도 되지 않을까.

아니나 다를까 곧바로 백금색의 검을 뽑아 들기 시작. 접근 전이 약할 거라는 선입견을 품고 있었지만, 말 그대로 선입견에 불과했던 모양이다.

'사실상 거리가 의미가 없기는 해.'

어차피 놈은 하늘 위에 떠 있는 검들의 도움을 받을 것이다. 저 검은 세라핌을 노리지 않는다. 심판과 처형이 김현성에게 들어갈 수 있는 교두보 역할을 하겠다는 거겠지. 아까보다는 더 까다로워질 것 같기는 했지만 전처럼 긴장되지는 않는다. 나는 김현성이 뭘 할 수 있을지 알고 있고, 녀석이 지지 않을 거라는 것 또한 알고 있다.

'조금 복잡할 거야. 그래도 한 가지만 기억하면 돼. 처형이

떨어지는 순간 거리를 좁히면 한 타이밍을 벌 수 있는 거. 내 생각 이해하고 있지?'

단언컨대 무수히 떨어지는 검의 파도에 휩쓸릴 수밖에 없는 순간이 올 것이다.

'세라핌을 방패로 삼으면 돼.'

새로운 패턴이 생기면 새로운 공략법을 찾으면 그만이다. 이 공략법이 정답인지에 대해서는 확신할 수 없었지만.

'내 확신은 김현성이야.'

사랑스러운 회귀자라면 가능하다.

-이이익!

잔뜩 흥분한 채로 검을 휘두르는 세라핌의 모습이 시야에 비쳐왔다. 김현성 역시 최대한 집중하는 것 같은 얼굴로 녀석과 검을 맞대고 있다.

세라핌의 신체 능력에 커다란 압박감을 느끼는 것 같지는 않지만 확실히 계속해서 놈이 쏟아내고 있는 검의 파도에는 부담을 느끼고 있는 것처럼 보였다. 김현성에게 직접적으로 상처를 입히겠다기보다는 무슨 수를 써서라도 처형의 사정거리 안에 들어오게 하겠다는 심산, 실제로…….

'쉽지는 않네.'

한 발을 허용하면 다음을 허용할 확률이 높다. 다음을 허용하면 그다음을 허용할 확률이 더 높아진다. 마치 도미노가 무너지듯 연쇄적으로 무너질 확률이 높다는 거다. 그래도.

"실수하면 안 됩니다."

-네, 알고 있습니다. 기영 씨.

김현성은 침착함을 그대로 유지하고 있었다.

커다랗게 원을 그리며 검을 휘두르는 세라핌의 검을 막은 이후에는 곧바로 하늘에서 떨어지는 것들을 쳐낸다. 계속해서 발을 놀리며 공간을 찾아낸다. 순식간에 날개를 펼치며 김현성에게서 멀어지는 세라핌의 모습을 확인한 이후에는.

'뭐 해. 붙어야지. 검 날아오잖아.'

곧바로 날개를 펼치고 세라핌에게 근접하는 김현성을 확인할 수 있었다. 우리 회귀자를 노리던 심판의 검들이 어느새 공중에 우뚝 멈춰 선 것이 보인다. 세라핌이 입술을 깨물고 곧바로 김현성을 밀어냈지만.

'시간 벌었지?'

김현성이 검으로 원을 그리며 쏟아지는 공격들을 모조리 쳐내는 것이 시야에 들어왔다.

'화살도 쏘시네요. 이거 히든 패턴 맞지? 그렇지?'

녀석이 쏘아 보낸 한 발의 화살이 김현성이 만든 검의 원 안쪽으로 빨려 들어갔지만.

'봤지?'

김현성이 고개를 비틀어 머리를 노리고 들어오는 화살을 피하는 모습을 확인할 수 있었다.

'아, 시바 흉터 남겠자너.'

뺨 한쪽에서 피가 흘러나오고 있다. 하지만 커다란 문제는 아니다.

-괜찮으십니까?

"통각 차단해서 아무렇지도 않아요. 그보다 집중하세요. 집중력이 떨어진 것처럼 보입니다."

-죄송합니다.

'아니. 네가 나한테 죄송할 필요는 없지. 다치는 건 내가 아니라 넌데. 그래도 긴장을 너무 풀지는 말자고.'

콰아아아아아아아아앙!!! 콰지지지직!!

-처형!!

콰아아아아아아아앙!!!

-움직이겠습니다.

퍼어어어어어어어어어엉!!

-처형!!!

콰아아아아아아아아아아앙!!!

무대는 땅바닥에서 하늘 위로. 공중에서 선이 되어 계속해서 부딪치는 둘의 모습, 검의 파도는 계속해서 김현성의 뒤를 쫓고 있지만 단 한 자루의 검도 허용하지 않는다.

'집중.'

힘내라 현성아. 시바, 너만 싸우고 있는 게 아니야. 나도 싸우고 있어.

[어차피 넌 덜떨어진 새끼야. 내 그림자나 쫓고 있었던 멍청한 새끼잖아. 그렇지 않아? (0/1)]

-닥쳐! 닥쳐어!!!

[숨기려고 해도 눈에 보이는 게 있는 법이야. 나는 네 추악한 욕망이 뭔지 알아. 세라핌. 네가 누구를 닮고 싶어 했는지도 알고 있고, 실제로 누구를 흉내 냈는지도 알 수 있다니까? 푸하하하핫! 어때? 즐거웠어? 조금이나마 네가 이상으로 생각했던 사람이 될 수 있다는 건 어떤 기분이었어? (0/1)]

-닥쳐라! 이기영! 그 입 다물어!

[비유우웅신아. 너는 죽었다가 깨어나도 가면의 영웅이 될 수 없어요. 아무리 애써봐도 카피캣은 카피캣이야. 왜 그런 말도 있잖아. 인간이 본질은 변하지 않는다고. 넌 인간이 아니기는 하지만 내가 볼 때는 너희들도 마찬가지야. 본질은 변하지 않아. 너는 영원히 1회차의 세라핌일 거다. 추하고 질투심 많으며 역겨운 비둘기. (0/1)]

-닥쳐! 닥쳐어어어어어어어!!!

[지나치게 흥분했죠? 울어? 너 우냐? 푸하흐하하헤헤헷! 울어요? 울어? (0/1)]

-닥치라고!!!!

[가면의 영웅은 절대 흥분하지 않아요. 비둘기. 롤 모델로 삼고 싶은 사람이 있으면 조금 더 확실하게 배웠어야지. (0/1)]

-이 더러운 배신자! 추악한 기생충! 차원이 뱉어낸 쓰레기가! 누, 누가 네놈을…… 흉내 냈다는 거냐!

[누구기는 누구겠어. 너지, 너. 세라핌. 그리고 누구보고 배신자라고 지껄이는지는 모르겠는데 애초에 가면의 영웅은 배신자였던 적도 없었어. 처음부터 인류를 위해 싸우는 영웅 중에 영웅이었다고. 시바. 어디서 배신자라는 말을 입에 담아? 진짜 배신자는 네 형제를 저버린 너야. (0/1)]

-그 혓바닥을 뽑아주마. 기필코 네놈의 혓바닥을…….

[스스로의 모습이 그렇게 싫었어? 내 흉내를 내고 싶을 만큼 네 모습이 그렇게 마음에 들지 않았던 거야? 우리 불쌍한 세라핌. 자존감도 낮은 우리 불쌍한 비둘기. 보지 않아도 네 1회차 때 모습이 어땠는지 알 것 같다. 지금과는 다른 모습이었을 거야. 응? (0/1)]

-이기영…… 이기영…… 이기영!

[부끄러워할 필요도 없고. 흥분할 필요도 없어. 세라핌. 그게 원

래 너희의 모습이잖아. 내 말이 틀려? 네가 스스로 흉내 내고 만들어낸 모습을 하고 있다고 한들, 전혀 이상 할 것도 없지 않아? (0/1)]

-이기영!!

[너희들은 원래 만들어진 놈들이잖아. (0/1)]

놈이 우뚝 움직임을 멈춘 것이 눈에 보인다.
'팩트가 너무 세게 박혔어요?'

[인간과는 다르게, 인공적으로 만들어진 놈들이잖아. 그래서 인간들을 질투하고 부러워했던 거잖아. 그들을 관리하겠다고, 그들의 위에 서겠다고 말하고 다닌다는 것부터가 자기방어야. 인간들보다 너희들이 우월하다고 생각하는 것부터가 네놈들 스스로 만들어낸 방어 기제였다고. 그렇게라도 하지 않으면 망가질 것 같으니까. 목적을 찾아가면서 살아가는 인간들이 부러워 미칠 것 같으니까. 너희 비둘기들은 스스로를 과대 포장했던 거야. (0/1)]

입술을 꽉 깨물고 있는 모습도 눈에 비친다.

[부끄러워할 필요 없어. 세라핌. 너는 원래 태생이 그래. 만들어지고. 푸핫! 또 만들어지고! 푸흐흐하헤헷! 또 만들어진 불쌍한

비둘기. 푸흐하하하핫! 하하하흐허헤헷! (0/1)]

심지어 궁지에 몰린 것 같은 얼굴도 눈에 띈다. 금방이라도 눈물을 떨어뜨릴 것 같은 얼굴이다.

'봤지? 현성아. 형도 시바, 열심히 싸우고 있어.'

-닥, 닥…… 닥쳐…… 닥치라고…….

[너는 나를 차원이 뱉어낸 쓰레기라 평가했지만 아무런 차원에도 선택받지 못한 진짜 폐기물들이 너희들이야. 비유우우웅신아. 이 세상, 아니, 대륙 전체, 아니, 차원 전체를 뒤져봐도 네놈들을 사랑하는 이들은 존재하지 않아. 너희들은 피조물로 치지 않거든. 그렇지 않아? 누가 조립된 놈들을 사랑하겠어? 누가……푸…… 푸흡. 조립된 놈들을 상대로 진지하게 그런 걸 생각하겠냐고. 푸훗…… 푸…… 푸하하헤핫! (0/1)]

너무 딜을 세게 박는 것 같아서 조금 미안하기는 하네. 왠지 내가 악당이 된 것 같은 기분도 들고.

시바. 세라핌이 주인공이었으면 조연 동료가 나와서 외쳤겠지. 아니야! 시바! 우리들은 만들어진 존재가 아니다! 하면서 세라핌한테 용기도 주고 살아갈 이유도 줬겠지만 어쩌겠어. 저 새끼가 빌런인데. 그렇게 말해줄 수 있는 애들도 전부 미국 갔잖아. 아 근데 너무 심했나 보다. 쟤 저러다가 자살하는 거 아닌지 몰라.

[너희들은 너희를 만든 이들에게도 사랑받지 못하고 있어. 불쌍한 세라핌. 우리 가여운 세라핌. 너희들이 어째서 인간 흉내를 내는지 알려줄까? 솔직히 정답인지 확신은 못 하겠는데. 그런 생각이 들어. 어쩌면 너희들의 창조주가 네놈들을 사랑해 줄 거라는 무의식이 깔려 있기 때문일지도 모르겠다는 거. 코미디가 따로 없지? (0/1)]

녀석이 입술을 꽉 깨물고 있는 모습이 눈에 들어온다.

자신과 심판과 처형이 먹히지 않는다는 것부터도 어마어마한 스트레스로 다가올진대 팩트로 정신을 두들겨 맞으니 멘탈이 많이 망가진 모양. 계속해서 흔들리고 있는 동공은 자신이 지금 뭘 하고 있는지조차 모르고 있는 것처럼 보인다.

'저건 안 좋은데……'

다른 건 몰라도 아마 한 가지는 확실하게 인지하고 있어야 한다. 무슨 수를 써서라도 저 얄미운 놈에게 한 방 먹여주고 말겠다는 생각 정도는 하고 있지 않을까.

'그 정도도 생각 못 할 정도로 병신은 아니지? 그래도 가면의 영웅한테 배운 게 있기는 있을 거 아냐. 한 방 먹었으면, 한 방 먹여줘야지? 그렇지?'

암만 저놈이 모지리라도 그 정도 머리는 돌아갈 것이다. 분노로 잃었던 이성이 되돌아오면 무엇이 합리적인 선택인지 인지하게 될 것이다.

내 기대에 부응하기 위해서였을까. 천천히 숨을 고르는 세라핌의 모습이 보인다. 김현성을 바라보며 즐겁게 웃고 있는 얼굴이 보인다.

'그래. 네 역할은 그거야.'

무대는 얼추 마련됐고, 개연성 역시 충족됐다.

세라핌은 김현성을 향해 입을 열었다.

-비위도 좋구나. 불쌍한 인간.

'옳지.'

-자신의 삶을, 영혼을, 모든 걸 망친 인간을 진심으로 따르고 있다니 정말로…… 비위도 좋아.

'이 머저리 같은 놈이 드디어 해냈구나. 드디어 해냈어.'

드디어 내게 한 방 먹일 방법을 찾았다는 듯이 입꼬리를 올리는 세라핌의 모습이 시야에 비친다.

'그래. 너는 자격 있다. 진짜.'

녀석은 저렇게 자신만만한 표정을 지을 자격이 있다. 첫 단추를 조금 잘못 끼우기는 했지만 지금에 와서라도 본인의 역할을 깨닫는 게 어디 쉬운 일인가.

곧바로 열심히 노력해 주고 있는 세라핌을 독려하고 싶었지만 현재의 상황에서 그런 선택을 할 수 있을 리 만무, 일단은 상황을 지켜보는 게 최우선이라고 생각할 수밖에 없었다.

녀석이 포문을 열기는 했지만 이번 작업의 빌드업은 지금까지 해왔던 그 어떤 작업과 비교해도 어렵다고 할 수 있을 정도로 힘든 작업이었으니까.

어째서냐고? 그야 뻔하자녀.

'믿을 리가 없지. 뭐.'

김현성이 녀석이 되는 대로 지껄이는 말을 쉽게 믿어줄 리가 없다.

'상식적으로 저게 귀에나 들어오겠어?'

내가 스스로 고백한다고 하더라도 믿어줄 거라는 생각이 들지 않는다. 몇 년 전의 김현성이었다면 티끌만 한 의심이 가슴 속에서 무럭무럭 자라났겠지만, 묘령의 여인이 해준 조언과 노을로 정화된 우리의 빛현성이의 따뜻한 가슴 속에 마구니 따위는 찾아볼 수 없을 것이다. 최소한 무의식 세계에 합의를 본 순간부터 이기영이 가면 쓰레기라는 공식은 녀석 안에서 절대로 성립되지 않는다는 거다.

충신들이 궁궐 앞에 모여 '통촉하여 주시옵소서 전하! 그자는 전하를 망치고 있는 간신이옵니다!'라고 상소문을 올리며 버티기에 들어선다고 한들 김현성은 눈 하나 깜짝하지 않을 거라고 장담할 수 있다.

그러할진대, 그러할진대 평생의 숙적이라고 한 비둘기가 지껄인 개소리를 믿는다니 그게 가당키나 한가.

'개소리죠.'

당연히 개소리로 들리겠죠.

최소한 '그게 무슨 소리지?' 또는 '뭐라고?' 따위의 반응을 기대하고 있었던 세라핌 역시 입술을 꽉 깨물기에 여념이 없다. 아예 반응조차 하지 않는 모습은 가관, 세라핌의 말을 듣기는 늘은 것인지 의심이 될 정도였다.

'와…… 이거 어디서부터 이야기를 풀어나가야 하냐. 라핌아, 이거 어떻게 할 거야?'

아마 세라핌 역시 나와 같은 고민을 하고 있지 않을까.

'뭐 어쩌겠어. 일단은 밀어붙여야지. 마침 전투도 소강상태에 들어간 타이밍이잖아. 이런 타이밍 잘 안 온다고. 조금 더 해봐. 여기서 포기하면 안 돼.'

-설마 모르고 있었던 거야?

-개소리에 대답해 줄 시간 따위는 없다.

-나는 네 인생을 망가뜨린 이가 누구인지 알고 있어. 너도 사실은 알고 있을지도 몰라. 단지 부정하고 있을 뿐이지. 불쌍한 김현성. 불쌍한 알타누스의 회귀자. 너도 사실은 알고 있잖아?

'아니, 시바, 모르고 있는 것 같은데. 잘 좀 해볼 수 없어? 그런 식으로 말을 하면 얘가 어떻게 받아들이겠어.'

-우리와 함께한 가면을 쓴 남자가 누구일까?

'아, 이 새끼 틀린 것 같은데. 졸라 못하자너. 말에 두서도 없잖아. 시바.'

처음부터 차근차근 설명해 줘도 알아들을까 말까 한 상황에서 저따위 말을 지껄이는 걸 보니 희망이 있을 것 같지가 않다.

-우리가 그에게 손을 내민 것이 아니야. 김현성. 그가 우리에게 손을 내민 거지. 그는 우리와 함께하고자 했어. 함께 손을 잡고 인류를 정화하고, 관리하는 것을 도울 수 있다고 말했지. 그는 자신이 우리에게 선택받은 인간이라고 이야기했어.

앞으로 우리가 관리하게 될 세상에 일원으로써 살아가겠다고 이야기하기도 했지. 지금의 인간들은 잘못됐다고. 썩어 문드러지고 오염됐다고. 그들에게는 통제가 필요하며 새로운 가치관이 필요하다고 주장했…….

'그래 그런 식으로 빌드업 하는 거야. 그런 식으로.'

천천히 말을 이어나가는 녀석의 얼굴이 시야에 비쳤다. 당연히 김현성은 귓등으로도 듣지 않고 있는 것 같았지만 말이다.

-잠깐 체력을 회복하겠습니다.

'그래. 체력 회복 많이 해놔.'

진실을 듣고 있는 김현성보다 진실을 말하고 있는 세라핌 쪽이 더 절박해 보인다. 믿어달라고 외친다기보다는 뭔가 본인이 말하면서도 울컥울컥하는 것 같은 느낌이었다. 어느새 말투도 조금 달라진 것 같다. 목소리 톤이나 어조 같은 것들이 뒤죽박죽이 바뀌고 있다.

본래의 모습이 얼핏 얼핏 나오는 게 아닌가 하는 생각을 하기는 했지만 내게 있어서 반가운 소식은 아니었다.

'조금 더 강한 어조로. 시바, 확신의 찬 어조로 말을 해야지. 저게 뭐야. 시바 눈도 제대로 못 마주치고 우물쭈물거리기나 하고…… 저러면 시바 현성이가 퍽이나 믿어주겠다. 시바.'

-그래. 그 쓰레기 같은 가면을 쓴 남자의 말대로, 그는 새로운 대륙에서 살아가기 위해 적합한 인간처럼 보였…… 보였다. 그는 누구보다도 헌신적이었고, 때로는 순수했으며 때로는 과감하기도 했지. 그는 결단을 내리기를 주저하지 않았고 그……

그…… 그 누구보다 우리를 더 잘 이해해 주고 있는 것처럼…… 아니, 그때는 틀림없이 우리를 이해해 주고 있었다. 우리를…… 여기서부터는 너도 아는 이야기일 거야. 김현성.

　-…….

　-그는 인류를 파멸시켰다. 그들을 벼랑 끝으로 내몰았지. 인류에게서 대마법사를 빼앗고, 그들을 분열시켰다. 그는 개체 수를 줄인다는 과업에 그 누구보다도 열정적으로 임했던 거야. 너희들의 저항은 거셌지만 너희들 역시 할 수 있는 일이 없었을 거야. 그렇게, 그렇게 매번 너의 앞을 가로막고 네게 절망을 선사한 이가 누구인 것 같아?

　-…….

　-나도 확실히 알 수 없었지만 이제는 알아. 김현성. 어째서 그가 우리에게 와서 인류를, 아니, 대륙을 부숴 버린 건지, 그의 진짜 목적이 뭔지. 이제는 알 것 같아.

　'조금 횡설수설하고 있기는 한데 전달력은 괜찮아졌어. 가면의 영웅한테 말하는 법은 안 배웠어?'

　-그자는 새로 시작하기를 원했던 거야. 모든 걸 처음부터 시작하기로 마음먹은 거라고. 목적이 무엇인지는 모르겠지만 이것 하나는 확실하게 알 수 있어. 그는 너를 선택한 거야. 김현성. 모든 걸 처음부터 다시 시작하게 하는 계획에 너를 끌어들였지. 대륙을 관리하는 신들이 복구할 수 없을 정도로 대륙을 부숴 버린 이후에 너를 자신의 장기 말로 사용하기로 결심한 거야. 시련을 내리고 짐을 떠안겼지.

'점점 더 괜찮아지고 있네. 이거 응원하면 상태 더 좋아지기는 하는 거지?'

[너……. (0/1)]

일단은 당황하는 척해줘야지. 그래야 자신감 팍팍 살아나잖아.

아니나 다를까 침을 꿀꺽 삼키고 있는 놈의 모습이 눈에 띈다. 메시지를 받은 이후에는 뭔가 여유를 찾은 것만 같다. 본인이 유리한 고지를 선점하고 있다고 느끼는 것인지는 모르겠지만 아마 내게 커다란 타격이 갈 거라고 생각하고 있지는 않을까.

한 번 더 메시지를 보내도 괜찮겠지.

[그만……. (0/1)]

'키야. 이거 좋다. 그만.'

-모든 건 자기 자신의 추악한 욕심을 위해서였을 거야. 김현성. 그자에게 너 같은 종류의 인간은 다루기 쉽게 느껴졌을 테니까. 나는 너보다 그자에 대해 잘 알고 있어. 생각해 봐. 누군가를 회귀시킨다는 게 쉬운 일인 것 같아? 정말로 이 대륙을 관리하고 있는 신들이 이 커다란 리스크를 떠안고 너를 회귀시켰을까? 어째서 마지막에 너만 남겨졌을까? 어째서 네가 움

직이는 곳에 그가 있었고, 어째서 너는 그 커다란 절망을 곧이 곧대로 받아들여야 했을까. 어째서 안 좋은 일은 항상 너에게만 일어났고, 어째서 네 주변의 모든 사람은 차례차례 죽어갔을까. 어째서 너는 처음부터 모든 걸 다시 시작해야 했을까. 어째서 네 두 번째 시작에는 그가 함께하고 있었을까. 모든 게 이상하지 않아?

[제발 그만…… (0/1)]

-그자가 제일 걱정하는 것은 자신의 안위야. 그것 외에는 아무것도 관심이 없어. 그는 누구의 편도 아니고 누구의 아군도 아니야. 오직 자신만을 생각하는 지독한 인간이야.

'이 새끼 나쁘지 않네.'

진짜로 잘해주고 있는 것 같아. 칭찬받아야 좀 살아나는 타입인가 봐. 화술이 좋다고 콕 집어 이야기할 수는 없지만 뭔가 목소리에서 진실됨이 느껴진다. 심지어 일이 어떻게 된 건지에 대한 걸 순간적으로 캐치해 내는 능력도 좋은 것 같다. 가면의 영웅의 참된 의도와 정확히 김현성이 어떻게 회귀했는지에 대한 경위에 대해서 파악하고 있지 못하고 있는 녀석이 저 정도까지 해줬다는 건…….

'진짜 힘 제대로 줬나 보네.'

녀석 나름대로 필사적으로 머리를 굴리고 있는 거라고밖에 설명이 되지 않는다.

-그는 어디까지나 욕심을 위해 너를 선택한 거야. 모든 이들을 손으로 주무르고 자신이 원하는 대로 움직이게 만드는 악마. 가면을 쓴 남자. 그 남자의 정체가 누구인지 궁금해?

-…….

-네게 지금 말을 걸고 있는 그자잖아. 네게 지시를 내리고 있는 그자라고. 이제 알겠어? 이제야 이해가 돼?

'아니. 시바, 전혀 이해하지 못하고 있는 것 같은데요?'

세라핌이 나빴다고는 이야기할 수 없다. 조금 더 차근차근히 풀어나가면 어땠을까 하는 아쉬움이 남아 있기야 했지만, 이 정도라도 해준 게 어딘가 하는 생각이 들었으니까.

일단 자신이 말하고 싶은 건 전부 토해낸 것 같이 보이기도 했고 결정적으로 핵심을 잘 꼬집어 이야기했다. 이기영이 가면을 쓴 남자였고, 그 목적이 너를 회귀시킨 것이라는 거까지 설명을 마쳤다.

'뭔가 감정에 호소하는 것 같은 느낌도 마음에 들기는 했었는데.'

결과물은 아웃이라는 게 문제였지.

-거의 다 회복한 것 같습니다. 기영 씨. 다시 가도 되겠습니까?

'이 새끼 한 귀로 듣고 그냥 한 귀로 흘린 것 같은데. 제대로 들은 건 맞는 거지? 확실히 듣기는 들었지?'

듣기는 들었다만 재고해 볼 가치도 없는 쓰레기 같은 말이라도 생각하고 있는 모양이다. 너무나도 굳건한 믿음에 나 역시 내가 그런 게 아닐지도 모른다는 생각을 할 정도였으니 무슨 말이 더 필요할까.

'그래, 시바, 나라도 안 믿겠다. 다른 사람도 아니고 저 미친 비둘기가 전투 중에, 그것도 지가 밀리니까 입 터는 느낌인데 저걸 누가 믿겠어?'

하지만 김현성은 믿어야 한다. 무조건 믿게 될 것이다. 조금 미안하기는 하지만 그렇게 할 수밖에 없다.

'전투 외 부분에서 건드리는 건 조금 찝찝한데. 윤리적으로도 조금 그렇고…… 막 내가 현성이를 함부로 쥐락펴락하고 조종하고 그러는 것 같아서……'

그래도 대의를 위해 이번 한 번은 예외를 두는 게 좋을 것 같다. 카스가노 유노가 보여줬던 풍경이 실제로도 아른거리는 타이밍. 김현성은 여기서 번쩍하는 뭔가를 얻어 가야만 했다.

'움직일 수 있어.'

회귀자 사용설명서는 김현성의 감정을 인위적으로 조종할 수 있다. 녀석이 찬반은 중요한 것이 아니다. 내가 그렇게 움직이게 유도한다면 녀석은 그렇게 움직일 수밖에 없다.

"네. 곧바로……."

일단 아주 작은 것부터 시작하자. 너무 갑작스럽게 커다란 게 들어서면 이상할 수도 있으니까 머릿속에 아주 작은 의심을 키우는 것부터 시작하자.

그때랑 똑같은 거야. 현성아. 딱 그 정도. 노을로 합의 보기 전에 했던 아주 작은 의심 있잖아. 내가 그걸 심어줄게. 정황상 세라핌의 힘찬 연설을 듣고 마구니가 들어왔다고 생각하면 되겠네. 그렇지?

-어?

하는 소리와 함께 김현성이 잠깐 머리를 부여잡는 것이 보인다. 무척 당황하고 있는 얼굴이 눈에 띈다. 무슨 이미지를 떠올렸는지는 모르겠지만 아마 내가 가면의 영웅과 겹쳐 보이는 이미지일 것이다. 최대한 순진한 목소리로 말을 걸어야지.

"왜 그러십니까? 현성 씨?"

-네…… 아…… 아무것도…… 아무것도 아닙니다. 네. 죄송합니다.

'아무것도 아니지는 않잖아. 솔직히. 세라핌 너도 가만히 있을 거야? 한마디 더 해줘야지.'

-진실이 뭔지 두 눈을 똑바로 뜨고 직시해. 김현성. 그자는 네가 생각하는 사람이 아니야.

-…….

-내 말이 진실이라는 거 눈치채고 있잖아.

-그 입 다물어라, 세라핌.

'진전이 있었죠?'

아예 상대 자체를 하지 않았던 전과는 다르게 세라핌의 말에 민감한 것 같다.

이쪽의 생각대로 일이 진행되고 있다는 걸 깨달을 수밖에 없었다. 김현성은 지금 무서워하고 있다. 자신이 녀석의 궤변에 흔들리는 것은 아닌지 두려워하고 있었다.

심지어는 말을 걸어오는 모습마저 눈에 띈다.

-기영 씨…… 혹시 제게 정신 착란 마법이나 비슷한 종류의…….

"그런 전황은 없습니다. 현성 씨. 뭔가 문제라도 생긴 건가요?"

-아니요. 아무것도…… 아닙니다. 죄송합니다. 기영 씨. 죄송합니다.

'뭐에 대한 사과야? 나를 의심하고 있는 거? 아니면 현재 상황에 집중하고 있지 못하고 있는 거? 전자면 굳이 사과할 필요는 없잖아. 어차피 나는 네가 날 의심하고 있는지도 모르고 있는 상태인데.'

김현성은 살짝 떨리고, 울먹이는 목소리로 다시 한번 입을 열었다. 다시는 이런 생각을 하지 않겠다는 듯 고개를 양옆으로 계속해서 저으며 말을 이었다.

-정말로 죄송합니다. 제가…… 그러니까…… 죄송합니다.

나는 혼란스러워하는 녀석의 머릿속에 다시 한번 의심을 한 스푼 집어넣었다.

'현성이 멘탈 괜찮은 거지?'

하지만 지독할 정도로 어마어마한 자기혐오에 둘러싸인 녀석을 느끼기까지에는 그리 오랜 시간이 걸리지 않았고, 결국에는 그 감정을 이기지 못해 눈물을 뚝뚝 떨어뜨리는 모습이 시야에 들어오기 시작했다.

'아, 이 새끼 멘탈 안 괜찮나?'

힘내라, 김현성. 시바.

'진짜 안 괜찮은 것 같은데.'

혼란스러운 감정이 그대로 전해져 온다. 뭐라 설명하기도 힘든 거대한 감정의 소용돌이가 우리 회귀자를 덮치고 있는 게 느껴진다. 조금 과장해서 말하면 수만 마리의 구더기들이 온몸을 갉아먹는 듯한 감각이 느껴질 정도. 녀석은 자기 자신을 혐오하고 있었고 현재의 상황을 무척 혼란스럽게 받아들이고 있는 것만 같았다.

너무 과민 반응을 하는 것 같아 내가 다 민망하기는 했지만……

'당연한 건가.'

김현성의 여기까지 온 과정을 떠올려 보니 딱히 이상하지도 않다는 생각이 들어와 꽂힌다.

'많은 일이 있었으니까.'

말 그대로, 2회차 김현성의 성장 과정은 실상 빛기영과의 유대를 메인으로 삼고 있다고 말해도 과언이 아니다.

육체적인 성장도 성장이지만 메인은 역시 정신적인 성장이 아니었던가. 매섭게 불어오는 북풍처럼 차가웠던 김현성의 심장을 사르르 녹여 버린 빛 중의 빛, 그 누구보다 따뜻했던 '그 녀석' 이기영.

그 녀석은 항상 사건에 중심에 있었고 김현성의 얼마 남지 않은 인간관계의 중심에 서 있었다. 한때는 서로를 오해하기도 했고, 의심하기도 했고, 적으로도 만나기도 했지만 종국에는 가장 신뢰하던 관계로 발전해 김현성의 성장과 새로운 인격 형성에 기여했다.

이는 심료 치료의 일환이기도 했고 1회차에서 마모된 김현성에게 진실된 관계가 무엇인지 친절히 알려주는 교육의 과정이기도 했다.

'그래. 시바. 맞지. 그럴 만하지.'

영혼의 교감까지 나누며 모든 의심을 날려 버리지 않았던가. 김현성의 입장에서는 자신이 쓰레기가 아닌가 생각해 봄직하다.

이미 털어냈다고 생각한 의심이 다시 생겨났을 때의 녀석이 얼마나 당황했을지 상상도 되지 않는다.

'은인 아니야? 생명의 은인이나 다름없는 거 아니냐구. 아니, 정신적인 생명의 은인이지. 솔직히 내가 현성이 멘탈 심폐 소생술 했자녀. 시바 2회차를 막 시작했을 때 김현성 눈빛 생각해 봐. 사람 하나 살리고 치료까지 해주고 병원비까지 내준거지. 근데 의심하고 있는 거자녀…… 얼마나 자괴감이 들겠어?'

동공이 흔들리는 것이 보인다. 어떻게 해야 할지 갈피를 잡고 있지 못하는 것만 같다.

원래 멘탈이 약하다는 건 알고 있었지만 정말로 금방이라도 무너질 것처럼 보인다. 검을 잡은 손이 덜덜 떨리고 있었고 억지로 입술을 꽉 깨문 것도 눈에 띄었다. 이렇게라도 멘탈을 부여잡아야 된다고 생각하고 있는 거겠지. 중요한 시기니까. 그럴 만도 하다.

'아, 이거 시바 이대로 진행하는 게 맞나? 솔직히 전쟁은……'

유리한 상황이기는 한데…….

"현성 씨? 무슨 문제라도 생긴 겁니까?"

-…….

"현성 씨?"

-아무것도…… 아무것도 아닙니다.

이미 중요 비둘기들은 전부 미국 갔고, 병력의 컨디션도 나쁘지 않은데…… 김현성 이 새끼 이러다가 정신병 걸리면 어떻게 해?

물론 갑작스럽게 전황이 바뀔 가능성도 존재한다. 하지만 그걸 위해 김현성에게 정신병을 선물하는 게 맞는가 하는 생각도 들어와 꽂힌다.

이런 쓸데없는 걱정을 할 정도로 녀석의 상태가 심상치 않아 보인다. 하지만…….

'이게 끝이라면 이기영이 그런 설계를 할 리가 없지.'

정말로 이게 끝이었다면 루시퍼와 내가 의미 없는 내기를 할 이유가 없다. 뻔하지 않은가.

'이렇게 해야만 하는 이유가 있는 거야.'

지금 하고 있는 전쟁 이후에 뭔가가 더 남아 있을 수도 있다.

물론 확실하다고 단정 지을 수 있는 일은 아니다. 하지만 생각해 볼 만하지 않은가. 비둘기들이 끝장난 이후에 진 비둘기 보스가 나타날 수도 있고 비둘기 부모님이 나타날 수도 있다. 갑자기 대륙이 붕괴될 수도 있고, 내가 상정하지 못하는 무언가가 나타날지도 모른다.

터무니없는 이야기일 수도 있다는 건 알고 있지만 기억을 지우기 전의 이기영이 루시퍼와 계약을 한 것으로 모자라 쓸데없이 배때기를 내어줄 거라는 생각은 들지 않았다.

'가장 확률이 높은 건…… 놈들의 창조주?'

바깥 세계의 신. 비둘기들처럼 불완전한 존재가 아닌 정말로 완전무결한 존재. 까놓고 말하면 루시퍼가 커버 쳐주지 않으면 이야기가 성립하지 않는 괴물이 기다리고 있을 수도 있다. 내가 걸어놓은 안배가 무엇인지는 모르겠지만 그걸 무시할 정도로 간이 크지는 않다.

잠깐 동안 내적 갈등을 겪기는 했지만 역시 어쩔 수 없는 것이 아닌가 하는 생각이 든다. 이기영은 사이코패스가 아니다. 나라고 왜 우리 회귀자의 정신 건강을 걱정하지 않을까. 하지만 지금 와서 물리기에는…….

"너무 멀리 왔어."

되돌아올 수 없는 강을 건넌 것이나 다름이 없다. 이렇게 계속 생각이 생각의 꼬리를 물고 늘어지는 와중에, 유일하게 즐거운 녀석이 하나.

-이제야 기억이 난 건가?

-…….

-너는 부정하고 있을 뿐이야. 김현성. 받아들이는 게 네게도 이롭지 않을까? 그자는 네 구원자가 아니야. 네 영혼을 비틀고 쥐어짜 내는 악마 그 자체야.

-…….

-네 입으로 직접 물어보는 게 좋을 거야. 그 악마는 지금도

너를 손바닥 위에 올리고 어떻게 하면 좋을지 고민하고 있을걸.

'이건 좀 찔리기는 하네.'

-아니, 물어볼 필요도 없어. 너는 이미 정답을 알고 있어. 네 표정이 모든 걸 말해주고 있는 것 같아 보이는데…… 내 말이 틀려?

'물 만난 물고기 수준이네.'

본인의 웅변이 김현성에게 먹혀들고 있을 거라고 착각하고 있는 모습이 우습기는 했지만 도움이 되고 있다는 건 부정할 수가 없다. 여기서는 나도 조금 도움을 줘야지.

"현성 씨? 지금……."

-기영 씨가 신경 쓰실 일은 아닙니다. 네…… 기영 씨가 신경 쓰실 일은…… 일단 체, 체력 회복은 마쳤으니 곧바로…….

-시선을 돌린다고 해서 없었던 일이 되는 건 아니라는 거 알고 있잖아. 너 자신에게 직접 물어봐. 1회차에서 네 인생을 쥐고 흔든 자가 누군지, 네가 그렇게 중오하던 녀석이 누군지, 네 동료들과 대륙의 인간들을 학살하고 네 영혼을 무너뜨린 자가 누군지. 네 삶을 마음대로 주무르고 휘두르는 자가 누군지, 처음부터 끝까지 너를 기만하고 속인 자가 누군지. 네 자신한테 물어보라고.

여기서 의심 한 스푼 더 넣어줘야겠네요.

-닥…… 닥쳐.

-두 눈을 똑바로 뜨고 네 진짜 적이 누구인지 응시해!

-닥…… 닥쳐어!!!

김현성이 검을 쥐고 날아오르는 모습이 시야에 비쳤다.

순식간에 공중에서 한차례 맞붙은 녀석들은 계속해서 공중에서 선을 그리며 서로에게 검을 겨누고 있었다.

하지만 별 의미 없는 행동이라고 봐도 되지 않을까. 세라핌은 지금 이 상황이 내게 엿을 먹일 기회라고 생각하고 있었고, 김현성 역시 계속해서 마음이 흔들리는 상황이다. 내가 계속해서 집어주고 있는 포인트도 제대로 머릿속에 들어오지 않는지 움직임 역시 엉망진창이라고 할 수 있을 정도였다.

그 와중에도 세라핌을 압도하는 걸 보면 확실히 육체적으로는 완성이 된 모양, 심지어…….

'시바, 세라핌 저러다 죽는 거 아닙니까?'

물론 저 새끼는 죽어야 되는 비둘기가 맞지만 자기 역할은 확실하게 하고 가야지. 김현성의 마음속에 있는 의심이 확신으로 만들어야지.

조금 문제가 있기는 한데…….

'아…… 이거 생각보다 어렵네.'

이 의심을 완벽히 뿌리 내리게 하기가 쉽지가 않았다는 것이었다.

-나는…… 흐윽…… 그런 생각한 적 없어.

"현성 씨?"

-믿어주세요. 저는 정말로 그런 생각을 한 적이 없습니다. 정, 정말…… 정말입니다…… 끅…….

나에게 말을 거는 것이 아니라 혼잣말을 하고 있는 것처럼 보인다.

 -아무래도 제…… 제 머릿속에 누가 들어온 것 같아요. 뭔가. 뭔가가 이상합니다. 기영 씨.

 "확인이 되는 건 없습……."

 -내 머릿속에서 나가! 흐윽…… 이 개자식! 이 더러운 자식!

 '네 머릿속에 있는 거 난 거 같아…….'

 -흐윽…… 아니야! 아니라고! 아니야!

 세라핌도 한번 외쳐줘야지.

 -눈을 떠라! 김현성!

 -닥쳐! 닥쳐어!!!! 아니에요. 아니야! 내 머릿속에서 나가! 제기랄! 나가 루시퍼어!!!

 '루시퍼 아니야. 나야.'

 무식하게 검을 휘두르고만 있다. 자기 머릿속에 있는 무언가와 싸우고 있는 것 같이 느껴진다. 그 모습이 뭐라 말하기 힘들 정도로 비참해 보이는 상황이다. 솔직히 저걸 보고 있기도 쉽지가 않다.

 -저는 의심 따위는 한 적 없습니다. 저는…… 정말로 의심 같은 걸 한 적이 없어요.

 '괜찮은 거 맞지?'

 회귀자 사용설명서에 저항하고 있는 것만 같다. 이걸 저항하는 게 가능할 거라고는 진심으로 생각하지 못했다.

 -흐윽…… 끅…….

 '거부하지 마. 현성아. 받아들여야 돼. 너도, 시바, 뭐라고 말

좀 제대로 해봐. 이 미친 비둘기야.'

-받아들여라! 김현성!

'시바. 그렇게 뻔한 대사만 지껄이지 말고 좀.'

녀석에게는 뭔가 기대하기가 힘들다.

계속해서 녀석과 부딪치던 김현성이 움직임을 멈춘 것은 내가 한 번 더 의심을 집어넣었을 때였다.

'저항하지 마. 제기랄.'

이대로 가면 정말로 김현성이 망가질지도 모른다는 생각에 조금 다급해진 그때.

갑자기 자신의 왼쪽 뿔을 붙잡은 놈이 시야에 들어온다.

-제길! 제길!

'뭐 하는 거야. 너.'

"너 뭐 하는 거야…… 야……."

-제기랄…… 제길!

"너 이 미친 새끼야! 뭐 하고 있는 거야?"

-제기일!!!

김현성은 대답하지 않는다. 하지만 놈이 지금 뭘 하려고 하는지는 알 수 있을 것 같다.

힘이 들어간 팔이 눈에 잡힌다. 으직으직거리는 징그러운 소리가 들려온다. 웬만한 고통에는 소리조차 내지 않는 김현성이 기괴한 비명을 내뱉고 있다. 통각이 느껴지는 것은 아니지만 김현성이 얼마나 고통스러워하는지 전해져 온다. 하지만 녀석은 이전의 행동을 멈추지 않는다.

그 광경을 본 세라핌의 얼굴이 저절로 일그러진다. 저도 모르게 김현성이 내뱉는 비명이 주는 고통에 공감하는 것이다.

"하지 마, 이 병신 새끼야! 하지 마!"

온몸에 소름이 돋는 광경. 결국에는.

콰직!

하는 소리와 함께 김현성의 왼쪽 머리에 있는 뿔이 그대로 뽑혀 나갔다.

-허억…… 허억…… 허억…….

거대한 뿔이 뽑혀 나간 자리에서는 피가 계속해서 흘러내리고 있다. 김현성의 반쪽 얼굴을 완전히 뒤덮은 혈액 때문인지는 모르겠지만 방금의 광경이 비현실적으로 느껴진다. 저도 모르게 표정이 일그러지고 초조해진다.

땀으로 범벅이 된 김현성은 계속해서 혼잣말을 중얼거리고 있었다.

-내…… 내 머릿속에서 나가. 루시퍼. 나는 의심하지 않아…… 나는…….

"이 미친 새끼……."

-나는…… 저는 의심한 적 없어요. 믿어요. 이, 이전에는 그랬던 적이 있지만 지금은 아니에요. 믿어요. 믿어요. 믿어. 나는 믿어. 나는 믿어…….

'시발…… 이거 어떻게 하지? 진짜 그대로 가는 게 맞아? 그대로 가야 돼?'

-이제는 알아요. 이제는…….

'어떻게 해? 어떻게 하지? 시발…… 시발…… 이걸 어떻게 해? 개 시바…… 개 시발…… 이렇게 될 줄은 몰랐어. 진짜 이 렇게 될 줄은 예상 못 했는데. 진짜…….'

여전히 녀석은 자신의 머릿속에 있는 의심에 저항하고 있 다. 방금의 행동으로도 의심이 사라지지 않자. 결국에는 남은 오른쪽 뿔에도 손을 가져다 대고 있다.

-내…… 내 머릿속에서 당장 사라져. 루시퍼.

'어떻게 해? 어떻게…… 어떻게…… 시바, 이거 어떻게 하냐 고. 시바…… 어떻게 해?'

-나가으…… 으으윽…… 아아아아악!

"아아아아아아아아아아아아아악! 아아아아아아악! 아아아 아아아악! 으아아아아악!! 으아아아아아아악! 아아아아아 악! 아아아아악! 아아아아악!"

녀석이 우뚝 움직임을 멈추는 것이 시야에 비쳤다.

218장
끝으로(3)

"아아아아아아아악! 으아아아아아악!"

확실하게 뿔을 잡아당기지 못하는 놈의 모습이 눈에 들어온다.

"아으아아아아아아악······ 아······ 아아······ 흐윽······ 아아아악!"

심지어 얼굴이 창백해지는 것이 눈에 보인다. 아직까지 확실하게 정신을 차리지 못하고 있는 것 같았지만 내 비명 소리에는 반응하고 있다. 눈이 커다랗게 변하는 것이 시야에 비친다.

"아······ 으······ 아아······."

'시바, 새끼야.'

무척이나 리얼한 울음소리와 고통에 찬 비명이 그대로 전해지지는 않을까. 아직까지도 제정신을 차리지 못하고 있는 것처럼 보였지만 아마 어떤 상황인지 파악하기까지는 그리 오랜 시간이 걸리지 않을 것이다.

'그래 네 생각이 맞을 거야.'

통각 공유를 차단할 수 있다는 게 선의의 거짓말이라는 사실을 김현성이 깨닫지 못할 리가 없다. 눈치가 없기로 유명하기는 하지만 이 정도는 깨달을 수 있을 거라고 믿는다.

회귀자가 전투에 제대로 집중하지 못할까 차마 말하지 못했던 '그 녀석'의 배려. 자신의 고통을 참아가면서까지 폐가 되지 않기 위해 노력했던 그 녀석의 희생.

아니나 다를까 흠칫거리고 있는 모습이다. 절망으로 가득 차 있는 감정은 녀석이 입을 떼는 것조차 힘들게 만들고 있었다.

-기…… 기영 씨?

"……."

-기영 씨? 괜찮…… 괜찮으십니까? 기영 씨?

'제정신인 건가?'

솔직히 모르겠다. 그냥 반사적으로 나온 행동일지도 모르지. 일단은 침묵으로 일관하는 것이 맞다. 엄청난 고통을 느끼고 다시 의연하게 말을 잇는 모습을 선보이는 게 무난한 행동이지 않을까.

여기서 어떤 판단을 내리는 게 정답인지 결정을 내리는 것에 시간이 걸린다. 일단 김현성이 반병신이 되는 걸 막아야 한다는 생각에서 나온 행동이었으니까. 그만큼 나도 절박했었고……. 김현성이 느끼고 있는 통증은 뭐라 말하기 힘들 정도였으니까.

육체적인 고통도 육체적인 고통이지만…….

'문제를 그렇게 해결하려고 그러면 안 되지.'

그렇게 막 자해하고 뿔 뽑고 그러면 안 되는 거 아니야? 그거 뽑은 다음에도 해결 안 됐으면 어떻게 하려고 했어? 그다음에는 날개도 뜯으려고 했어? 그다음에도 안 되면 뭐 어떻게 할라구. 그런 거는 도움이 안 된다니까. 그런 행동으로 문제를 해결하면 안 돼요. 시바 그냥 받아들이는 게 차라리 편하다고. 애초에 마음속에 싹트고 있는 의심을 네가 어떻게 해볼 수 있을 것 같아?

'찍어 눌러야 돼.'

다른 생각을 하지 못하도록 확실하게 찍어 누르는 게 괜찮을 거라는 생각이 든다. 더 이상 녀석에 괜한 짓을 할 수 없게 제대로 찍어 눌러야 한다. 방법이 조금 어려울 수도 있겠지만…….

'해야 돼.'

아니, 사실 어렵지도 않다. 악마들이 한 인간을 타락시킬 때와 마찬가지다. 인간의 가장 약하고 괴로워하는 부분을 끊임없이 파고들고 파고들고, 또 파고든 다음, 저항할 수 없는 상태까지 내몬 이후에 완전히 먹어버리는 거지 뭐.

물론 나는 김현성을 지키기 위한 것이라는 차이점이 있기야 하지만 여기서는 그들의 방법이 더 잘 통할 거라고 장담할 수 있다.

현재 김현성이 가장 괴로워하는 부분이 뭐지? 뻔하지 뭐. 죄책감? 더 어두운 곳으로 끌어내리자. 조금만 더 아픈 척하고 괜찮은 척하면 되는 거야.

"아⋯⋯. 하아⋯⋯ 아⋯⋯."

-괜⋯⋯ 괜찮으십니까? 기영⋯⋯ 기영 씨? 지금⋯⋯.

"하⋯⋯ 으⋯⋯ 아⋯⋯."

-기영 씨⋯⋯ 통각이⋯⋯ 통각이⋯⋯ 아⋯⋯ 제가⋯⋯ 제가⋯⋯.

"아⋯⋯."

-⋯⋯.

"저는 괜찮습니다. 저는⋯⋯ 그러니까⋯⋯ 걱정하지 마세요."

-네? 네⋯⋯ 어⋯⋯ 네⋯⋯ 흐읔⋯⋯.

"무슨 일이 생겼는지 모르겠지만⋯⋯ 제가 지금 그쪽으로 이동하겠습니다. 지금으로서는 저도 느껴지는 게 없어서⋯⋯ 뭔가⋯⋯ 무언가 문제가 생긴 것이 맞다면⋯⋯ 제가 직접 현성 씨의 상태를⋯⋯ 봐야 할 것 같습니다."

-머리는⋯⋯ 머리는 괜찮으십니까?

"통각을 차단해 놓은 지 오래됐습니다. 그러니까 걱정하지 마세요⋯⋯ 네. 하아⋯⋯ 하아⋯⋯ 현성 씨는⋯⋯ 현성 씨는 괜찮으신 겁니까? 일단은⋯⋯ 일단 그 자리에서 벗어나는 게 맞는 것 같습니다. 어쩌면 정말로 정신 계열의 마법이⋯⋯ 하 읔⋯⋯ 현성 씨는 지금⋯⋯."

-기영 씨? 기영 씨?

"⋯⋯."

'나는 리얼루 아무렇지도 않은데. 넌 진짜 괜찮은 거 맞아?'

-저는…… 네. 저는…… 흐윽…….

'얘가 얼마나 고통에 익숙하면 진짜 저래요? 뭐 저래?'

-저는…… 저는 아무렇지도 않습니다. 흐윽…… 네.

딱 생각하고 있었던 그대로였다. 굳이 의식을 유도할 필요도 없이 녀석은 내가 원하는 방향으로 흘러가고 있다.

놈이 자신의 머리에 붙어 있는 뿔을 떼어낸 것은 루시퍼에게 저항하기 위한 의미라고 판단해도 되겠지만 실상은 자해라고 봐도 무방한 행동이었다. 자기혐오를 이기지 못해 스스로에게 상처를 입힌 거라고 해석해도 무리가 아니라는 거다. 본인을 상처 입히기 위한 행동이었지만 결과적으로는 내게 해를 끼친 셈이라고 봐도 되지 않을까.

아나나 다를까. 김현성이 점점 가라앉는 것인 느껴진다. 스스로에게 상처를 입히는 게 유일한 해결책이었다면 지금은 그 해결책마저 막혀 있는 상황.

김현성은 지금 어떻게 행동해야 할지 모르고 있다. 현재의 상황을 어떤 방향으로 받아들여야 할지 혼란스러워하고 있다. 머리에 손을 가져다 대려다가도 멈칫거리고 있었고, 유일하게 저항할 수 있는 방법이 막혀 버리자 점점 나락으로 떨어지고 있었다. 막말로 눈물을 흘리는 것밖에는 할 수 있는 것이 없다.

한 단계 성장을 이룩해 냈던 김현성은 없다. 스스로 루시퍼의 손아귀에서 빠져나와 희생하는 영웅으로 발돋움했던 김현성은 이미 자리에 없다. 건드리면 무너져 내릴 것만 같은 모래

성만 자리해 있었다.

계속해서 주변을 둘러보는 것이 시야에 비친다. 덜덜 떨리는 입과 끊임없이 흘러내리는 눈물이 눈에 띈다. 뭐라고 제대로 말을 하지도 못하고 있다. 김현성은 망가졌다.

"저는…… 저는…… 현성 씨를 믿고 있습니다."

그 한마디에, 너무나도 쉽게 무너져 내렸다.

화아아아아아악

'지금.'

쉬운 작업이다. 무방비 상태에 있는 김현성을 조금 건드리는 것 정도는 정말로 쉬운 작업이다.

'끊자.'

김현성이 이기영에게 가지고 있는 유대를 끊어놓으면 돼. 우리 회귀자가 저항하고 있는 이유는 그 끈을 놓기 싫어서니까. 지금까지 있었던 일들을 전부 흐릿하게 만드는 거야.

아니, 흐릿하게 만든다기보다는 김현성이 지금까지 느꼈던 감정과 유대를 죽이자. 이기영에 대한 죄책감을 느끼지 못하는 상태로 만들어 버리자.

이런 게 가능할까? 불가능할 게 뭐가 있겠어. 완벽히 벽이 허물어진 상태 아니야?

'이렇게까지 할 필요가 있나?'

불안 요소는 처음부터 차단하는 게 맞지. 지금의 김현성의 모습을 보면 확신할 수 있잖아? 유대가 있으면 결국에는 찌르지 못하는 거야. 내가 가면의 영웅이라는 사실을 인정해도 2회차의 정 때문에 건드리지 못할 변수도 차단해야 돼.

저 새끼 봐. 분명히 그렇게 행동할걸. 머뭇거리고 부정하다가 결국에는 칼 떨어뜨린다니까.

'하지만……'

하지만은 없어. 선택지는 이거 하나야.

계속해서 김현성의 머릿속을 헤집는다. 녀석이 이기영에게 유대감을 느꼈던 순간들을 계속해서 뽑아낸다.

처음 튜토리얼 때부터.

-아…… 안 돼.

돼.

'김현성이라고 합니다.'

그래 처음부터. 처음부터 말이다.

이미 녀석과 한 차례 추억 이야기를 주고받기는 했지만…….
이렇게 보니 마치 모든 게 파노라마처럼 흘러가는 기분이다.

'개인적으로는 소환사, 연금술사, 흑마법사에서 고르는 게 조금 더 좋아 보이기는 하지만 아무래도 흑마법사는 추천해 드리기 어렵겠군요. 확신할 수는 없지만 위험한 상황에 처할 수도 있을 겁니다. 적어도 이 상태창은 저희에게 거짓말은 하지 않으니까요.'

돌아와서 생각해 보면 직업 때문에 실랑이했던 것도 재미있었던 모양이다.

솔직히 나도 재미있기는 했어. 그때는 연금술사가 개꿀 직업인 줄 알았었는데. 지금 생각해 보면 조금 낚인 것 같기도 해. 시바. 흑마법사도 괜찮을 것 같았고 지휘관도 좋았을 것 같은데, 라무스 터커의 연금학개론에 낚였었네.

너 지금도 이걸 가장 잘한 선택이라고 생각하고 있어? 진심으로?

'혹…… 혹시 말이요…… 혹시나 형님은 다른 곳으로 갈 생각인 거 아니요?'

'그건 안 돼요. 오, 오빠!'

'그런 건 아니야. 나도 너희와 함께하고 싶다. 물론 현성 씨도 같이. 그렇지 않습니까?'

'예. 비록 이런 이상한 장소가 맺어준 인연이지만…… 기영 씨와 덕구 씨, 그리고 하얀 씨와는 함께 가고 싶군요.'

처음 길드에 들어갔을 때야? 형이 돈 많이 벌게 해준다고 했잖녀. 그때는 진짜 급하기만 해가지고 앞뒤 안 돌아보고 들이대기만 했었지.

가끔 덕구가 없어도 넷이 있을 때가 즐거웠다고 이야기를 하고는 했는데. 너도 마찬가지였어? 아니면 추억 보정이야? 너 이때는 시바, 나 별로 안 좋아했잖아. 그지?

'사과할 필요 없습니다. 기영 씨.'

'네?'

'기영 씨는 잘못한 게 없습니다. 아니, 설사 잘못했다고 하더라도 유라 씨가 굳이 기영 씨의 잘못을 지적을 권리는 없습니다. 엄연히 기영 씨는 파란의 파티원입니다. 만약에 실수했다고 생각했다면 제가 먼저 말씀을 드렸을 겁니다. 어째서 유라 씨가 먼저 우리 파티원의 행동을 문제 삼았는지는 모르겠지만 기분이 나쁘다는 게 솔직한 심정입니다.'

저번에도 말한 적이 있었던 첫 던전. 내가 생각해도 너 거기서 좀 멋있기는 했어.

'우리 파란의 길드마스터를 위해 준비한 선물은 바로 이 그리폰입니다.'

'아!'

그렇게 좋았어? 그리폰에 환장해요.

'혜진 씨를 길드 비서실장으로 임명하려고……'

'그 현성 씨…… 제가 이전에 말씀드린 것은 머릿속에서 지워주셔도 됩니다. 어디까지나 개인적인 생각일 뿐이니까요. 혜진 씨가 일에 적합하다고 생각하시면 부담 없이 임명하셔도 됩니다. 아! 혹시나 해서 말씀드리는 거지만 오해하고 있는 건 없습니

다. 현성 씨 입장에서는 충분히 생각하실 수 있는 이야기니까요.'

 진짜로 이때 이 새끼 똥줄 탔었자녀.

 그 밖에도 여러 가지 추억들이 스쳐 지나간다. 순서가 뒤죽박죽이지만 하나같이 김현성이 이기영에게 유대감을 느낄 수밖에 없었던 순간들이다.

 심지어 내가 기억하지 못하는 것도 많다. 아주 사소한 거. 정말로 사소한 것들. 함께 식사를 하거나 술자리에서 주고받은 별것 아닌 이야기들.

 반대로 무척 커다란 사건들도 많다.

 '죽여 줘.'

 이건 지금 보니까 조금 부끄럽네. 아니야. 솔직히 멋있기는 멋있었어. 저것 봐.

 '돌려 줘. 이 개자식.'
 '말하지 않았나.'
 '돌려 줘……'
 '앵무새 같군.'
 '돌려 줘…… 돌려 달라고!!! 이 씨발!! 개새끼야아!!!!!'

 저건 그만 보자. 이 앞이 죽여줬었는데.

'인간이라는 건 참 이상한 것 같습니다. 모든 게 다 무너진 폐허인데…… 조금은 예쁘게 보이기도 합니다. 신비롭게 보이기도 하고요. 붉은 노을이…….'

그래. 이거.

'제기랄! 네가 뭘 알아! 네가 뭘 아냐고! 제길…… 제길! 흉내 내지 마. 흉내 내지 말라고. 제기랄! 그런 모습으로 나타나서 나에게 책임을 강요하지 마. 이렇게까지 나타나서 나한테 책임을 강요하지 말란 말이야. 나는 다시 시작하고 싶다고 말한 적 없어. 다시 한번 하고 싶다고 부탁한 적도 없다고! 그러니까 그만 내버려 둬. 제발 그만! 그만 내버려 둬! 더 이상 나한테 책임을 강요하지 마! 이 개새끼들아! 나한테 씨발…… 책임을 강요하지 말라고…… 씨발…….'

'…….'

'제발 생각하지 마…… 제발…… 제발 생각하지 마. 떠올리지 말라고…… 이제 지긋지긋하잖아. 제발 떠올리지 마. 아무것도 떠올리지 마.'

'…….'

'제발 그만해…… 제발…… 제발 그 모습으로 나한테 책임을 강요하지 마요.'

솔직히 이게 결정적이었던 것 같아. 그렇지? 지금 생각해도 괜히 찡 하다고.

'아무도 네게 책임지라고 말한 적 없다. 그 누구도 그렇게 말한 사람은 없어. 기대하고 있는 사람이 있다는 게 압박으로 느껴진다는 것도, 많은 걸 감당해야 한다는 걸 버틸 수 없을 것 같다는 것도 이해할 수 있다. 굳이 혼자 스트레스받을 필요 없어. 짐은 같이 들면 돼.'

'……'

'책임은 내가 질 테니까.'

내가 김현성 전부 다 키웠지. 생각보다 너무 많네.

가방 쇼핑? 아, 시바. 2주 동안 감금당한 거? 야간 산책, 시바? 장난쳐? 진짜? 둠현성 사건도 조금 컸지? 라파엘 진짜 싫어했었네. 근데 이번 일 끝나면 너네 같이 얼굴 맞대고 지내야 할지도 몰라.

점점 더 가면 갈수록 사소한 거 하나하나 전부…… 너무 많은데. 상관없지 뭐. 어차피 찰나니까.

'기영 씨?'

응.

'저는 믿고 있습니다.'

어. 시바, 나도.

'그야 물론. 짐을 함께 들어주실 거라고 생각하고 있으니까요.'

근데 이거 끝나고 도망쳤지.

'죄송합니다.'

넌 죄송한 것도 많아. 미안할 짓을 하지 마.

'하지 마! 하지 말라고! 더 이상 짐을 들게 하지마!! 더 이상!! 기영 씨! 거기서 나와요! 거기서 나오라고요! 하지마…… 흐으 윽…… 하지 말라고. 더 이상 뭘 어쩌려고…… 더 이상 뭘 어떻게 하라고…….'

울지 마. 시바. 웰케 자주 울어?

'저는 조금 못난 사람이었습니다.'

아니야. 그렇지 않았어.

'꼭 받아주셨으면 좋겠습니다. 사과의 의미도 있고 여러 가지로 기영 씨에게 필요한 물건일 테니까요.'

80만 골드짜리 가방도 선물해 줬자너. 그게 어떻게 못난 사람이야?

그리고.

'저는…….'

'…….'

'저는…… 저는 회귀자입니다.'

그래. 장하다. 시발로마. 너는 회귀자야. 내가 선택한 알타누스의 회귀자.

화아아아아아아악!

찰나였지만 많은 걸 보고 온 것 같은 느낌이다.

멍하니 서 있는 김현성이 눈에 보인다. 이미 눈물을 멈춘 지는 오래. 혼란스러워하는 것처럼 보이지도 않았고 다시 뿔을 잡아당기려고 하지도 않고 있다.

그 대신이라고 하기에는 뭣 하지만…….

초점이 정확하게 잡히지 않은 눈에는 말로 표현하지 못할 정도로 지독한 분노가 서려 있었다.

"하…… 끝났네."

…….

'정말로 끝났어.'

정확히 말해서 기억을 지운 것은 아니었다. 2회차에서 일어난 일들을 전부 없었던 일로 만들 수는 없었으니까.

사건이 없다면 성장 역시 없다. 거세시킨 것은 김현성이 내게 느꼈던 감정과 유대감이다. 설명하기 조금 어렵기는 하지만 아마 김현성은 일련의 사건들에 대해 이전처럼 커다란 감정을 느끼고 있지 못할 거라고 생각했다.

그런 일이 있었구나, 정도일 수도 있고 아니면 애써 기억할 필요가 없는 일들이라 느끼고 있을 수도 있다.

이기영이라는 인물에 대해 김현성이 개인적으로 가지고 있었던 모든 감정은 모두 순식간에 허물어져 버렸다.

"……"

뭐라고 코멘트를 해야 할지는 모르겠지만 기분이 그리 좋지는 않다. 추억은 김현성 혼자서 쌓은 것이 아니었으니까. 원래 그런 말도 있지 않은가. 죽은 사람들보다 남겨진 사람이 더 괴롭다는 거.

물론 경우가 다르기도 했고 내가 선택한 일이기는 했지만 상실감이 생긴다는 건 어쩔 수 없다고 생각할 수밖에 없었다.

'받아들여야지 뭐. 어쩌겠어. 뭘 잃었나보다는 뭘 얻을 수 있느냐가 중요한 거 아니야?'

그 말이 맞아. 그게 맞는 말이지. 일이 끝난 다음에는 주워 담을 수도 있잖아. 이걸로 파고드는 게 내 스타일도 아닌데. 깊게 생각할 필요도 없지 뭐. 간단한 거야.

'시바 행복 회로 좀 돌려보자. 우울하면 재수 없으니까. 다잘 됐잖아. 계획대로 착착 진행되고 있고 변수도 차단하고 있어. 더 이상 반전의 여지가 없을 정도라고. 모든 게 내가 원하는 대로 진행되고 있으니 웃는 게 맞지. 그렇지 않아?'

계속해서 입꼬리가 올라간다.

입가에서는 실실 웃음이 새어 나오기 시작한다.

'내 생각대로 진행되고 있는 거야. 중요한 건 그거 하나라고.'

문제는 없다. 전부 다 내 생각대로 진행되고 있으니까. 기쁜 소식이니까. 누나한테 전해주는 게 맞겠네.

근데 얘 정신없을 텐데…… 굳이 말 안 해줘도 상관없나. 어차피 혜진이랑 드라마 찍고 있을 텐데.

덕구는 어디서 뭐 하지? 아 싸우고 있겠구나. 하얀이도…… 싸우고 있네. 벌써 마력도 전부 회복한 것 같고…….

슬쩍 상황실을 둘러봤지만 뭐가 있을 리 만무했다. 자축하는 의미로 괜스레 허공을 향해 잔을 들어 올린다. 일이 끝난 것은 아니니 축배를 들기에 이르기는 하지만 뭐 좋은 게 좋은 거니까.

아, 내 정신 좀 봐. 일단 회귀자 상태가 어떤지부터 봐야지.

분노로 일그러져 있는 얼굴이 다시 한번 눈에 보인다.

'진짜 화났네.'

뒤죽박죽 섞여 있었던 이전에 비하면 무척 단순한 감정이다. 이렇게 심플한 게 가장 좋게 느껴진다.

왠지 1회차의 김현성이 저런 모습이었을까 하는 생각도 들어와 꽂힌다. 김현성에게 있어 그 녀석은 2회차의 모든 것이라고 해도 과언이 아니었으니까. 그걸 쳐내면 1회차 김현성이 남는다고 해석하면 되는 거 아닌가?

'아니, 그건 아닌가.'

뭐라고 평가를 내리기도 어렵다.

한 가지 확실한 것은 놈이 더 이상 마음의 목소리에 저항하고 있지 않다는 것. 김현성은 받아들이고 있었고 확정 짓고 있었다. 의심이 아닌 확신이다. 이기영이 1회차의 가면남이라는 확신은 이미 놈의 머릿속을 가득 채우고 있었다.

'그것뿐만이 아니야.'

하나가 바뀌면 여러 가지가 바뀌는 법이다. 녀석이 보물처럼 간직하고 있었던 추억들이 전부 일그러진 형태로 변화하고 있는 것이 보인다.

그럴 만도 하지 않은가. 이 새끼 입장에서는 모든 게 거짓말이고 기만이라는 생각이 들었을 텐데 뭐. 실제로도 그렇게 생각하고 있잖아. 하나하나 추억을 되짚어가며 병신 같았던 자신의 모습들을 되돌아보고 있잖아.

녀석이 느끼는 분노 중에는 자기 자신에 대한 분노도 있다. 이전처럼 자기혐오로 얼룩진 분노가 아닌, 씹어 먹어도 시원치 않을 원수에게 다시 한번 속았다는 분노였다.

대뜸 욕을 박거나 연결을 끊어버리지 않을까 걱정했지만 구태여 그럴 필요성을 느끼지 못하고 있는 모양. 내가 먼저 말을 걸기 전에 놈의 앞에 있던 세라핌이 입을 열어왔다.

-무엇을 깨달았지?

-…….

-뭔가 깨달은 표정인 것 같은데. 무엇에 분노하고 있는 거지?

-…….

-하…… 하하. 하하하하하.

'너도 수고 많았어, 세라핌. 근데 너 웃는 거 좀 재수 없어.'

-푸하하하하하하핫!

김현성은 대답하지 않는다. 하지만 곧바로 검을 날리는 것이 눈에 보인다.

-어…….

세라핌의 뺨에서 혈액이 흘러내리기가 무섭게 다시 한번 검을 휘둘러 오는 모습. 아무런 말도 없이 전투를 이어나가고 있다.

'뭐지?'

일단은 싸움을 이어나가고 있으니 계속해서 포인트를 찍어주고는 있었지만 예상하지 못한 상황에 잠깐 동안 당황하게 된다.

하지만 그것도 잠시. 어째서 녀석이 방금과 같은 행동을 취했는지 금방 깨달을 수 있었다. 어차피 비둘기야 놈의 적이기도 하고…… 결정적으로…….

"현성 씨?"

-네. 기영 씨.

'목소리 살짝 차가워졌자녀. 시바. 감정이 안 담겨 있자녀.

진짜 남 부르는 것 같자녀. 목소리가 시바 예전 같지 않자녀.'

"조금…… 상태는…… 괜찮아지셨습니까?"

-아까보다는 한결 나은 것 같습니다. 하지만…… 머릿속이 아직도…….

"네?"

-실례가 되는 말이라는 건 알고 있지만 직접 와서 확인해 주셨으면…… 합니다.

'내가 가겠다고 말하기는 한 것 같은데…… 와 시바. 김현성이 여우 같은 새끼…… 마음 진짜 단단히 먹었구나.'

자신의 눈으로 직접 확인하겠다는 의미가 담긴 발언이 아니라는 걸 금방 깨닫게 된다.

'불러들이고 싶은 거구나? 진짜로 적으로 규정한 거야?'

김현성의 입장에서 가면의 영웅은 어디로 튈지 모르는 개자식이었으니까. 아마 내가 내뺀다면 이후에 화가 될지도 모른다고 생각하고 있는 거겠지. 직접 불러들여서 확실하게 찢어 죽이고…….

'어?'

뭐야. 찢어 죽이면 안 되지. 너 왜 그런 생각해?

'목을 날려 버리는 것도 조금 그렇지. 아니, 왜 계속 잔인한 것만 생각해? 온몸을 조각 조각낸다고? 팔다리를 잘라 버리고 땅바닥을 질질 기게 만든 다음에 발로 짓이겨 죽이겠다고?'

"아니요. 잠깐 확인해야 하는……."

-부탁드립니다. 지금 기영 씨가 필요합니다.

'죽지도 살지도 못하는 몸으로 만들어서 돼지우리에 처박아 버리는 게 좋을 것 같다고?'

너 이 사이코패스 같은 새끼. 누가 그런 걸 생각해⋯⋯. 아무리 그래도 시바 우리가 함께한 추억이 있는데 그 정도는 아니지. 그건 너무 나갔지. 그런 게 어딨어. 시바. 그렇게까지 하는 건 조금⋯⋯ 그렇지 않아?

잠깐 동안 침묵을 보내기가 무섭게 김현성의 머릿속을 가득 채웠던 안 좋은 상상들이 사라진다. 녀석이 모든 가능성을 고려하고 있는 것이다. 회귀자 사용설명서로 인해 자신이 생각하고 있는 게 새어 나갈 수도 있다는 가정을 경계하고 있다. 어떤 생각을 하는지, 어떤 감정을 느끼고 있는지 내가 알 수 있다는 설명을 한 적이 없었음에도 불구하고 놈은 내가 자신의 생각을 알지도 모른다는 상황을 경계하고 있었다. 혹시 모를 변수를 모조리 상정하고 있는 것이다.

"지금 출발하겠습니다."

-네. 조심히⋯⋯.

'근데 그건 알아야지. 현성아. 애초에 김현성이라면 여기에 와달라는 소리를 하지 않았을 거야. 너무 어설프다고. 지금 그게 연기하는 건지 뭔지도 잘 모르겠다. 솔직히 내가 속아주는 거지.'

괜히 품속에 마취 물약이 있는지 다시 한번 찾아본 이후에는 몸을 일으킨다.

-기영 씨?

"네. 준비하고 있습니다."

기왕이면 타이밍을 맞추는 것이 좋다.

김현성은 계속해서 검을 휘두르고 있었다. 세라핌이 상처투성이가 되기까지도 그리 오랜 시간이 걸리지 않는다. 오히려 조절하고 있는 듯한 느낌, 마치 내가 오기를 기다리고 있는 것만 같다. 일부러 밀리는 모습도 슬슬 보여주면서 뭐. 머리도 붙잡아주고. 자꾸 자기 자신한테 문제가 생겼다는 걸 어필하고 있는 거지.

리얼함이라고는 눈을 씻고 찾아봐도 보이지 않았지만……나름대로 열심히 하는 모습이 좋게 느껴지기야 한다.

문제가 있다면 아직까지 조짐이 보이지 않고 있다는 것. 끝이 다 와 간다고 생각을 하고 있었지만 좀처럼 그림이 만들어지지 않는다. 아직 모두가 제자리를 찾아가지 못하고 있다. 가까이 왔다는 것 하나는 인지할 수밖에 없는 상황이었지만 어떤 상황을 위해 장면을 완성시켜야 하는지 감이 잡히지 않는다.

'아직 아닌 건가?'

아니, 일단 가고 난 이후에 생각하는 게 맞는 건가? 녀석들이 대화를 나누고 있는 것이 시야에 비친다.

-내 손을 잡아. 김현성. 내가 네게 새로운 삶을 선물해 줄 수 있어.

절대로 안 잡을걸.

-우리는 군이 싸울 필요가 없었던 거야. 그렇지 않아?

-그 입 닥쳐. 세라핌.

-애초에 너희들이 승리할 확률이 없다는 건 너도 알고 있잖아. 뭘 위해서 싸우고 있는 거야?

-나는 너와 말장난을 하고 싶어서 여기 있는 것이 아니다.

-나도 장난으로 이런 말을 하는 게 아니야. 오해가 있었던 것 같아서 하는 말이지. 너와 우리가 싸운 게 본의가 아니라는 이야기를 하고 있는 거야. 끝없이 파멸로 치닫는 전쟁은 우리가 원하던 상황이 아니었어. 그런 분위기를 조장하던 벌레 같은 기생충에게 휘둘린 거지.

-난 애초에 너희들의 방식에 단 한 번도 찬성한 적이 없어.

-맞아. 하지만 그게 필요한 일이라는 거 알고 있잖아. 대륙은 병들었어. 괜히 우리가 이곳에 도착했을까. 2회차를 겪으면서 너도 느낀 게 많을 거라고 생각하는데. 그렇지 않아? 네 입으로 말해봐. 인간이 이전과 달라졌던가?

-…….

-인간은 달라지지 않아. 네가 알고 있는 그자처럼 본질은 절대로 변하지 않는 거야.

-…….

-나는 네게 기회를 주고 있는 거야. 김현성. 너는 아직 되돌아올 수 있어. 불순물이 끼어들기는 했지만 충분히 정화할 수 있을 거야. 이미 너는 인간이라고 볼 수도 없잖아?

-개소리.

'마음에도 없는 소리 하네. 저 쓰레기는.'

세라핌은 김현성을 좋아하지 않는다. 정확히 녀석이 회귀자에게 어떤 감정을 가지고 있는지는 모르겠지만 아마 싫어하는 쪽이라고 확신할 수 있다. 애초에 비둘기들은 악마들이 가지고 있는 힘에 적대적이었고 김현성은 그 힘으로 완전히 감싸 있을 정도로 오염된 상태였으니까.

본인이 가진 심판의 검에 대한 자부심이 특히나 남다르다는 걸 생각해 보면 저 개소리는 자기 자신까지 속이면서 입을 털고 있는 거라고 생각하는 것이 맞다.

'그렇게 나한테 엿을 먹이고 싶었어요?'

세라핌의 행동은 단순히 나를 화나게 하고 싶어 하는 것에서 시작됐을 것이다. 그게 아니라면······.

-우리의 창조주가 너를 원해.

'뭐?'

-우리의 창조주가 너를 원해. 김현성.

'갑자기?'

아니, 갑자기가 아니다.

'이거······ 계산된 거야? 이것도 보고 있었어?'

당황스러웠지만······.

'정말로 계산된 거냐고. 시발.'

이걸 노리고 있었다는 생각도 든다. 비둘기들의 창조주는 인격을 가지고 있지 않은 관리자를 원해 저 모지리들을 만들었고······ 완벽하지는 않지만······ 지금의 김현성은······.

"잘라낸 상태니까······."

거대한 빛이 하늘을 뒤덮은 것은 바로 그때였다. 그 빛은 너무나도 이질적이지만 찬란해 보이기도 해 뭐라 표현하기 힘들 정도였다.

바보가 아니라면 알 수 있지 않을까.

'내가 틀리지 않았네. 하…… 시바…… 틀리지 않았어.'

마지막 퍼즐은 저것을 위해 존재한다. 이기영의 희생은 저것을 위해 존재한다. 이질적이고 거대한 빛은 기묘한 형태의 모양의 팔을 만들어 김현성에게 천천히 뻗고 있었다.

바깥 세계의 창조주가 찾아오는 게 아니다.

"우리가…… 불러내야 했던 거였어……."

녀석을 찾아오게 만드는 것 역시 과제 중 하나였다.

해피 엔딩이 될지 배드 엔딩이 될지 알 수 없었지만. 김현성과 이기영의 유대를 끊는 것 역시, 엔딩으로 가기 위한 과정 중 하나였을 것이다.

"틀리지 않았던 거야."

이기영은 틀리지 않았다.

그것만으로도 마음이 놓인다. 이 모든 개고생이 헛짓거리가 아니었다는 것만으로도 조금은 보상받는 느낌이 든다. 모든 퍼즐이 맞춰진 것은 아니었지만 모아놨던 퍼즐 조각이 스스로 그림을 만들어가고 있었다.

'이게 첫 번째 조건이었어.'

비둘기들의 창조주가 이곳에 직접 찾아오게 하는 것, 그게 첫 번째 조건이었다.

맞서 싸워야 할 적이 없다면 애초에 이야기가 성립되지 않는다. 기억을 잃기 전의 이기영이 어째서 녀석에 대해 알 수 있었는지는 모르겠지만, 루시퍼의 개입으로 해결해야 할 존재가 있을 거라는 건 이미 예상하던 바 아니었던가.

직접적으로 그걸 눈으로 확인하니 조금 더 개연성이 들어선 듯한 느낌이었다.

'믿어도 되는 거 맞지? 이기영 이 사기꾼 새끼야?'

물론 어째서 이걸 내게 비밀로 했어야만 했는지에 대해서는 아직 의문을 가지고 있었지만…….

'알고 있다면 미래가 틀어질 수도 있으니까?'

그게 아니라면…….

'기억하지 않는 것 역시 내기의 조건이었을 수도 있지.'

굳이 끼워 맞춘다면 이렇게 끼워 맞출 수도 있지 않을까?

현시점에서 중요한 퍼즐이라고는 볼 수 없는 만큼 잠깐은 생각을 뒤로 돌리는 것이 옳다. 구태여 예를 들자면 딱 배경 정도라고 판단해도 무리가 없으리라. 중요한 것은 현재 놈들의 창조주가 나타났고 우리가 그것을 해결해야 한다는 것 하나였다.

다시 한번 고개를 끄덕인 이후에 곧바로 시선을 돌리자 지독하리만큼 이질적인 빛이 시야에 비쳐왔다. 어째서 저걸 바깥 세계의 신이라고 표현하는지 한눈에 알아볼 수 있을 정도로 놈이 내뿜는 빛은 이질적이었다.

전쟁 중이던 병력들 역시 멍하니 하늘을 바라보는 것이 보인다. 뭔가 일이 벌어지고 있다는 걸 직감하고 있지 않을까. 아마 전쟁 중인 병력뿐만이 아닐 것이다. 북부를 지나 자리해 있는 대륙인들 역시 저 빛을 바라보고 있을 것이다.

하늘을 감싸 안은 빛은 전장 전체를 비추고 있는 것으로 모자라 점점 자신의 영역을 넓혀가고 있다. 나 역시 저 빛을 멍하니 바라보게 된다.

감히 항거할 수 없게 느껴지는 자연 현상처럼 인간을 압도하는 무엇인가가 있다. 저게 무엇인지 모르는 이들이 대부분이겠지만 아마 모두가 그런 생각을 하고 있을 것이다. 저것에는 저항할 수 없다고. 저것과는 싸울 수 없다고 말이다. 나 역시도 마찬가지다.

정말로 저런 것과 싸울 수 있는 건가? 아니, 생명체라고 부를 수 있기는 해? 저건 생각이라는 걸 하고 있는 거야? 의사소통은? 저게 도대체 뭐야?

이상한 점이 많다. 살아 있는 것처럼 느껴지기는 하지만 뭔가 생명체라고 느껴지지 않는다.

인간과 다르기는 하지만 그 비둘기들마저 살아 숨 쉬고 생각하는 것이 느껴진다. 하지만 저건 그런 느낌이 없다. 갑자기 들이닥친 폭풍이나 거대한 파도를 바라보는 것과 다를 바가 없다고 느껴진다. 스스로 의지를 가지고 있는 것 같기는 했지만 그것마저도 확실하지 않다.

딱 뭐라고 꼬집어 말할 수는 없지만 내가 보기에는 그냥……

'시스템 덩어리.'

그냥 시스템 덩어리로 보인다. 비둘기들의 창조주도 뭣도 아닌 그냥 시스템 덩어리다. 저건 생각하고 행동하는 것이 아니다. 본능? 아니면 그렇게 움직이게 스스로를 프로그래밍하고 있을지도 모르지.

내가 상상하던 신은 아니었지만…….

'저게 초월적인 무언가라는 건 확실해.'

꿈틀꿈틀거리는 기괴하고 거대한 팔을 김현성에게 뻗고 있는 모습이 괜스레 더 이질적으로 비치기 시작했다.

-그분의 손을 마주 잡아. 그것으로 너는 너의 죄를 용서받을 수 있을 거야.

'세라핌 병신 새끼.'

쟤는 너희를 만든 게 아닌 것 같은데. 그냥 너희가 저기에서 스스로 태어났을 가능성에 대해서는 생각 안 해봤어? 암만 봐도 저건 그냥 시스템 덩어리야. 의지가 없으니 스스로 나타나지도 않는 거야. 직접 영향력을 행사할 수 없는 거라고.

김현성에게 반응한 것 역시 놈이 스스로 판단하고 손을 내민 것이 아닐지도 모른다. 놈은 그냥 자신 안에 내장되어 있는 프로그래밍을 돌리고 있는 것뿐이다. 이지혜와 세라핌이 더미 월드를 돌렸던 것처럼 녀석 안에 있는 시스템이 변수에 반응한 것이다.

저 시스템이 무엇을 위해 태어났는지, 무엇을 위해 존재하게 되었는지는 모르겠지만 아마 저 시스템이 원하는 것은 사대 천사가 원하는 것과 같은 것일 확률이 높겠지.

놈은 놈이 뿌리내릴 수 있는 둥지를 찾고 싶어 했고. 대륙의 균형을 갈구하는 것을 원했다. 놈의 안에 있는 프로그램은 그것을 위해 비둘기들을 탄생시켰고, 본인이 뿌리내릴 수 있는 차원을 떠돌아다녔을 것이다.

그렇게 김현성의 1회차가 시작됐고, 가면의 영웅의 계획 앞에 놈은 실패했다. 비둘기들은 1회차의 실패에 영향을 받았겠지만 시스템 덩어리는 그렇지 않다.

시스템이 실패하면 어떻게 하겠어? 수정하는 거야.

어디에 오류가 있었는지는 찾아낸 이후에 스스로 수정하지 않았을까. 어떤 변수가 있었는지 점검하고 다시 한번 프로그램을 돌려봤을 것이다. 현재의 상태가 딱 그런 상태다. 놈은 비둘기들로 실패를 겪었고 새로운 대안을 찾았다.

'그 대안이……'

지금의 김현성이라는 거지. 조금은 다른 의미로 완전해진 김현성일 것이다.

김현성은 아직 인간성을 버리지는 않았지만 놈은 김현성이 인간성을 버릴 수 있을 거라고 평가했다. 대륙과 차원을 완전하게 만들 수 있는, 자신이 수행하고자 하는 프로그램을 완벽히 수행할 수 있는 신이 될 수 있다고 판단한 것이다.

당연하지만 김현성은 놈의 손을 잡지 않을 것이다.

'상식적으로, 시바, 잡을 리가 없자너.'

김현성의 숙원은 놈에게 저항하는 것이지 놈의 손을 잡는 것이 아니다. 이기영을 적대한다고 해서 비둘기들의 편에 선다는 건…….

'말도 안 되지.'

-내가 무엇을 얻을 수 있는 거지?

'거봐, 우리 현성이 강직하자녀. 어?'

-대답해. 세라핌. 내가 이 손을 잡고 무엇을 얻을 수 있는지.

'어?'

-푸흐…… 푸흐하하하하하하하핫!

-네가 웃으라고 이야기한 게 아니다. 세라핌. 내 질문에 대답해.

'너 지금 뭐 하는 거야?'

"현성 씨?"

대답은 들려오지 않는다. 무슨 생각을 하는지도 모르겠고 놈이 어떤 상태에 있는지도 읽기가 힘들다.

-글쎄. 그건 네가 생각하기 나름이겠지. 나도 정확히 네가 무엇을 얻을 수 있을지에 대해서는 말할 수가 없어. 하지만 확실히 말하건대 네가 무엇을 원하든 간에 그건 이루어질 거다. 우리의 창조주가 허락하는 범위 안에서 너는 네가 원하는 것을 얻을 수 있을 거야.

-난 대륙에 있는 인간의 절반을 죽이는 미친 계획에……

-다른 방법을 찾으면 돼. 개체 수를 조절할 방법이 이것 하나밖에 있는 게 아니잖아?

'신인류 계획, 시발로마. 그거 지적 재산권 침해야.'

-나도 어째서 우리의 창조주가 너를 선택했는지는 모르겠지만……

'너희들이 시바 무능하니까 현성이를 골랐지.'

-그분은 너에게 많은 권한을 내릴 거야.

권한을 내리는 것이 아니라 위임하는 거야. 본인의 프로그램을 대륙에 직접 뿌리내리게 하기 위한 과정이라고.

-내가 대륙을 바꿀 수 있나?

-이미 한번 말하지 않았나. 네가 원하면 가능할 거야.

'너, 시바, 지금 뭐 하는 거야? 이거 내가 잘못한 거였나? 이게 아니었어?'

유대감을 상실한 김현성이 비둘기 쪽으로 붙는 계산은 아예 안 해본 건가?

'이게 뭐야.'

어처구니없는 상황에 괜스레 초조해지기 시작한다. 갑자기 머리가 혼란스러워진다.

'김현성이 얻는 게 뭐가 있다고, 시바……'

아니지. 굳이 하지 않을 이유도 없잖아. 얻는 것도 없지만 피해 볼 것도 없는데. 애초에 김현성이 죽자고 외신들이랑 싸운 이유는 지 품 안에 있는 이들을 지키기 위해서 아니었나? 정말로 김현성이 원하는 대로 상황을 통제할 수 있다면 자기가 생각하는 최악의 상황은 오지 않을 거라고 판단하고 있을지도 몰라.

그게 다른 방식으로 짐을 떠안는 거라는 걸 모를 리는 없겠지만…… 나였다면 분명히 나쁘지 않은 거래라고 생각할 것이다.

-손을 잡아. 김현성.

'아니. 시바, 잡지 마. 시바……'

지금 정확히 김현성의 상태가 어떤지 모르겠다. 물론 회귀자 사용설명서의 기본 효과 때문인지 어느 정도는 느낄 수 있었지만 도대체 뭘 원하길래 놈의 손을 잡는 걸 고민하는 건지 감이 잡히지 않는다.

일단 허겁지겁 몸을 일으킨 것은 당연지사.

"현성 씨."

뭐가 됐든 간에 시나리오는 계획대로 진행되어야 한다. 김현성이 외신의 편에 선다는 시나리오는 존재하지 않는다.

곧바로 바깥으로 향하자 여러 가지가 뒤섞인 목소리들이 들려온다. 나를 부르는 목소리가 들려오기는 했지만 뭐라고 설명할 시간이 없다.

날개를 펼친 이후에는 곧바로 하늘을 날기 시작. 주변에서는 계속해서 전투가 진행되고 있었지만 일단은 신경 쓰지 않고 몸을 옮기는 것이 급선무였다.

콰아아아아아아아아아앙!!

'진짜로 잡을 거 아니지? 그렇지? 시바?'

-손을 잡아. 김현성.

'말도 안 돼. 시바. 무슨 손을 잡아? 이건 아니야.'

그 새끼는 그냥 시스템 덩어리야. 아무것도 아니라 그냥 괴물 새끼라고.

-네가 원하는 것은 뭐든지 가질 수 있어.

퍼어어어어어어어어엉! 하는 소리와 함께 몸이 한쪽으로 튕겨 나가는 것이 느껴진다. 뭔지는 모르겠지만 직격탄을 맞은 것만 같다. 다행히 제때 방어 마법이 펼쳐졌기 때문에 다른 이상은 없지만 몸은 땅으로 떨어져 곧바로 땅바닥을 구른다.

"명예추기경님?"

"명예추기경님이다! 명예추기경님이……."

"보호해!"

'미안. 지금은 그럴 시간 없어.'

다시 한번 날개를 펼치자 몸이 하늘로 솟아오른다. 저도 모르는 사이에 몸에 겹겹이 보호 마법들이 채워진다.

'형 지금 가. 시바. 그러니까 괜히 상황 꼬이게 하지 말고……'

내가 생각해도 꽤 빠른 속도로 날고 있는 것 같다. 중간중간에 많은 도움을 받은 것 같았지만 정신이 없어 하나하나 확인할 수가 없다.

드래곤들이 브레스를 쏘아 길을 열어줬고 길드원들의 목소리도 들린 것 같다. 엘레나와 선희영의 목소리도 들린 것 같았는데…… 아마 지금까지 몸이 무사할 수 있었던 것은 그녀들 때문이라고 생각해도 되지 않을까.

김현성의 모습이 점점 육안에 잡히고 있다. 이질적인 빛은 아직도 김현성에게 손을 뻗고 있었고, 세라핌 역시 내가 가까이 다가오고 있다는 걸 눈치채고 있다.

"현성 씨!"

하지만 김현성이 나를 바라보는 눈을 확인한 순간.

"하……."

'아. 낚였네.'

내가 놈에게 낚였다는 사실을 깨달을 수 있었다.

'손을 잡을 생각은 없었던 거네. 시바. 아…… 이걸 왜 낚였지? 생각해 보면 그럴 리가 없자너. 김현성의 우직함을 간과했네. 아…….'

어차피 이곳으로 향해야 하기는 했지만 어처구니가 없어 말이 튀어나오지 않는다. 그 김현성이 나를 낚았다고 생각하니 뒷통수가 얼얼하다 못해 쓰라리다.

뒷다리에서 커다란 고통이 느껴진 것은 바로 그때였다. 뭐라고 비명을 내지르기가 무섭게. 머리카락을 붙잡은 손이 천천히 올라가는 것이 느껴진다.

"쓰레기 같은 자식."

김현성이 비틀린 표정으로 나를 내려다보고 있었다.

"현…… 성……."

뭐라고 막 입을 떼려는 찰나. 목을 조르는 우악스러운 손길이 나를 덮쳤다.

"켁…… 켁……."

"더럽고 비열하고 추악한…… 쓰레기."

"켁……."

"어떻게 해줄까? 더러운 자식."

"케헥……."

"내가 어떻게 죽여줬으면 좋겠어?"

가장 처음 이 미래를 봤을 때 걱정했던 것은 김현성이 이기영에게 해를 끼칠 수 있느냐에 대한 것이었다.

혼자서 여러 가지 가정을 하기도 했다. 녀석이 나를 찌르지 못할 경우 반드시 찌르게 만들어야 했으니까. 정말로 이기영이 가면의 영웅이었다는 사실을 밝히는 것부터, 1회차 가면 쓰레기 이기영을 연기하는 상황까지. 심지어 김현성을 자극할 만한 대사 리스트를 뽑기까지 했으니 무슨 말이 더 필요할까. 그냥 자극할 만한 대사 정도가 아니라 1회차의 김현성을 원초적, 근본적으로 깎아내리며, 녀석의 미국 간 동료들까지 모욕할 만한 대사들이었다.

그걸 꺼낼 수 없다는 게 조금 아쉽게 느껴지기는 했지만……지금은 다른 종류의 걱정을 할 수밖에 없는 상황이라고 여겨진다.

단순히 배에 칼을 박는 것뿐만이 아니다. 김현성은 지금의 이기영을 최대한 괴롭게 죽이겠다고 생각하고 있다. 팔다리를 자르는 것은 물론이거니와 온갖 모욕적인 방법을 계속해서 떠올리고 있다.

이 새끼가 너무 실험적인 것 아닌가 하는 생각을 하게 될 정도였다.

'이단 심문관으로 일해도 되겠는데…… 익숙하지가 않네.'

무섭다. 김현성이 내 목을 잡고 있기 때문이 아니라 인간을 초월한 무언가가 쏟아내고 있는 적의 때문에 숨이 턱하고 막힌 것만 같다.

김현성이 손아귀에 힘을 주면 여린 목은 순식간에 부러질 것이다. 아니, 단순히 부러지는 정도가 아니라 손으로 두부를 으깨 버리는 것처럼 산산 조각나지 않을까.

김현성이 조심하고 있는 것이 느껴진다. 최대한 흥분을 가라앉히려고 하고 있다. 자신의 손아귀에 저도 모르게 힘이 들어가지 않을까 하는 종류일 것이다.

녀석이 지금까지 내가 생각하고 있었던 김현성이 아니라는 것을 깨닫기까지는 그리 오랜 시간이 걸리지 않았다.

"개 쓰레기 같은 자식. 내가 이날을 얼마나 기다려 왔는지 알아?"

"케…… 켁……."

"구역질 나는 놈."

그 와중에 풀어낼 수 있는 모욕적인 언어의 한계치가 보이기는 했지만…….

으지직.

"케…… 케헥……. <u>으그으읍</u>……."

순간적으로 숨을 멈추게 만드는 고통이 팔에서 느껴진다.

'시바…… 시바 새끼야. 시바…… 진짜.'

웃고 있는 얼굴이 보인다.

'개새끼. 시발 새끼. 진짜로…… 진짜로…… 때렸어. 시발. 시발. 시발.'

물론 이렇게 해야 한다는 건 알고 있지만 갑작스레 내가 처한 상황이 서러워지기 시작했다.

'동네 사람들 이 새끼가 저 진짜로 때렸어요. 시바.'

다리는 이미 감각이 없고 이제는 팔이 너덜너덜해졌다. 어마어마한 고통 때문인지 정상적인 생각을 하기가 힘들 정도.

그나마 정신이 붙어 있는 이유는 높은 지력 때문이라고 생각했지만 솔직히 이 고통에 익숙해질 수 있을지 모르겠다. 내가 생각했던 김현성과 너무 달라 억울하기까지 하다.

숨이 턱 끝까지 차올라 한계에 다 달았을 때 녀석이 움켜쥐었던 내 목을 놓아주는 것이 느껴진다. 자연스럽게 몸은 땅바닥을 나뒹굴고 한쪽 손은 망가진 팔을 붙잡게 된다.

그만큼 고통스럽다. 마취 물약을 가지고 있었다면 조금이나마 여유가 있겠지만 그런 여유 따위는 없다.

온몸이 땀으로 젖은 것은 물론이거니와 호흡도 비정상이다. 눈에서는 자꾸만 눈물이 차오르고 있었고 입을 열면 곧바로 신음을 내뱉을 것만 같은 상태였다.

'시바. 정신 나간 새끼. 나쁜 새끼. 천벌 받을 새끼. 시바. 시바…… 나쁜 새끼. 진짜 복수할 거야. 진짜로 복수할 거라고.'

"뭐라고 변명이라도 지껄여 봐. 이 역겨운 새끼야."

'네가 시바 어떻게 나한테 이래? 시발놈. 네가 진짜로 어떻게 나한테 이래. 개새끼야.'

"하아…… 하읔…… 아……."

"고통스러워? 괴로워? 벌써부터 그런 표정 지으면 안 되지. 지금부터가 시작인데. 아주 즐거워질 거야."

'이 사이코패스 같은 새끼.'

"이렇게 될 줄은 누가 알았겠어. 그렇지 않아?"

'그래 나도 이렇게 될 줄은 몰랐어. 이 나쁜 새끼야.'

당연히 입술을 꽉 깨물 수밖에 없었다.

'진짜 이러다가 이 나쁜 새끼가 사람 잡을 것 같자녀. 트라우마 생길 것 같자녀.'

일단 이 미친 폭주 기관차를 어떻게든 멈추는 것이 급선무였다. 배때기까지는 기분 좋게 내어주겠지만 온몸이 걸레짝이 된 채로 돼지우리에 던져지고 싶은 생각은 없다.

옆쪽에서 즐겁다는 듯이 웃고 있는 세라핌의 표정도 마음에 들지 않고……

사실 누가 봐도 현재의 김현성은 이성을 잃은 상태로 보이지 않은가. 자신의 모든 걸 망친 빌런에게 분노를 쏟아내는 것 말고 다른 걸 생각하는 것처럼 보이지 않는다.

어떻게 생각해도 이 새끼들 진정시켜야 할 필요가 있다.

"현…… 현성 씨."

"그 더러운 입으로 내 이름을 부르지 마. 개자식."

"아…… 아파요. 아…… 아파."

"겨우 그 정도로?"

'이 새끼 시바 피도 눈물도 없네. 진짜.'

"어째서……"

"네가 더 잘 알고 있잖아."

'말할 틈을 안 주자녀.'

기왕 눈물 나오는 거 더 서럽게 울어보자. 이미 아파 뒤지겠는데 더 아픈 척 한번 해보자.

이럴 때는 일단 모르쇠로 일관하는 게 최선의 선택일 테니까. 이기영이 가면의 영웅인가 아닌가의 여부는 일단 건너뛰고 현재의 이기영은 1회차를 전혀 기억하지 못하고 있다는 포지션을 취해보자.

'난 아무것도 몰라. 진짜. 너 나한테 왜 그래. 갑자기 왜 그러는 거야. 나는 기억나는 것도 하나도 없고 네가 지금 무슨 이야기를 하는지도 모르겠는데. 도대체 이러는 이유가 뭐야? 가면 쓰레기는 진청이었잖너. 내가 아니라 진청인데 도대체 왜 그래.'

정도로. 아, 여기에 한 가지 더.

'무슨 문제라도 생긴 거야? 세뇌라도 당한 거야? 형은 네가 너무 걱정된다. 현성아. 내 몸은 어떻게 돼도 상관이 없는데 네가 걱정돼서 참을 수가 없어.'

후자가 더 빛기영에 어울린다. 가슴 따뜻했던 그 녀석이라면 분명히 후자의 포지션을 취할 것이다.

자신의 몸이 고통스러운 와중에도 머릿속에는 회귀자의 상태에 대한 걱정으로 꽉 차 있을 것이 분명하다. 그래야 이 새끼가 지금 하는 행동에 죄책감이라도 느끼겠지.

사실 조금 주저할 수도 있을 거라는 생각도 든다. 지금이야 이성을 잃은 상태기도 하고 의심이 머릿속에 꽉 찬 상태이기는 했지만……

'나는 김현성을 알아. 시바.'

인간의 본질은 변하지 않는다. 온갖 전쟁을 겪고 거친 생활을 해 인격이 바뀌었다고 한들, 김현성은 본질적으로 여리다. 녀석이 정말로 아무것도 기억하지 못하고 자신을 걱정하고 있는 빛기영에게 단죄의 철퇴를 날릴 수 있다고?

물론 날릴 수야 있겠지만 머릿속으로 상상하고 있는 짓까지는 하지 못할 거라는 생각이 든다.

우리 유대감은 끊어졌지만 그래도 추억은 남아 있는 상태자녀. 물론 네가 거기에서 아무것도 느끼고 있지 못한다고 한들, 기억은 하고 있을 거 아니야. 의심이 아니라 확신하고 있겠지만 나는 영문도 모르는 채로 이렇게 고통받고 있는데. 솔직히 네가 그렇게까지 나쁜 새끼는 아니잖아. 전혀 흔들리지 않을 거라고는 생각 안 해. 죄를 저지른 건 1회차 이기영이지 2회차 이기영이 아니야. 아, 물론 내가 가면 쓰레기라는 말은 아니지만 군이 네가 그렇게 생각한다면 1회차와 2회차를 분리할 필요가 있다는 거야.

"현성…… 현성 씨. 괜찮으신……."

"그 더러운 입으로 날 부르지 말라고 이야기했다."

"아으윽! 아아아아아악!"

'개새끼 또 쩔렀어. 아니, 욕하면 안 되지. 이해해 줘야지. 현성이 지금 많이 힘들자녀. 외신 비둘기한테 정신 마법 당한 거라고 생각해야지.'

범인은 세라핌 저 개자식일 것이다. 녀석이 김현성을 뒤흔들었고 아무 죄 없는 나를 의심하게 만들었다.

"조금만…… 기다리세요. 조금만……."

"뭐?"

"제가 해결할 수 있을 것 같…… 습니다. 조금만……."

"내가 속을 것 같아?"

'응.'

속을 것 같아. 의심은 지울 수 없겠지만 최소한 내가 1회차를 자각하지 못한다는 설정을 때려 박는 것 정도는 가능하지 않을까? 장담하건대 분명히 가능할 것이다.

이미 표정을 뒤바꾼 상태이기는 했지만 곧바로 김현성을 걱정하는 눈빛으로 갈아치운다. 고통을 최대한 참은 채로 오직 녀석의 상태만 걱정하는 성자 중의 성자의 모습을 보이자.

얼마나 집중했는지 몸에 새겨진 통증들이 더 고통스럽게 느껴진다. 새어 나오는 신음과 비명을 억지로 삼켜내며 말을 잇는다.

"정확히 무슨 말씀…… 말씀을 하시는지는 모르겠지만…… 전부…… 전부 잘 해결될 겁니다. 그러니 조금만 참으세요."

잘 뻗어지지는 않았지만 억지로 손을 뻗는 행동을 보여주는 것도 괜찮겠지.

지금 내 모습이 어떻게 보일까. 정말로 비참한 것처럼 보일 것 같은데. 여기로 오는 동안 땅바닥에 두 번 정도 처박혔고 지금 한쪽 다리도 이상하잖아. 팔도 거의 박살 난 것 같고…… 전장도 한 번 굴렀으니 온몸이 피범벅이 되었을 거야. 극적이잖아. 그렇지 않아?

"나는 네 말 따위는 믿지 않아. 더러운 새끼."

"조금만…… 조금만 더…….

"어떻게든 이 상황을 빠져나가려고 발악하는 거 내가 모를 거라고 생각했어?"

'눈치 빠르기는 하네.'

일단 울어야지. 진짜 실감 나게 눈물 뚝뚝 떨어뜨려야지. 사과도 한 번 박아주자.

"제가…… 제가 죄송합니다."

"웃기지 마. 그 혓바닥을 당장 뽑아버리기 전에 입 다물어. 사실은 너도 알고 있잖아. 전부 다 기억하고 있지 않아? 이 모든 상황을 자초한 거 너였어. 네가, 네가 내 삶을, 내 영혼을 망친 거야. 내 모든 걸 앗아가고 나를 부정하고 네 손바닥 위에서 나를 춤추게 만든 거라고. 그런 모습을 보인다고 내가 동요할 것 같아? 모든 게 연기라는 걸 내가 정말로 모를 거라고 생각했어? 이제는 알아."

'혓바닥이 길어지셨네요.'

"얼마나 나를 병신으로 생각했을까. 그동안 네가 내 옆에 서서 나를 손에 쥐고 흔들었을 때, 그걸 보고 얼마나 나를 비웃었을지가 상상이 되지 않아. 이제는 절대로 내게 속는 일 따위는 없을 거야. 더러운 새끼야."

'왜 자꾸 더럽다고 해? 나 깨끗한 사람이야.'

"말해…… 모든 걸 알고 있었다고 이야기해."

"현성…… 씨?"

"말하라고. 1회차의 가면을 쓴 남자가 너였다고 이야기해."

"그런 확인이 필요한가? 김현성?"

"넌 그 입 닥쳐. 세라핌."

"……"

병신 새끼 한마디 거들려다가 본전도 못 건졌죠? 찌질해 가지고 바로 입 다물죠?

"마지막 기회를 주는 거야. 네가 저지른 모든 악행에 대해 고백할 수 있는 마지막 기회야. 어차피 넌 죽을 거야. 난 알아. 네가 그 가면을 쓴 남자라는 사실을 이미 알고 있어."

'그건 확신하고 있겠지, 뭐.'

"나는 네가 뭘 선택하는지는 관심 없어. 어차피 너 같은 벌레 새끼는 이 세상에 없는 게 이로우니까. 네가 지금 걱정해야하는 건 하나야. 평생을 가축처럼 살다가 비참하게 끝을 맞이할 것인지, 아니면 인간답게 죽을 것인지. 그러니 말해. 진실을 이야기해. 이 모든 게 네가 저지른 일이라고 말해."

'내가 말 못 할 것 같아?'

김현성이 원하는 말은 백 번이라도 더 해줄 수 있다. 다만 그게 어떤 뉘앙스냐는 게 문제겠지.

최대한 감정을 잡는 게 좋지 않을까 싶다. 뭘 이해해야 할지 모르겠지만 지금의 김현성을 이해하고 있다는 눈빛을 보낸다. 네가 그걸로 마음이 편해질 수 있다면 몇 번이라도 더 고통을 겪을 수 있다는 태도를 보인다. 머릿속에 있는 복잡한 생각들이 그걸로 해결될 수 있다면 기꺼이 이기영의 배때기를 내어주겠다는 얼굴을 선보이자. 아프겠지만 참아야겠지. 괴롭고 슬프지만 이제는 눈물을 흘리지 말자. 빛기영은 절대 슬픔 때문에 눈물을 흘리지 않으니까.

아니, 이건 기쁨의 눈물이다. 이미 타들어 가는 생명을 가장 아꼈던 친우를 위해 희생할 수 있다는 기쁨의 눈물이다.

잘 일으켜지지 않는 몸을 억지로 일으킨다. 다리가 말을 듣지 않아 금방이라도 허물어질 것 같았지만 고통을 삼키며 정면으로 회귀자를 마주 본다.

나를 경계하는 김현성의 모습이 보인다.

하지만 내가 저항할 상태가 아니라는 것을 깨달은 것일까. 한 손으로 검을 꽉 쥔 채로 나를 바라보는 게 시야에 비쳤다.

지금까지 대륙을, 친우를, 형제를 위해 모든 걸 희생했던 빛은, 마지막에 마지막까지 희생하기 위해, 자신의 사명을 다하기 위해. 선의의 거짓말을 입을 담았다.

"네. 저는…… 기억하고 있습니다."

그걸로 네 마음이 편해진다면, 그걸로 대륙을 지킬 수 있다면 이런 고통 따위는 아무렇지도 않다는 듯이. 다시 한번 눈물 젖은 모습으로 그렇게 웃으며 말을 이었다.

"분명히 기억하고 있습니다."

김현성의 손에 힘이 들어간다.

"네가…… 네가…… 네가 내 모든 걸 망친 거야."

"……."

"네가!! 흑…… 내 삶을, 내 영혼을 좀먹은 거라고! 나는 이유도 모른 채로 네게 수없이 휘둘렸어. 이유도 모른 채로 내가 원하지 않은 것들을 해야 했고 원하지 않은 죽음을 목도해야 했어. 모든 게 너 때문이야. 모든 게! 모든 게 너 때문이라고!"

"……."

"쓰레기 자식. 더러운 새끼! 이 더러운 개자식!!"

어째서인지 눈물을 뚝뚝 떨어뜨리고 있는 김현성이 보인다. 분노로 얼룩진 얼굴 역시 시야에 비쳤다.

김현성은 속에 있는 한을 풀어내듯 짐승처럼 울부짖으며 검을 내지른다.

녀석의 검이 내 복부를 꿰뚫은 순간. 나는 작은 미소를 지으며 속삭였다.

"믿고 있겠습니다. 현성 씨."

순간 일그러진 표정으로 자신의 손을 내려다보는 녀석이 시야에 비쳤다.

'이제 된 거지? 그렇지?'

사실…… 사실 무슨 일이 일어난 건지 모르겠다. 여러 가지 생각이 머릿속에 들어와 꽂히기는 했지만 배 속에서 느껴지는 뜨거운 감각이 정상적인 사고를 방해하고 있다.

당연하지만 기분 좋은 감각은 아니다. 계속해서 이물감이 느껴지는 것은 물론 누가 용암이라도 부어버리고 있는 것 같았으니까.

천천히 아래를 내려다보니 확실하게 배때기를 관통하고 있는 검이 시야에 비쳤다. 이미 입고 있는 옷은 붉은색으로 흠뻑 젖어 있었고 축축한 무언가가 하의까지 적시고 있는 게 느껴진다.

'시바…… 진짜로 찔렀자너.'

울컥울컥하는 소리와 함께 자꾸만 피를 토하게 된다.

"아…… 어…… 쿨럭……."

김현성의 손이 진동이 온 것처럼 떨리는 게 느껴진 것도 잠시, 듀렌달을 그대로 손에서 놔버린 녀석은 피로 범벅이 된 자신의 손을 바라보고 있었다.

무슨 생각을 하고 있는지 모르겠다. 회귀자 사용설명서는 아직까지 끊어지지 않고 있었지만 지금 녀석이 어떤 생각을 하고 있는지 알 수가 없다.

내가 생각을 읽을까 조심하고 있는 것이 아니다. 완벽한 백지상태가 됐다는 말이 가장 어울리지 않을까.

'복수는 허무할 뿐이자너. 이 새끼 지금 상태 이상하자너.'

"아…… 으……."

'지금 타이밍이 맞는 건 맞지?'

자꾸만 배에 꽂힌 듀렌달 쪽으로 손이 향하게 된다.

검의 손잡이를 꾸욱 움켜쥐면서 망원경을 바라보자 확실히 타이밍이 나쁘지 않았다는 걸 깨달을 수 있었다.

카스가노 유노를 통해서 본 미래 그대로다.

차희라는 온몸에 창이 꽂힌 채로 적들과 맞서고 있었고 정하얀이나 골드 드래곤 역시 같은 장면을 보여주고 있었다.

카스가노를 통해 보지는 못했지만 내게 영향을 받았는지 땅바닥으로 추락하고 있는 디아루기아의 모습도 보인다.

'아, 우리 디아루기아를 깜빡했네.'

사소한 문제를 제외하면 거의 다 온 것 같기도 하다.

김현성이 나를 싸늘한 눈으로 내려다보고 있지는 않았지만 아마 곧 그렇게 내려다보지 않을까.

일단 내가 쓰러진 상태가 아니니까. 미래에서는 분명히 쓰러진 상태였었지? 억지로 비틀거려 철푸덕 누워볼까 하는 생각을 하기는 했지만 괜히 부자연스러운 액션을 취하고 싶지는 않았다. 자연스럽게 그 시간에 딱 맞추는 게 이상적이다.

"너…… 너는…… 내 삶을…… 앗아갔어."

"……."

"모두가…… 모두 네 잘못인 거야. 모두가…… 네 잘못이야. 나는 아무런 잘못 없어. 나는…… 나는…… 아무런 잘못도 하지 않았어. 그러니까 죄책감을 느낄…… 필요도 없어."

나를 바라보면서 하는 말이 아니다. 피로 흠뻑 젖어 있는 본인의 손을 바라보며 김현성은 혼잣말을 중얼거리고 있었다. 저런 혼잣말을 하는 와중에도 아무것도 느껴지지 않는다는 게 소름 끼치기는 하지만 아마 곧 녀석의 머릿속에서 정리가 끝나지 않을까.

조금 문제가 있다면 녀석이 나를 아직까지도 바라보고 있지 않다는 것. 그리고.

'배때기에 검 들어가면 짠 하고 나타나는 거 아니었어?'

루시퍼 쪽에서 뭔가 피드백이 없다는 것뿐이었다. 아직 머릿속에서 본 미래가 완성된 것은 아니었지만 슬슬 조짐이라도 보여줬으면 좋겠다.

'아니, 진짜. 이거 이러다가 시바 개죽음당하는 거 아니야?'

이거, 시바, 장면 완성되면 피드백이 오기는 오는 거지? 싸늘한 눈 등판하면 바로 피드백 오는 거지? 정말로 그냥 뒈지면 우리 디아루기아 불쌍해서 어떻게 해? 이렇게 죽기는 싫자녀. 혼자 죽는 게 아니라 외롭지는 않겠지만 아무튼 싫자녀……

그럴 리가 없다는 건 알고 있지만 슬그머니 불안해지는 것도 무리가 아니리라. 점점 의식이 흐려지고 있었고 정말로 서 있기가 힘들다. 놈이 나를 내려다보는 순간 쓰러지고 싶었지만 저 새끼는 아직도 자신의 손을 바라볼 뿐 다른 리액션을 취하지 않고 있었다.

드디어 고개를 살짝 들어 올리는 게 시야에 비치기는 했지만 주저하는 것만 같다. 얼굴도 제대로 보이지 않아 무슨 표정을 짓고 있는지 모르겠다.

망원경 각도를 살짝 틀어 놈의 얼굴을 바라보자…….

'이 새끼 왜 울어.'

일그러진 얼굴로 눈물을 뚝 뚝 떨어뜨리고 있는 모습이 보였다.

'너 우냐?'

"네가…… 나를 망친 거야. 네가…… 아무 죄 없는 나를…… 네가…… 네가…… 지옥 같은 곳으로 끌어들였어."

"……."

"네가 내 모든 걸 빼앗아 갔어……. 모든 걸…… 내 소중한 이들을 전부 죽이고 내가 소중하게 생각하고 있는 걸 앗아간 거야…… 이건 정당한 심판이야. 아주…… 정당한…… 이…… 개…… 개……."

그럼 고개를 들어야지. 그게 보통 아니야? 복수할 대상이 어떻게 죽어가는지 구경하는 게 원래 제일 꿀잼 아니었나? 비릿한 조소라도 보내든가. 빨리 싸늘한 눈빛 보내줘야지.

아무래도 지금 피드백이 없는 게 장면이 완성되지 않은 것 같아서 그렇단 말이야. 막 혐오한다는 눈 있잖아. 아니면 아예 감정이 없다는 듯한 눈으로 딱 내려다봐야 될 것 같은데.

나 이제 막 쓰러질 것 같은데 다리에 힘도 풀리고 있고…… 지금 뒤로 넘어가니까, 꼭 그렇게 내려다봐야 해. 쓰레기 보는 것 같은 눈으로 바라봐 줘야 되는 거. 알지?

천천히 몸이 뒤로 넘어가기 시작했다.

저도 모르게 손을 내뻗고 있는 김현성이 보인다. 쓰러지는 내 몸을 붙잡으려고 하는 것처럼 보이기는 했지만 어째서 저 새끼가 저런 행동을 취했는지 알 수가 없다.

"어…… 아…… 아……."

같은 이상한 소리만 중얼거리고 있지 않은가. 심지어 제대로 잡아주지도 못했다. 손바닥을 적신 피 때문에 미끄러워서 그런지는 모르겠지만 애초에 이걸 놓친다는 게 김현성의 신체 스펙으로는 이해가 되지 않는 현상이다.

아마 몸에 힘이 전부 빠져 있기 때문이 아닐까. 그만큼 경황이 없다는 걸 말해주고 있는 것 같다.

덕분에 드라마틱하게 뒤로 꼬꾸라질 수 있었지만…….

정신이 점점 멍해진다. 몸이 땅바닥에 붙어 있다는 것도 느껴지지 못할 정도로 멍하다.

그 와중에도 김현성 이 새끼의 얼굴에는 걱정이 묻어나오는 중. 뭔가 무조건반사적인 느낌이기도 했다.

생각하기도 전에 몸이 먼저 움직인 것이다. 호흡이 점점 가빠지고 숨을 쉬기가 힘들어진다. 꺼억, 끄윽 소리만 나올 뿐 제대로 말이 나오지 않는다. 루시퍼가 깜짝 파티를 열어줬으면 좋겠지만 아직도 조짐이 없다.

김현성 이 개새끼가 걱정하는 눈으로 나를 바라보고 있다. 싸늘한 눈빛 대신 자리한 것은 흔들리고 있는 눈빛이었다.

'이 개새끼야…….'

유대감 날아간 거 아니었어? 어떻게 이래? 지금 뭐가 어떻게 돼가고 있는 거야. 너 왜 그래. 시발. 붙이지 마. 전부 다 찢어서 날려 버린 거 스스로 기워 붙이지 마. 이런 게 가능한 거야? 저항하지 마. 다시, 시발, 주워 담지 말라고. 다시 주워 담지 마. 믿고 있겠습니다 괜히 한 건가? 그 스노우 볼이 이렇게 굴러온 거야?

물론 싸늘한 눈 엔딩이 스위치라는 보장은 없다. 루시퍼가 다른 준비를 하고 있을 수도 있고 어쩌면 정말로 숨이 끊어지기 직전에 나타날 확률도 존재한다.

하지만 녀석이 새로운 시도를 하고 있다는 것부터가 마음에 들지 않는다. 다른 변수를 완전히 차단하고 싶은 내 입장에서는 현재의 김현성이 하려고 하는 짓은 위험을 감수하는 행위 그 이상도 그 이하도 아니다.

내 의지와는 상관없이 머릿속으로 다시 한번 아까 봤던 이미지가 떠오른다. 내 손으로 내가 쳐낸 녀석과의 유대감이다.

'저는…… 저는 회귀자입니다.'

그래, 너는 내가 선택한 알타누스의 회귀자지. 그러니까. 쓸데없는 짓은 하지 마. 내가 그린 그림을 망치지 마. 내가 시키는 대로 해야 돼. 알아들어?

'꼭 받아주셨으면 좋겠습니다. 사과의 의미도 있고 여러 가지로 기영 씨에게 필요한 물건일 테니까요.'

아무것도 필요 없으니까. 그냥 닥치고 네 역할에 집중해.

'저는 조금 못난 사람이었습니다.'

뭐가 제일 못난 건지 알아? 네가 지금 하고 있는 짓이 가장 못난 짓이야. 이미 조각조각 난 걸 다시 붙여서 뭘 어쩌려고 그래? 감당할 수 있어? 지금 네가 저지른 일은 감당할 수 있냐고.

'하지 마! 하지 말라고! 더 이상 짐을 들게 하지 마!! 더 이상!!

기영 씨! 거기서 나와요! 거기서 나오라고요! 하지 마…… 흐으윽…… 하지 말라고. 더 이상 뭘 어쩌려고…… 더 이상 뭘 어떻게 하라고…….'

너나 하지 마. 너나 하지 말고 거기서 나와. 더 이상 뭘 어쩌려고 그래? 여기서 뭘 어떻게 하려고. 그거 알아? 미래가 바뀐다고. 미래가 바뀌는 거야. 예정에 없는 일이 내가 제일 싫어하는 일이야.

'죄송합니다.'

죄송할 짓을 하지 마.

'기영 씨?'

내 이름 부르지 마.

'저는 믿고 있습니다.'

개새끼야. 나는 이제 못 믿어. 시바.

'그야 물론. 집을 함께 들어주실 거라고 생각하고 있으니까요.'

이미 벗어버린 거 아니었어? 다시 들지 않아도 돼. 너 지금 후회할 짓 하고 있는 거야.

이미 산산조각 난 것들을 다시 붙이고 있는 것이 느껴진다. 애초에 말을 할 수 있는 상태도 아니었지만 어처구니없어서 말이 나오지 않을 지경.

정말로 김현성은 회귀자 사용설명서에 저항하고 있었다. 아니, 내가 죽어가고 있기 때문에 지배력이 약해진 걸지도 모르겠지만 이를 악물고 다시 한번 컨트롤하려고 해도 아무런 반응을 보이지 않는다.

아까 봐왔던 것들이 계속해서 머릿속을 스쳐 지나간다. 이미 한번 본 것들이기는 했지만 내가 무심코 넘긴 것들도 전부 다 주워 담고 있다.

어마어마한 죄책감이 쏟아진다. 굳이 감당하지 않아도 될 감정들을 감당하려고 하는 모습은 코웃음이 다 나올 정도. 계속해서 이걸 붙이고 있다는 게 믿기지 않는다.

"하…… 하…… 하지…… 마."

"……."

"안…… 안 돼…… 콜록……."

"흐…… 윽…… 흐윽……."

"개…… 새…… 끼…… 하지 말라고…… 쿨럭……."

미래는 변하고 있다. 혹시나 하는 마음에 카스가노 유노를 바라보자 자리에서 몸을 일으키는 그녀의 모습이 보인다.

당황한 것 같은 얼굴이다. 예정에는 없었던 일에 무척 혼란스러워하고 있는 표정이 시야에 비친다.

장면들이 넘어간다. 차희라는 몸에 박힌 창을 전부 빼낸 채로 웃고 있었고 정하얀은 한소라의 실체 일부를 휘두르며 주문을 쏟아낸다.

김현성이 나를 싸늘한 눈으로 내려다봐야 할 타이밍은 이미 지나갔다. 적어도 1분 전에는 그 그림이 만들어졌어야 했다.

최대한 회귀자 사용설명서를 컨트롤하려고 해보지만 김현성의 정신은 이루 말할 수 없을 정도로 굳건했다. 그동안 너무나도 쉽게 휘둘렸던 것과는 다르게 이 개새끼가 내 의도대로 움직여지지 않는다. 아주 작은 감정을 움직이는 것부터 하려고 했지만 그것마저도 저항하고 있다. 조금의 틈도 보이지 않고 본인이 하고 싶은 작업에만 열중하고 있었다.

눈물만 뚝뚝 떨어뜨리고 있을 뿐 다른 말도 하지 않는다. 어마어마한 통증이 느껴진다.

내 배때기에서 느껴지는 통증이 아니다. 김현성이 조각조각 난 것들을 다시 끼워 맞추며 느끼는 죄책감에서 느껴지는 통증이다. 녀석은 그 고통을 전부 하나하나 곱씹으면서도 계속해서 망가진 것들을 주워 담고 있었다.

어째서? 이해가 안 되는데. 본인이 반병신이 될 거라는 걸 알면서 왜 주워 담고 있는 건데. 또 쓸데없는 책임감 때문이야? 그런 거야? 책임감 때문에 이러고 있는 거야? 네가 한 걸 네가 스스로 감내해야 한다는 생각 때문에 그래? 그럴 필요 없는데. 굳이 그럴 필요 없다고.

마치 시간이 다시 되돌아가는 것만 같다. 악마 소환 사태나 거울호수, 함께 식사를 하거나 그리폰 축제에 간 일, 길드원들과 시간을 보내고 쓸데없는 이야기를 나눈 일, 훈련을 함께하고 원정에 간 일, 내게 업무를 몰아준 사건이나 박덕구와 함께 직업 선택에 대해 열변을 토한 일.

그리고.

'도와주셔서 감사합니다. 이기영이라고 합니다.'

내가 제일 먼저 끊어버린 첫 만남까지.

녀석은 끝끝내, 내가 던져 버린 것들을 다시 주워 담았다.

화아아아아아아아아아아악.

"……."

"아…… 으…… 아아아아아아아아아어…… 흐…… 윽…… 끄으윽…… 아아아아아아아아아아아아아아악! 우웨에에에엑. 우웨에에에에엑…… 흐윽…… 흐으윽…… 우웨에에에엑."

"……."

머리를 부여잡고 그 자리에서 허물어져 토악질을 하고 있는 김현성의 모습을 보게 될 때까지, 그리 오랜 시간이 걸리지 않았다.

"기영 씨…… 기영 씨…… 기영 씨?"

"……."

"기영 씨? 아…… 안 돼…… 흐으윽…… 제발…… 제발……

제발…… 안 돼……."

"……."

"제발…… 제발…… 우웨에에엑…… 하아…… 하아…… 기영 씨…… 기영 씨?"

"……."

"안 돼. 안 돼…… 흐으으윽…… 제발…… 제발……."

"……."

'나도 안 된다고 말하고 싶어.'

제대로 말이 나오지 않는다. 너무나도 뜨거워진 복부와는 반대로 몸이 점점 차가워지는 게 느껴지기 시작했다.

살짝 고개를 돌려 김현성이 어떤 상태인지 확인하고 싶었지만 얼굴을 옆으로 뉘기조차 쉽지가 않다.

하지만 굳이 그럴 필요는 없다. 김현성이 직접 이쪽으로 다가오고 있는 게 느껴졌으니 말이다.

지금 녀석의 상태를 뭐라고 표현해야 할지 모르겠다. 지금까지 김현성이 망가진 모습을 많이 봐오기는 했지만 지금까지 이런 모습을 본 적이 없다.

27군단 악마들에게 세뇌당했을 때도, 무의식 세계에서 주저하는 녀석을 봤을 때도, 라파엘과 결전을 벌일 때도 보여주지 않았던 얼굴이다.

'그러니까 왜 그랬어? 시발로마. 우리 완전히 죽 쒔어. 개 망했다고.'

"아아아…… 아흐으윽…… 아아아아아아. 기영 씨. 기영 씨…… 기영 씨…….”

서둘러 배에 꽂혀 있는 듀렌달을 뽑는 게 먼저라고 생각한
것일까. 곧바로 배에 꽂혀 있는 듀렌달을 뽑는다.

계속해서 배 속에서 왈칵왈칵 피가 튀어 오르는 게 느껴진
다. 김현성은 어떻게든 흘러나오는 피를 막으려고 압박하고 있
었지만 겨우 그런 거로 출혈이 멈출 리 만무하지 않은가.

가지고 있는 포션이 떠올랐는지 허겁지겁 뚜껑을 열고 상처
부위에 쏟아내지만 이런 상처는 쉽게 아물지 않는다.

“제발…… 제발…… 제발…… 제바알…… 흐으윽…… 제
바알!”

“…….”

“제발 살려주세요. 하느님. 제발…… 제발 부탁드립니다. 제
발…….”

“…….”

“이건 아니야. 이건…… 이건 아니잖아…… 이건 아니라고.
어째서 이런 일이 일어난 거야. 제길…… 제길…… 흐윽……
흐으으윽…… 아아아아아아아아악…… 아악…… 멈춰! 제기
랄! 멈춰…… 제발…… 멈춰줘. 제발…… 사제…… 사제! 사
제!! 아으아아아아악! 아아아아아아아!! 제발!! 흐으윽……
제발!!”

“나…… 나…….”

“기영 씨? 기영 씨? 기영 씨! 제발 죽지 마세요. 제발…… 제
발…….”

'네가 찔렀자너.'

"아아아…… 제발 살아주세요. 제발…… 부탁드려요. 아직 살 수 있어요. 아직 괜찮을 거예요. 분명히 전부 다 괜찮아질 겁니다. 제 목소리가 들리세요? 제 목소리가 들리십니까?"

'어떻게 살아.'

이미 피를 너무 많이 흘렸다. 지금 상처가 회복된다고 하더라도 기적이 일어나지 않는 이상 살아나는 것은 불가능하다. 내가 의사는 아니지만 딱 봐도 판단이 되지 않을까. 급기야.

"제발…… 흐윽…… 흐으으으윽……."

이 새끼가 쳐 돌았는지 자신의 마력을 내게 보내고 있는 중, 이 새끼가 지금 무슨 짓을 하려고 하는지 알 것 같다.

'언데드로 만드실려고? 그게 가능했어?'

루시퍼의 마력을 받았으니 불가능할 리가 없지 않은가.

물론 고위 흑마법사가 아닌 일개 검사가 얼마나 퀄리티가 높은 언데드를 만들 수 있는지는 알 수 없지만 자아가 있는지 없는지에 대한 여부는 알고 싶다. 빈 껍데기만 돌아다니면 이상하자너.

아니, 애초에 가능한 일도 아니지. 베니고어를 비롯한 상위 신들의 신성을 받아 완성된 빛기영의 신체가 저런 어둠의 마력에 반응할 리가 없잖아. 내가 이걸 받아들이고 싶다고 해도 몸에 쌓여 있는 신성이 저 마력을 거부할 것이다.

예상했던 대로 신성이 마력에 저항하고 있는 것이 느껴진다. 김현성은 더욱더 입술을 꽉 깨물며 어떻게든 마력을 집어

넣으려고 하고 있었지만 거부 반응을 보이는 몸이 다시 한번 피를 뿜어낸다.

기왕 이렇게 된 거 내가 거부한다는 액션을 취해보자. 잘 올라가지도 않는 팔을 천천히 들어 김현성의 손 위에 가져다 댄 이후에는 고개를 살짝 젓는다.

굳이 이럴 필요가 없다는 액션이다. 언데드로 살아가는 치욕을 감내하느니 차라리 빛과 함께하겠다는 성자의 의지가 엿보이는 장면이었다.

'×나 멋있었어…… 시바.'

아니, 이런 거로 취할 때가 아니긴 한데……. 아, 정말로 다른 방법이 없다면 언데드로 태어나도 괜찮겠지만 그건 네가 아니라 소라가 해야지. 그렇지 않아?

"아아…… 흐으윽…… 제발…… 제발 살아줘요. 제발…… 제발…… 흐으윽…… 제가 죄송합니다. 제가…… 제가 죄송해요. 제기랄…… 제기랄…… 흐으윽…… 제발…… 어떻게 하지? 어떻게…… 흐윽…… 제발 눈을 감지 마세요. 상처가 그렇게 깊지 않습니다…… 네…… 회복할 수 있을 만한 상처예요. 금방 치료될 겁니다. 지금도 상처가 아물고 있어요. 네."

'구라쟁이.'

"포션이…… 포션이 효과가 좋은 것 같습니다. 기영 씨가…… 흐으윽…… 만드신 포션이라 그런지……."

'뻥 치지마. 그 정도는 아니야.'

"제발…… 조금만 버티면 사제들이 올 겁니다. 네…… 그럼 모든 게 원래대로 돌아갈 겁니다. 제가 바보 같았…… 웨에에 에엑…… 흐으윽…… 흐윽…….”

눈물 콧물 침 전부 다 흘리고 있는 와중에도 이 새끼 얼굴이 잘생김을 유지하고 있다는 게 놀랍기는 하지만 정말로 멘탈이 어떻게 되고 있는 것인지 알 수가 없다.

되는 대로 말을 쏟아내고 있다는 듯한 느낌이 강했고 생각하는 것 같지도 않다. 기본 응급처치 정도는 배웠을 텐데도 불구하고 뭘 하고 있는지도 모르겠다. 아직 심장은 뛰고 있는 것 같은데 도대체 심폐 소생술은 왜 하는 거야.

본인이 망가뜨린 팔과 다리를 계속해서 주무르면서 얼굴을 가슴에 가져다 댄다.

“으아아아아아아아으아아아아악! 아아아아아악!”

짐승이 울부짖는 것처럼 오열하고 있다. 본인이 무슨 짓을 저질렀는지 슬슬 실감하고 있는 것이 아닐까.

김현성의 눈물이 상처를 적시면 기적적으로 부활하는 클리셰를 기다리고 있었지만 현실은 냉혹하다. 이미 눈물 한 바가지를 내 상처 부위에 떨어뜨린 것 같았지만 여전히 이기영은 죽어가고 있었다.

“아으아아아아…… 제발…… 베니고어 님…… 알타누스! 알타누스!! 알타누스 님…… 제발…… 한 번 만 더 기회를 주세요.”

‘이건 조금 찡하네.’

너 회귀하는 거 싫어했잖아. 아니, 증오했다는 말이 더 어울리지. 차라리 죽는 게 더 좋겠다고 생각할 정도로…… 회귀했다는 걸…… 싫어했었는데.

"제발…… 한 번만 더 기회를 줘…… 알타누스. 제발…… 베니고어 님…… 베니고어시여. 제 목소리가 들리신다면 제발…… 한 번 만 더 기회를 주세요. 이번에는…… 이번에는 망치는 일은 없을 거예요. 흔들리지 않을 겁니다. 네…… 딱 한 번만 더 기회를 주시면…… 제가 전부 떠안겠습니다. 걱정하시는 일은 아무것도 일어나지 않을 겁니다. 제발 제 죄를 용서해 주시고…… 제발…… 시키시는 무슨 짓이든 하겠습니다. 죽으라면 죽고 모든 말에 따르겠습니다. 평생을 베니고어 님만을 위한 종으로 살겠습니다. 그러니…… 그러니 제발…… 제발 한 번 만 더…… 한 번 만 더하게 해주세요."

"……."

"한 번만…… 끄윽…… 끄으윽…… 한 번 만 더 하게…… 해주세요. 제발…… 기회를 주세요. 기회를…… 흐으으윽…… 기회를 달라고…… 제길…… 기회를 달라고!!"

'둠둠현성 다혈질 시바.'

"개새끼들아! 제발! 내가 이렇게 빌잖아. 그러니까 한 번 만 더 기회를 달라고! 개새끼들아! 너희들이 멋대로 나를 회귀시켰으면 책임을 져야 하는 거야! 제길! 흐으윽…… 끄윽…… 그러니까 내 말 들려? 기회를 달라고 했잖아! 내 말 들리냐고! 시발 새끼들아!!! 사람을 이렇게 만들었으면…… 개새끼들아…… 살려내. 시발 새끼들아!! 제발……딱…… 한 번만 더 기회를 달라고…… 제발……."

'욕 잘하자너.'

"루시퍼! 루시퍼! 내 말 들려? 내 말 들리는 거야? 내 모든 걸 가져가도 좋으니 제발 살려내. 그게 불가능하다면 네가 나를 회귀시켜 줘. 그럴 수 있지? 그럴 수 있는 거지? 너도 할 수 있잖아. 알타누스처럼 너도 할 수 있는 거잖아."

'피드백이 오고 있기는 해? 걔는 믿지 마. 애초에 너를 조종한 게 루시펀데 왜 걔한테 부탁하고 앉아 있어? 그만큼 절박해?'

"제발 나를 회귀시켜! 제발……."

아쉽게도 피드백은 오고 있는 것처럼 보이지 않는다.

미쳐 버린 것처럼 계속해서 하늘을 바라보면서 소리치고 있는 김현성의 얼굴이 아까보다 더 절박해지고 있는 것이 보인다. 이제는 정말 시간이 얼마 남지 않았다고 생각하는 것만 같다.

아니, 이 새끼 진짜.

'정신 나갔네.'

시바, 그러니까 왜 그랬어. 왜 그렇게 어리석은 선택을 했어? 네가 정말로 미칠 거라는 생각은 안 해봤어? 아무 죄 없는 빛의 배때기에 손을 댄 이상 기다리는 건 파멸뿐이었자너. 그걸 다시 주워 담았으면 안 됐어. 그랬으면 안 됐다고.

"아으아아아아아아악! 아아아아아아…… 제발…… 흐으으으…… 흐윽…… 흐으으으윽…… 기영 씨…… 기영 씨……."

"……."

"죄송합니다…… 정말로 죄송해요. 정말로…… 흐윽…… 죄송합니다. 제 잘못입니다. 모두 다 제가 나빴어요. 처음부터……
처음부터 만나지 말았을걸. 이렇게 될 줄 알았으면…… 흐으
윽…… 이럴 줄 알았으면…… 이렇게 될 줄 알았다면…….”

아무래도 내가 이렇게 된 게 자신을 만났기 때문이라고 생
각하는 모양이다. 동공에 힘이 풀리고 있다. 뭘 떠올리고 있는
지도 알 수가 없다. 하지만 천천히 듀렌달을 들어 올리는 놈의
모습만은 확실하게 시야에 비친다.

“다 내 잘못이야. 전부…… 너 같은 새끼가…… 너 같은 새
끼가 이 세상에 존재하면 안 됐던 거야. 버러지 같은 김현성 개
자식아. 흐으윽…… 제기랄…… 흐으윽…….”

‘너 이 미친 새끼 왜 나쁜 짓 하려고 그래. 하지 마.’

“기영 씨? 기영 씨…… 조금만 참아요. 분명히 모든 게 원래
대로 되돌아갈 겁니다. 하…… 하하……. 네. 저는 이 개새끼
들을 알아요. 정말로 대륙이 이대로 끝나는 걸 원하지 않을 겁
니다. 결국에 저를 다시 한번 회귀시킬 게 분명할 거예요. 네.”

‘야.’

“다음번에는 이, 이럴 일이 없을 겁니다. 네. 처음부터 끝까
지 제가 떠안을 겁니다. 짐 같은 건 함께 들어주시지 않으셔도
돼요. 저를 만나지 않으셔도 괜찮아요. 아니, 다음에는 기영
씨에게 말을 걸지 않겠습니다. 제가…… 제가…… 흐윽……
흐으윽…… 절대로 이런 일이 일어나게 내버려 두지 않을 겁
니다.”

‘김현성? 너 이 새끼 제정신인 거지? 그렇지?’

검을 자신의 목으로 가져다 대는 것이 시야에 비친다.

'자살하려고?'

스스로 목숨을 끊으려고 하고 있다.

'제정신이야?'

김현성이 여기서 죽는다고 하더라도 베니고어나 엘룬 쓰레기가 놈을 다시 회귀시켜 준다는 보장 따위는 없다.

알타누스 때는 어떻게 한 건지 모르겠지만 애초에 시간을 되돌린다는 건 그렇게 쉬운 작업이 아니다. 해주냐 해주지 않냐의 문제가 아니라 가능하냐 가능하지 않느냐 문제라는 거다. 게다가…….

너 시바 자신 있어? 나 없이, 시바, 여기까지 끌고 올 자신 있냐고.

만약 회귀한다고 하더라도 다시 한번 놈이 성공하리라는 보장은 없다. 김현성이 그걸 모를 리가 없다. 애초에 회귀하는 것이 불가능하다는 것도 분명히 알고 있을 것이다.

정말로 회귀하기 위해 어쩔 수 없이 죽음을 선택한다기보다는…….

'그냥 견딜 수 없는 거야.'

단순히 합리화하고 있는 것일 수도 있다. 그냥 스스로 저지른 일이 견딜 수 없는 것일 수도 있다.

"하…… 하하…… 하…… 3회차는 지금보다 훨씬 더 행복할 거예요. 제가…… 제가 그렇게 만들겠습니다. 흐으으윽…… 흐윽…… 제가……."

목으로 천천히 검을 밀어 넣으려고 하는 것만 같다. 울부짖고 있는 얼굴은 이미 차갑게 굳어 있다.

다시 한번 시간이 천천히 느려지는 것처럼 보인다.

정말로 이게 끝이라는 생각은 하지 않았지만 최악의 엔딩을 향해 가고 있는 것이 눈에 보인다.

뭐야. 이런 게 어디 있어. 시발. 정말로 그것 때문에 망친 거야? 루시퍼 이 미친 까마귀야. 정말로 이게 끝이야?

나는 조건을 완성했어. 내기는 내가 이긴 거라고. 개 쓸데기없는 조건 하나 들어맞지 않았다고 이렇게 끝난다는 게 말이 돼?

"다음에…… 다음에…… 또…… 그래. 다시 한번…… 기회가 된다면…… 다시 한번……."

다시 한번은 없어. 김현성 미친 새끼야. 다시 한번은 없다고. 야. 야!

듀렌달의 날이 김현성의 목에 닿았을 때였다.

'생각해 보면 이상하지 않아?'

머릿속에서 내 목소리가 울려온 것.

'생각해 보면 이상하잖아. 이기영. 응? 그렇지 않아?'

뭐가. 뭐가 이상한데?

'웃기잖아. 최후의 최후에 우리가 타인에게 선택을 맡겼다는 게. 루시퍼의 선택에 네 모든 걸 걸었다는 게 이상하지 않냐고.'

그건…….

'신뢰가 돈독했나 봐. 그 정도로 그 미친 까마귀를 신용하고

있었어?'

내가 그 까마귀를?

'우리는 뒤통수를 맞는 쪽이 아니잖아. 치는 쪽이지.'

그게 무슨 개소리야.

'이게 맞는 미래라는 거야. 지금 네가 보고 있는 장면이야말
로 정말로 우리가 원했던 거라고.'

나는 개 같은 3회차 따위는 안 만들어.

'나도 다시 한번 하자고 말한 적 없어. 그냥. 이게 맞는 미래
라고. 네가 뭘 해야 하는지 알겠어?'

"……."

'알고 있잖아.'

내가 지금 헛것을 보고 있는 건지 모르겠다. 아니, 장담하건
대 분명히 헛것을 보고 있을 것이다. 죽어가고 있어서 그런지
는 모르겠지만…… 그래. 죽을 때가 되니 이런 것도 보고 그
러나 봐.

'김현성은 완전해질 수 있어.'

가면을 쓴 남자가 김현성의 어깨에 손을 두른 채, 하늘을 가
리키고 있는 것이 시야에 비쳤다.

다시 한번 눈을 뜨고 쳐다봐도 여전히 가면을 쓴 남자가 하
늘을 가리키고 있는 것이 보인다.

정말로 헛것을 보고 있는 것만 같다. 너무나도 현실감이 없
는 장면이다. 김현성이 자신의 옆에 있는 가면을 쓴 남자를 인
식하지 못하고 있다는 것부터가 그렇다.

녀석이 정신을 놓고 있어서 그런 것이 아닐까 하는 생각을 해봤지만 그럴 리가 없지 않은가. 아무리 재 머리가 이상해졌다고 한들, 어깨에 손을 두른 녀석을 눈치채지 못할 정도로 이상해진 것은 아니다. 김현성은 물론이거니와 세라핌 역시 녀석을 인지하지 못하고 있었다.

그게 도대체 무슨 소리야.

'넌 이미 답을 알고 있어.'

이 개 같은 새끼가 나랑 지금 퀴즈 놀이 하자는 거야 뭐야?

제대로 머리가 돌아가지 않아 놈이 뭘 말하고 있는지 도통 알아들을 수 없을 지경, 심지어 눈을 한 번 깜빡이자 놈이 연기처럼 흩어지는 것이 시야에 비쳤다.

잠깐 동안 혀를 차기는 했지만…….

'이거…… 힌트라고 봐도 되는 건가?'

어쩌면 그럴 수도 있지. 아니, 무조건 그래야 하는 거 아니야? 눈앞을 봐. 완전히 개판 오 분 전인데. 지푸라기라도 잡아야 하지 않겠어?

가면의 영웅이 한 말이 꼭 틀린 말은 아니야. 이유 모를 개소리에 선동당하자는 게 아니라 설득력이 없지는 않다는 거야.

최후의 최후에 타인에게 선택을 맡기는 건 확실히 우리답지 않지. 이기영이 뒤통수를 맞는 쪽이 아니라 때리는 쪽이 아니라는 것도 공감할 수 있어. 나는 루시퍼에게 선택을 맡길 정도로 멍청하지는 않아. 이미 한번 데였잖아. 정확히 계약 조건이 뭔지는 알 수 없지만 분명히 서로 함정을 파놨을 거라고 장담할 수 있다고.

김현성이 완전해질 수 있다는 것도, 그리고 녀석이 하늘을 가리킨 이유도 알 수 있을 것 같아.

조금만 더 차분히 현재의 상황들을 떠올리자 퍼즐들이 들어맞는 기분이 들어.

한 가지 문제가 있었다면…….

'믿을 수…… 있어?'

내가 저 새끼를 믿을 수 있느냐에 대한 것.

최후의 최후까지 타인에게 선택을 맡기는 게 우리답지 않지만 놈이 정말 우리가 맞느냐에 대한 이야기였다.

저 가면을 쓴 남자가 내 적이라면? 내가 스스로 기억을 지운 것이 아니라 놈이 내 기억을 지운 것이라면? 놈이 뭔가를 꾸미고 있고 내가 놈의 손바닥 위에서 춤추고 있는 것이라면? 가면의 영웅이 아니라 빌어먹을 가면 쓰레기라면 어떨 것 같아?

아니.

'더 이상 잃을 것도 없잖아.'

어차피 내가 뿌린 씨앗이다. 그리고 이후의 상황이 어떻게 되든 간에 이 선택이 결코 나쁘게 느껴지지는 않는다.

이게 어떤 엔딩으로 향하는 길일지는 알 수 없지만 선택지가 하나밖에 없으니 여기에 걸어볼 수밖에 없다. 말하자면 내몰린 셈이다.

천천히 하늘을 바라보자 여전히 위를 가득 메운 이질적인 빛이 시야에 비친다.

뻘쭘하고 머쓱하게 서 있는 세라핌은 지금 이 상황이 어떻게 돌아가고 있는지 판단하고 있는 것처럼 보였지만 녀석이 어떤 선택을 하기까지에는 그리 오랜 시간이 걸리지 않을 거라고 장담할 수 있다.

김현성에게 뻗친 손이 다시 위로 올라가는 것이 시야에 비쳤기 때문이다.

'그래, 그럴 만도 하지.'

외부 시스템은 인격을 잃어버린 김현성을 원했지만 녀석은 끝끝내 유대감을 되찾았다. 심지어 되찾은 직후, 한바탕 눈물을 뽑아내고 있으니 오죽할까. 저 시스템은 김현성이 자신의 프로그램을 관리해 줄 관리자로 적합하지 않다고 결론을 내렸다.

내게 있어서는 나쁘지 않은 상황이었지만……. 사실 커다란 의미는 없다. 어차피 곧 선택을 내려야 했으니까.

'김현성은 완전해질 수 있어.'

그래, 나도 알아. 네가 뭘 말하는 건지 알 것 같아. 이거 딱 그런 상황이잖아. 그렇지 않아?

소중한 동료의 죽음으로 인해 각성하는 주인공 클리셰. 네가 원하던 그림이 이거였잖아. 저 위에 있는 프로그램을 불러낸 것도 지금 이 순간을 위해서였어?

촛불은 꺼지기 전에 가장 불타오른다고 했던가. 현재의 내 상태가 가장 불타오르는 상태라는 걸 깨닫기까지에는 그리 오랜 시간이 걸리지 않았다. 아니, 어쩌면 가면의 영웅이 내게 힘을 준 것일지도 모르지. 생각은 길었지만 시간은 찰나.

서둘러 본인의 목을 그어버리려는 김현성의 모습에 천천히 입을 열 수밖에 없었다.

"그…… 만."

멈출 거라고 생각하긴 했지만 정말로 우뚝 움직임을 멈춘 김현성의 모습이 시야에 비친다.

"기영 씨?"

"해……."

"기영 씨? 흐으윽…… 기영 씨. 기영 씨…… 기영 씨?"

"그만…… 하세요. 그렇게…… 하지…… 마……."

"괜찮…… 괜찮으신 겁니까? 괜찮…… 으신 겁니까?"

허겁지겁 달려와 나를 부여잡는 놈이 시야에 비친다. 여기서는 괜찮다고 말해주는 것이 옳다. 원래 괜찮다고 말한 새끼 치고 괜찮은 새끼 없거든.

"네. 저는…… 저는…… 괜찮습니다."

활짝 웃는 것도 나쁘지 않겠지. 내 미소가 어떻게 비칠지는 모르겠지만 아마 무척 숭고한 모습이었을 것이 분명하다.

김현성의 표정만 봐도 알 수 있다. 얼굴을 일그러뜨린 채로 나를 바라보는 모습이 눈에 보인다.

녀석이 눈치채지 못할 리가 없지 않은가. 이기영은 지금 죽어가고 있다는 걸, 이렇게 대화를 나눌 시간도 얼마 남지 않았다는 걸 녀석이 모를 리가 없다.

"흐윽…… 흐으으윽……."

"그러니…… 울지 마세요."

살짝 손도 잡아줘야 하자너. 그래야 이 새끼가 진정하자너. 바들바들 손이 떨리는 것이 느껴진다. 굳이 감정을 읽지 않아도 녀석이 어떤 상태에 있는지 알 수 있다. 허겁지겁 아까 했던 말을 반복하는 것 역시 눈에 보인다.

"제가…… 제가 다른 방법을 찾아냈습니다. 네. 이번에는…… 이번에는 절대로 실패하지 않을 방법이에요. 아까…… 아까 들으셨는지는 모르겠지만…… 네. 다시 한번 회차를 시작할 겁니다. 이번에는 틀리지 않을 거예요."

"그럴…… 필요 없……."

"네?"

"저는…… 이대로……."

빛의 성자의 퇴장으로 나쁘지 않은 무대야. 반의반의 반 정도의 진심을 담아 이야기하면 솔직히 이런 끝도 나쁘지 않을 것 같다고.

본래 마무리라는 게 그렇잖아. 처음부터 끝까지 모든 걸 희생하던 조연이 모든 걸 떠안고 다시 한번 희생하는 그림. 누가 봐도 완벽한 그림 아니야?

"그러니…… 믿고…… 있겠습니다."

이런 대사 한 번씩 박아주면서. 그럼 아주 자지러지잖아.

"그동안…… 즐거웠……."

그럴 확률은 없겠지만 만약에 이게 정말로 끝이라면 진짜로 이렇게 이야기했을 것 같아. 그동안 정말로 즐거웠다고.

"함께해서…… 다행……."

함께해서 다행이었다고.

"흐윽…… 흐으으윽……."

"덕분에……."

덕분에 꿀 좀 빨았다고. 아니, 이건 이야기하지 말자. 덕분에 좋은 마무리를 할 수 있었다고 말이다.

"죄송…… 합……."

미안하다고 말하는 것도 좋겠네. 그동안 심한 짓을 많이 하기는 했어. 솔직히 본의는 아니었는데 내가 너한테 많이 심했던 것 같아. 여러 가지로…… 응. 그래. 여러 가지로. 근데 그건 이제 퉁 치자. 그치? 너도 동의하지?

"약속을…… 지키지 못해……."

약속한 거 지키지 못해서 미안해. 새끼야. 시바. 놀러 가기로 한 것도. 모든 게 끝난 다음에 할 일을 쌓아뒀는데 모두 지키지 못해서 미안하네.

"저는…… 알고 있…… 현성 씨는…… 강……."

나는 알고 있어. 너는 결코 약하지 않아. 너는 강해. 외적인 걸 말하는 게 아니라. 모든 면에서 정말로 강해. 그래서 내가 너를 선택한 걸 거야. 휘둘리기만 하는 병신이 아니라 정말로 강했기 때문에 내가 널 선택한 거야. 너는 그걸 증명했어.

"다른 사람들을…… 잘 부탁……."

특히 하얀이랑 덕구는 잘 챙겨줘야 하는 거 알지? 정말로 내가 이대로 죽는다면 걔네들한테 몹쓸 짓을 하는 게 될 거야. 길드원들도 잘 챙겨주고 내 아들딸들도 마찬가지야. 지혜 누나랑 희라 누나한테도 안부 전해주고 카스가노한테도 가끔 들러줘.

"미안해…… 하지 마세요. 저는…… 하아…… 하아…… 이해할…… 수…… 있습니다."

네가 한 짓에 대해 너무 미안해 하지 마. 솔직히 어쩔 수 없었잖아. 이게 다 루시퍼랑 저 간악한 세라핌 때문이야. 나는 네가 나를 찌른 게 네 본의가 아니라는 사실을 알고 있어.

"그동안…… 정말로…… 고마……."

마무리로 한마디만 더 해주고.

"……."

"흐윽…… 흐으윽……."

"……."

"하늘…… 하늘이…… 보고 싶…… 어……."

지금이 몇 시야? 지금 너무 하늘이 보고 싶어서 견딜 수가 없네.

"노을……."

그래. 노을이 보고 싶어. 그게 존엄한 죽음일 것 같아. 이렇게 마무리하고 가면 후회하지 않을 것 같아.

나도 모르게 조용히 미소 짓게 된다. 놈이 지금의 상황을 어떻게 받아들일지 알 수 없었지만 닭똥 같은 눈물을 뚝뚝 떨어뜨리는 모습이 시야에 비친다.

이제는 익숙한 얼굴이다. 이 새끼가 웃고 있는 것보다 울고 있는 모습을 더 많이 본 것 같다.

"마지막으로…… 한 번만…… 더…… 보고 싶……."

한 번 더 보고 싶었는데…….

하늘을 뒤덮은 저 이질적인 빛 때문에 내가 바라는 풍경을 볼 수 없어서 너무 아쉬워. 나는 노을을 바라보며 눈을 감고 싶어.

나 원래 직접적으로 이야기 안 하는 거 알잖아. 내가 뭘 원하는지 알고 있지? 네가 뭘 해야 하는지 알고 있는 거지?

김현성은 아까처럼 울부짖지 않는다. 입술을 꽉 깨문 채로 계속해서 나를 바라보던 녀석이 하늘을 올려다보는 모습이 보인다.

모든 것을 함께 나눈 형제의 마지막 부탁을 떠올리고 있는 것일까. 김현성이라면 그럴 거라고 생각했다. 이후에 어떤 선택을 하든, 놈은 내 존엄한 마지막을 위해, 친우의 부탁을 위해 내가 원하는 풍경을 바라보게 해줄 것이다.

"현성 씨…… 믿고…… 있……."

천천히 몸을 일으키는 김현성이 시야에 들어왔다. 어째서 가면의 영웅이 김현성이 완전해질 수 있다고 말했는지 정확히 알 수 없었지만 이제는 알 것 같은 기분이 든다.

루시퍼의 힘이나 베니고어의 힘이 필요한 것이 아니다. 김현성은 혼자 일어설 수 있다.

"흐윽…… 흐으윽……."

녀석은 혼자 일어설 수 있다.

'일어나.'

그래. 시발. 김현성은 혼자 일어설 수 있다.

'일어나. 김현성.'

내가 선택한 알타누스의 회귀자는 혼자 일어설 수 있다.

'일어나 새끼야.'

"약속을……."

"네. 약속을……."

"노을을……."

"네."

이윽고 완전히 몸을 일으킨 녀석이 내게 시선을 뗀 채로 하늘을 올려다보는 것이 보였다.

천천히 검을 들어 올린 녀석은 듀렌달을 치켜 올린 채로 다시 한번 자세를 고쳐 잡았다. 가능할지 모르겠지만 녀석이 뭘 하려고 하는 건지 알 것 같아 웃음이 나온다.

김현성의 몸에 변화가 생긴 것은 바로 그때였다. 녀석이 인식하고 있는지 없는지는 알 수 없다. 아니, 틀림없이 자신의 몸에 변화가 생긴 줄도 모르고 있을 것이다.

'시바…… ×나 멋있어.'

그 말 그대로 진짜 ×나 멋있다고.

거대한 검은색의 날개에 빛이 스며든다. 베니고어가 내린 빛이 아닌 김현성 스스로가 가지고 있었던 붉은색 빛이 놈의 날개를 변화시킨다.

검은색의 칙칙한 날개 대신 자리한 것은 떠오르는 해를 바라보는 것 같이 느껴지는 찬란한 날개다. 머리 위에 있는 뿔 역시 마찬가지. 뿔이 사라질 거라고 생각했지만 아까보다 더욱 더 거대한 뿔이 놈의 머리 위에 자리 잡는다. 이 또한 빛나고 있다. 붉은 노을빛이 놈의 모습을 환하게 비추고 있다.

"하…… 하하…… 하하하하……."

그 누구의 힘이 아닌 자신이 가지고 있는 힘으로.

아니.

'이거 우리 필살기자너.'

소중한 형제가 내린 우정의 힘이자너.

"으아아아아아아아아아아!!!"

노을빛의 검을 하늘 위로 뻗는 놈의 모습이 보였다.

노을빛에 둘러싸인 김현성에게 어떤 수식어를 붙여야 할지 모르겠다. 그 김현성이 신성하게 느껴질 정도였으니 무슨 말이 더 필요할까.

루시퍼의 것도, 베니고어의 것도 아닌 온전히 자신의 빛을 뿜어내고 있는 녀석의 모습이 괜스레 대견하게 느껴진다.

'처음부터 자격이 있었던 거였어.'

말 그대로, 처음부터 자격이 있었다는 말로밖에 설명할 수가 없는 광경이지 않을까.

베니고어가 준 신성을 받아들이는 것만으로도 애를 먹었던 나와는 반대로 김현성의 신체는 이미 준비가 되어 있었다. 한 계단 더 위로 올라갈 수 있는지 없는지는 위에 있는 적폐 연놈들의 선택이 아닌 김현성의 선택에 달려 있었던 거다.

어째서 모두가 김현성을 원하고 있었는지도 이해가 간다. 경력 있는 신입이자너. 흑이든 백이든 간에 곧바로 이런 자원을 영입할 수 있다는 건 놈들에게도 무척 달콤하게 느껴졌을 것이다.

'시바 저걸 보라고.'

노을빛의 날개. 노을빛의 뿔, 노을빛의 검.

눈물을 뚝뚝 떨어뜨리며 커다란 소리를 내지르고 있는 녀석의 모습은 뭔가 주먹을 꽉 쥐게 만드는 힘이 있다. 불가능한 걸 가능하게 만들 거라는 기대감을 품게 된다.

저런 건 많은 사람이 봐야지. 영웅이 우리와 함께 해주고 있다는 걸 더욱더 많은 사람이 알아야지.

생각과 동시에 동시다발적으로 공중에서 여신의 거울들이 떠오른다. 불가능에 도전하는 영웅의 이야기를 노래할 수 있게, 싸움에 지친 전사들을 위로해 줄 수 있게, 앞장서 걸어주는 이가 있다는 사실을 각인시켜 줄 수 있게.

모두가 저 모습을 바라봐야지.

일순간 전장이 조용한 상태가 된 것 같다. 갑작스럽게 공중에 떠 있는 커다란 여신의 거울을 바라보며 모두 무슨 생각을 하고 있을까.

김현성이 검을 휘두르는 것이 시야에 비친다. 지금까지 녀석에게 응답하지 않았던 노을빛의 검은 그 어느 때보다도 밝게 녀석을 비춰주고 있었다.

멍하니 하늘을 바라보고 있는 이들이 보인다. 무언가 할 말을 잊은 채로 조용히 고개를 올리고 있는 모두가 눈에 보인다.

도미니온스를 한 손으로 부축하며 신전을 빠져나가고 있는 조혜진도 하늘을 바라보고 있다.

어째서 쟤를 챙겨 나오고 있는 건지는 알 수 없었지만 입가에 미소를 그리고 있는 것이 보였다. 안심하고 있는 것처럼 느껴진다. 마침내 자신의 진정한 모습을 되찾은 김현성에게 보내는 미소같이 느껴진다.

그럴 만도 하다. 그동안 조혜진 입장에서 생각해 보면 얼마나 속이 후련한 모습일까. 악마의 모습으로 수많은 백금색의 검에 꽂혀 움직이지도 못하고 있었던 그때의 김현성과는 다른 모습이다.

-길드마스터…….

길드마스터라고 딱딱하게 부르지만 않았으면 더 그림이 됐을 것 같기는 했지만 저게 울 조노보노의 한계잖어.

왜 그런지는 알 수 없지만 곱게 묶여 있던 자신의 파란색 머리끈을 풀어 손에 꽉 쥐는 것이 눈에 보였다. 조혜진의 긴 머리카락이 순식간에 바람에 휘날리는 것이 시야에 비쳤지만 본인은 그다지 신경 쓰지 않는 모양.

얘가 도대체 왜 이러나 싶기는 했지만 계속해서 머리끈을 꽉 부여잡으며 바라보고 있는 게 수상하다.

'시바, 혹시 현성이가 선물해 준 거 아니지?'

-힘내세요. 길드마스터.

분위기상 그런 것 같기도 하다. 그게 아니라면 저걸 저렇게 꽉 쥐고 있을 이유가 없었으니까.

지혜 누나와 했던 내기가 생각나 미소를 흘리며 시선을 돌리자 이미 도미니온스의 몸에서 빠져나와 휴식을 즐기고 있는 이지혜가 눈에 보인다.

아, 누나 진짜.

'아직 전쟁 끝난 거 아닌데……'

본인이 할 수 있는 걸 전부 하고 쉬고 있으니 뭐라고 말할 수는 없지만 그래도 창문에 걸터앉아서 커피 한잔하는 건 아니잖아.

-혹시 보고 있어도 너무 나무라지 마요, 오빠. 솔직히 나는 할 거 다 한 거 알고 있잖아. 여기서도 미끄러지는 거면 운이 없는 거지. 이미 내 영역을 벗어난 일인데 뭐 어쩌겠어요? 하늘에 맡겨야지.

심지어 하연수가 성심성의껏 이지혜의 팔다리를 주물러 주고 있는 모습은 뭐라고 말해야 할지 모르겠다.

-예쁘네요. 언니. 정말 예뻐요.

-나도 그렇게 생각해. 저런 거 보면 정말로 신이 있기는 있구나, 하는 생각이 든다니까. 아니, 이미 신인가?

그녀가 들고 있던 커피 잔을 손에서 놓친 것은 바로 그때. 하연수가 급하게 떨어진 커피 잔으로 손을 뻗어 봤지만 결국에는 쨍그랑 소리를 내며 땅바닥으로 쏟아진 커피 잔을 볼 수 있었다.

뭔가 불길한 일이 일어날 거라는 클리셰를 보여주는 건 나쁘지 않기는 했지만 왠지 모르게 내가 불안해졌다.

-……이기영…… 무슨 일 있는 건 아니지?

아니, 무슨 일 일어난 것 같아. 이것도 잘 안 보이기 시작했거든.

-……연수야 나갈 준비 해.

-네? 갑자기요?

-지금 당장 나갈 준비 하라고. 제기랄.

이 누나 표정 좀 보라고…… 한번 비웃어주고 싶은데 카스가노 유노를 보면 정말로 큰일 난 것 같아서 뭐라고 말을 못 하겠네. 아무 말 없이 주저앉아서 눈물만 줄줄 흘리고 있는 걸 내가 어떻게 해석해야 할지 모르겠어.

아무래도 행복한 미래가 보이지 않는 것 같다. 보이지 않는 건지, 볼 수 없는 건지는 알 수 없지만 그녀의 표정이 이기영의 끝을 말해주고 있는 것 같았다.

물론 대부분의 사람들은 환호성을 보내는 쪽이다.

-신이시여. 감사합니다. 감사합니다.

-노을빛의 검사다. 하핫. 노을빛의 검사라고!

-조금만 더 힘을 내라. 노을빛의 검사가 우리와 함께 싸우고 있다.

-부탁해요! 파란 길드마스터!

-할 수 있다고! 할 수 있어! 하하하핫!

전투에 지친 전사들은 전쟁의 끝이 오고 있다는 사실에 기뻐하고 있다. 교국, 그리고 내 고향 같은 린넬의 시민들도 저걸 바라보고 있을 것이다.

아직 끝이 난 것은 아니다. 하지만 저들은 종국에는 김현성이 승리할 거라고 생각하고 있는 것만 같다. 끊임없이 기도를 드리고 환호성을 보내며 대륙을 지키는 영웅을 위한 노래를 부른다. 눈물을 흘리며 서로를 껴안고 있었고 본인들을 이끌어주는 영웅을 위한 기도를 드린다.

조금만 더 힘을 내주기를, 조금 만 더, 조금 만 더, 조금 만 더…….

박덕구 이 새끼도 예외는 아닌 모양이다.

-멋있다. 그지. 아저씨. 우리 길드마스터 오빠. 진짜 멋있어.

-크으…… 내가 뭐라고 했는지 기억하냐니깐. 우리가 승리할 거라고 말하지 않았나. 거, 결국에는 우리 형씨가 파바바박! 하고 전부 해치워 버릴 거라고 내가 몇 번이고 말했는데. 그게 이렇게 된 거 아니요.

-정말로 이걸로 끝날 수…….

-거, 기모 형씨. 당연히 해낼 수 있을 거요. 내가 장담한다니깐. 형님과 형씨가 함께라면…… 분명히 할 수 있을 거요.

웃음이 나오는 광경이다. 언제부터 쟤들이 저렇게 붙어 다니게 됐는지는 잘 모르겠지만 좋은 풍경처럼 보인다. 1회차 박덕구를 떠올려 보면 더욱더 그렇다. 저렇게 성장한 모습을 보니 왠지 모르게 기분이 좋다.

슬그머니 다가온 황정연이 녀석의 손을 잡고 있다. 둘 모두 하늘을 올려다보고 있었고 박덕구는 다시 한번 중얼거렸다.

-분명히 할 수 있을 거라니까.

-네. 분명히 할 수 있겠죠?

이를 보이며 웃고 있는 모습, 왠지 모르게 나를 편안하게 만드는 웃음이었다. 그래서 내가 저 돼지를 좋아하는 걸지도 모르겠다. 쓸데없는 걱정이 순식간에 날아가 버리니까.

녀석도 1회차와는 다른 삶을 살아가게 될 것이다. 박덕구답게. 매번 떠들썩하고 재미있게. 황정연과는 아마 결혼하게 될지도 모르겠다. 놈이 가정을 이룬다는 게 어색하게 느껴지기는 했지만 상상하는 것만으로도 즐겁다. 박덕구의 자식들이 파란 길드에서 뛰어다닐 거라고 생각하니 정말로 웃음이 다 나온다.

그러고 보니까 나도 결혼하기로 했었지. 그래. 우리 하얀이 저기 있네.

'이대로 죽으면……'

하얀이…… 하얀이는…….

자리에 철퍼덕 주저 앉아 한소라의 신체 일부를 껴안고 있는 모습. 하늘을 올려다보며 안심했다는 듯이 숨을 몰아쉬고 있는 얼굴이다.

치열한 격전이 끝으로 다가왔고 이제야 조금 여유가 생긴 것 같은 표정이었다.

이후가 조금 걱정되기는 했지만 소라가 있으니 잘 버틸 수 있지 않을까.

아니, 왜 자꾸 내가 죽게 되는 걸 떠올리게 되는 건지 모르겠다. 이기영은 벽에 똥칠할 때까지 잘 살 텐데. 너무 연기에 심취한 모양이다. 그래도……

-오빠?

눈치 빠르네.

-오…… 오빠?

방금 눈 마주친 것 같은데. 쟤는 진짜 귀신 같아. 무섭자녀.

-오빠…… 오…… 오, 오빠.

허겁지겁 다시 한번 몸을 일으키다 앞으로 풀썩 꼬꾸라지는 것이 보인다. 주변 병사들과 마법사들이 정하얀을 붙잡고 있다. 그래. 쟤는 못 오게 하는 게 좋겠어. 한 줌의 마력도 남아 있지 않은 게 오히려 다행이네.

비명을 지르며 머리를 부여잡고 있는 정하얀의 모습이 주변의 다른 이들의 모습과 대비된다. 웃으며 환호성을 보내는 이들 사이에 정하얀은 한소라를 손에 꽉 쥐며 울부짖고 있었다. 정하얀의 눈에는 내가 보이는 모양이다.

어떻게 알았는지 모르겠는데…… 너 혹시 이기영 사용설명서 같은 특성이라도 얻은 건 아니지? 제발 아니라고 해줘.

아, 만약에 정말로 내가 죽으면……

희영 씨. 그래. 희영 씨 말도 잘 듣고. 그나마 길드에서 믿고 의지할 수 있는 몇 안 되는 사람 중에 한 명이니까. 지금도 차분히 기도드리고 있는 것 봐.

첫 만남이 조금 안 좋기는 했지만 기회가 있었더라면…… 조금 더 가까워질 수 있었을 텐데…….

엘레나와 엘리오스도 보이네. 이종족들 사이에 선 두 남매는 조용히 앉아 이야기를 나누고 있었다.

-후회하지는 않느냐.

-지금 보고 계시잖아요. 파란 길드가 제가 있어야 할 곳이
에요.

-그래. 그렇게 보인다. 하하. 그렇게 보여. 지금까지 많은 기
적을 봐왔다고 생각했지만…… 이 광경은 정말이지…….

-아름다운 광경이에요.

파란 길드에 온 걸 후회하지 않는다니 다행이네.

그 와중에 희라 누나는 노을 현성이랑 싸울 생각하고 있는
것 같은데. 제발 참아줘. 본능대로 움직이는 건 좋은데 너무
몸을 맡기면 주변 사람들이 힘들어지잖아. 그나마 붉은 용병
이 있어서 다행이야. 저 길드가 그나마 누나를 가두는 철장이
라는 게 믿기지가 않는다고.

-고생하셨습니다. 여왕님.

-전투는?

-거의 마무리되고 있는 것 같습니다.

-흠…….

-여왕님?

-어때? 저거랑 나랑 싸우면 누가 이길 것 같아?

싸우지 마. 제발.

-아니, 대답하지 마. 지금은 그냥 즐기지 뭐. 정말로 이게 끝
이 될지는 모르겠지만…… 더 올라갈 수 있는 곳이 보이는 게
다행이기도 하고. 저걸 보니 왜 우리 자기가 재한테 그렇게 달

라붙었는지 알겠네.

강함을 숭상하는 길드여서인지는 모르겠지만 모두가 박수를 치며 존경의 눈빛을 보내고 있는 게 눈에 띈다.

-힘내. 파란 길드마스터님. 다들 응원이나 보내자고.

-힘내라! 힘내!

-하하하하하핫! 드디어 끝났다. 시발. 끝이야!

아니, 정확히 말하면 아직 끝난 건 아니야. 아직까지 싸움은 진행 중이니까.

김현성의 검에서 뻗어 나온 노을빛이 하늘에 부딪치자 모두가 환호성을 보낸다.

콰아아아아아아아아아아아앙!!

하는 소리가 들려온다.

이질적인 빛은 형태를 만들어낸다. 이대로 있으면 본인이 당할 것이라는 것은 직감한 시스템은 어마어마한 신성을 투자해 하늘을 꽉 채운 거인으로 변모한다.

김현성의 검에서 뻗어 나오고 있는 노을빛을 두 손으로 어떻게든 틀어막으려고 하는 것이 시야에 비쳤다. 왠지 모르게 옆구리가 비어 있는 것만 같다.

전에 낚시했을 때 박덕구가 신의 옆구리를 찌른 롱기누스의 창을 외쳤던 장면을 잠깐 동안 떠올리기는 했지만 다시 한번 고개를 흔들어 버렸다. 김현성은 해낼 수 있을 테니까.

"으아아아아아아아아아아아아아아아아아아!! 흐으윽⋯⋯ 으아아아아아아!!"

힘들지? 조금만 힘내. 널 응원하고 있는 새끼들이 이렇게나 많다. 야.

지금까지 마음의 눈으로 훑어봤던 것들, 환호성을 지르고, 김현성을 위해 노래를 부르고 기도를 드리는 이들, 그래. 우리를 믿고 있는 길드원들.

아, 정하얀 같은 경우에는 조금 필터가 필요하기는 하겠지만…… 하얀이는 살짝 빼고…….

우리 병아리들. 이제 병아리라고 하기에는 뭣 하지만 아영이랑 창렬이…… 그리고 신입 길드원 알프스까지. 열심히 응원하고 있자너. 그렇지?

너 좋다는 검은 백조 길드마스터도 있고, 남녀노소 가리지 않고 기도하고 있잖아. 어쩌면 진짜 마지막이 될지도 모르겠지만……. 아니, 왠지 정말로 진짜로 마지막인 것 같아.

이게 정말로 내 마지막 회귀자 사용설명서가 될 것 같다고. 그러니까 확실하게 받아. 내가 본 것들. 너를 믿고 있는 사람들이 이렇게 많아. 널 응원하고 있는 새끼들이 이렇게나 많단다. 새끼야.

회귀자 사용설명서로 내가 본 것들을 김현성에게 흘려 보낸다. 아마 김현성도 느끼고 있을 것이다. 내가 잠깐 동안 본 것들을, 이 마지막 싸움을 대륙이 어떻게 바라보고 있는지 느끼고 있을 것이다.

얼마나 많은 사람들이 녀석에게 힘을 보내고 기도를 드리고 있는지 분명히 알고 있을 것이다. 입술을 꼭 깨물고 울음을 참고 있는 놈의 모습이 시야에 들어왔다.

'힘내라. 시바. 우리 회귀자.'

마침내 녀석의 등 뒤에서 한 쌍의 날개가 더 솟아난다.

'그래. 힘내라. 알타누스의 회귀자.'

노을빛의 검이 이질적인 빛을 가르는 게 눈에 들어온다.

어쩌면 불가능할 수도 있을지도 모른다고 생각한 나를 배신하듯.

"으아아아아아아아아아아아아아아!! 흐으으윽…… 으아아아아아아아!!"

김현성의 빛은 이질적인 빛을 완전히 지워 버렸다.

쏟아지는, 쏟아지는 노을이 보인다.

"하…… 하…… 하하……."

역할극에 심취했는지 웃음이 나온다. 정말로 웃기지 않은가.

이후의 일이 어떻게 된 건지는 모르겠지만 일이 이렇게 됐다는 게. 이기영의 마지막이 정말 이렇게 됐다는 게 우스워.

나는 김현성이 대륙 구하기와 이기영 구하기 중 후자를 선택했으면 좋겠다고 생각했었는데.

결국 희생하는 게 나라는 게 어이없지 않냐고. 진짜…… 당황스러워 죽겠네.

나도 내가 왜 이랬는지 모르겠어. 설마 설마 하면서 지켜봤지만…… 정말로…… 정말로…… 내가…… 정신이 나갔었나봐. 너무 심취했었나 봐.

"기영 씨?"

그래도 뭐.

풍경은 괜찮네.

"……."

"기영 씨?"

"……."

눈이 감겼다.

219장
마지막(1)

　-이후에 누군가가 그날의 전투가 어땠는지 묻는다면 제 생에 가장 아름다운 풍경과 빛을 바라본 날이라고 말할 것입니다.

　-먼 시간이 흐른 이후에 누군가가 그날의 풍경이 어땠는지 묻노라면 모두가 하나같이 가장 숭고한 빛이 있었다고 노래할 것입니다. 그렇습니다. 대륙은 승리했습니다. 대륙을 위협하는 악마의 무리를 몰아내고 우리는 우리가 마땅히 누려야 할 것들을 쟁취했습니다. 값진 승리였습니다.

　-하지만 오늘 우리가 이 자리에 모인 이유는 이 승리를 축하하기 위해서가 아닙니다. 오늘의 승리를 위해 자신의 모든 것을 바친 한 성자의 희생을…….

　"……아직도 믿기지가 않네요."

　"……."

"정말로…… 믿기지가 않아요."

-한 성자의 희생을 기리기 위함입니다.

"……."

-네. 파란의 부길드마스터. 이기영 명예추기경님께서는 항상 자신을 희생하는 사람이었습니다. 정말로…… 정말로 많은 것을 희생하던 사람이었습니다. 그와 가장 가까이에서…… 저는…… 그의 친구로서…… 그가…… 얼마나…… 얼마나…… 많은 것을 감당하고 있었는지에…… 대해…… 말하고자…… 온종일 이야기해도……. 네…… 죄송합니다. 다시…… 그러니까…… 제 친구…… 기영이에 대해서…… 흐윽…… 죄송합니다.

앞을 바라보자 차마 말을 잇지 못하고 있는 조혜진 님의 모습이 보였다.

손에 들린 추도문에서 시선을 떼지 못하고 있는 모습은 뭐라고 표현하기가 힘들 정도였다. 어떻게든 말을 떼려고 하고 있었지만 결국에는 끝까지 말을 잇지 못하고 있는 모습은 그녀가 얼마나 힘들어하는지를 말해주고 있는 것만 같다. 남들 앞에서는 흐트러진 모습을 보인 적이 없었던 그녀가 이런 공식 석상에서 눈물을 흘릴 거라고는 예상하지 못했는지, 당황하고 있는 이들 몇몇도 시야에 비친다.

'가혹해.'

이 장소에 자리해 있다는 게 그녀에게 가혹한 일이다. 부길드마스터의 지난 삶에 대해 이야기하고 있다는 게 얼마나 힘든 일일지 가히 상상하기 힘들 정도였다.

이미 눈가가 붉어져 있다. 대륙의 승리를 기뻐할 겨를도 없이 날아온 절망적인 소식에 제대로 된 휴식도 취하지 못한 채로 지옥 같은 장소에 발을 디딘 것이다.

계속해서 말을 잇지 못하고 있었지만 다시 한번 억지로 입을 떼는 것이 눈에 보였다. 하지만 이내 무너져 내리는 것이 눈에 보인다. 어떻게든 쥐어짜 내는 목소리는 절규 섞인 울음소리에 금세 묻혀 버렸다.

-흐윽…… 흐으으윽…… 흐윽…… 죄송합…… 흐으으윽…….

-자리해 주신 여러분께 사과의 말씀을 전하겠습니다. 네…… 잠시 후에…… 순서를 바꿔…….

이내 교단 관계자의 목소리가 들려왔다. 몇몇 사제들이 단상 위로 올라가 허물어진 조혜진 님을 챙기고 있다.

예상하지 못한 상황에 어떻게 해야 할지 갈피를 잡지 못하고 있었지만 아마 추도식은 계속 진행될 거라고 생각했다. 그만큼 중요한 자리였으니 말이다.

이기영 명예추기경을 추도하는 것은 교단과 대륙 전체에 무척 중요한 일이다. 그는 대륙의 영웅이었고 대륙을 위해 모든 것을 헌신한 성자였다.

이 힘든 자리에 조혜진 님이 자리한 것 역시 그러한 이유였을 것이다. 누군가는 그의 죽음을 감당해야 했으니까. 파란 길드에서 누군가는 그가 얼마나 숭고하고 자기희생적인 사람이었는지, 그의 삶이 어땠는지, 대륙에 전해야 했으니 말이다.

그녀의 말대로 대륙은 전쟁에서 승리했다. 끝나지 않을 것 같은 전쟁이었고 그 어떤 전투보다 가혹하고 힘든 전투였다.

이질적인 빛이 사라지고 난 이후, 노을빛의 물든 세상은 지금까지 봐왔던 어떤 풍경보다 더 아름다웠다.

모두가 승리의 노래를 불렀다. 누구도 그 커다란 승리 뒤에 더욱더 큰 희생이 자리해 있다는 사실을 눈치채지 못했다. 자신 역시 그랬다.

새로운 하늘이 열린 순간 웃음을 터뜨렸고 인류의 승리를 노래했다. 기분 좋게 미소 지으며 눈을 감고 있었던 부길드마스터의 시신을 보지 못했다면 다른 이들과 함께 계속해서 축배를 들어 올렸을 것이다.

지금도 무척 선명한 기억이다. 눈부시게 빛나고 있었던 노을빛 아래, 부길드마스터의 시신을 부여잡고 오열하고 있는 정하얀 님의 모습과 멍하니 하늘을 올려다보고 있던 길드마스터의 모습. 무언가 할 말을 잃은 것 같은 길드원들과 부길드마스터의 죽음을 부정하던 박덕구 님.

차마 말로 표현하지 못할 정도로 혼란스러웠던 그 날은 기쁨보다는 슬픔으로 가득 차 있었던 날이었다.

아니, 지금도 크게 다르지 않다. 멀리 떨어지지 않은 곳에서 허리를 숙이며 계속해서 어깨를 들썩이고 있는 정하얀 님이 눈에 보였다. 옆에 있는 한소라 님이 손을 꽉 잡아주지 않고 있었더라면 아마 이곳에 오지 못했을 것이다.

아니, 어쩌면 상관없을지도 모른다. 정하얀 님은 아직까지도 현실을 부정하고 있었으니까. 간혹 한소라 님과 이야기를 나누는 것을 들은 적이 있다. 부길드마스터가 말을 걸었다고, 부길드마스터가 함께하고 있다고 하는 종류의 이야기였다.

악마의 봉인에서 풀려난 한소라 님은 희미하게 웃으며 그녀의 말에 긍정했지만⋯⋯

'그렇지 않을 거야.'

정말로 정하얀 님이 부길드마스터의 죽음을 믿지 못하고 있다는 생각은 들지 않았다. 그녀는 길드에 있는 그 누구보다 위태로워 보였고 심지어 부길드마스터와 만나겠다며 생을 마감하는 것을 기도하기도 했었다.

솔직히⋯⋯ 정하얀 님이 자리할 수 있을 거라고 생각한 사람은 아무도 없었을 것이다.

비어 있는 곳이 많이 보인다. 엘레나 님도, 길드마스터 역시 자리하지 않았다. 아니, 못했다는 표현이 더욱더 어울릴 것이다. 그만큼 그의 죽음은 많은 것을 바꾸어놓았다.

삼 일도 채 지나지 않았지만 대륙 전역에 커다란 충격을 주기에 충분했다. 저마다의 방법으로 슬픔을 위로했지만, 파란도 대륙도, 빛의 아들을 잃었다는 충격에서 벗어나지 못했다.

다른 이들도 마찬가지였다. 검은 백조의 이지혜 님은 부길드마스터의 소식을 들은 직후에 자취를 감췄다. 선희영 님, 카스가노 유노 님도 비슷한 시기에 모습을 감췄다. 이지혜 님이 선희영 님과 따로 접선했다는 소식을 듣기는 했지만 그들이 어디로 향했는지, 함께 사라진 것이 맞는지에 대해서는 알려진 바가 없었다.

붉은 용병의 길드마스터인 차희라 님 역시 자리하지 않았다. 참석하겠다는 메시지를 따로 받기는 했지만…….

"알프스 님?"

"……."

"알프스 님?"

"……."

"알프스 님."

"아…… 네. 죄송해요. 김미영 팀장님."

"아닙니다. 저야말로…… 죄송합니다."

"……."

"실례가 되지 않는다면 부탁을 드려도 되겠습니까."

"네. 물론이죠."

"조혜진 님이 이제 돌아오실 것 같습니다. 잠깐 따로 휴식을 취하시고 이곳에서 대기하시다가 단상 위로 올라가실 텐데……."

"아…… 네. 김미영 팀장님은 지금 가시는 건가요?"

"네. 저는…… 아무래도 교단 측과 한 번 더 이야기를 해봐야 할 것 같습니다."

"여러 가지로…… 힘드네요."

"네. 아무래도 사안이 사안이니만큼…… 처리해야 할 문제들이 많으니까요. 추도식에서까지 이런 이야기를 나눠야 할 거라고는 생각하지 못했지만……."

"길드에서 문제를 처리하지는 않는 건가요?"

"다른 분들에게 이런 것까지 신경 쓰고 싶게 하고 싶지는 않으니까요. 조용하게 처리하는 게 맞는 것 같습니다. 특히 정하얀 님의 상태를 생각하면…… 알리면 안 될 것 같고요."

"아…… 네."

"그럼 잘 부탁드리겠습니다. 추도식은 아마 잠시 후에 다시 시작될 것 같습니다. 조혜진 님이 꼭 마무리를 하고 싶다는 뜻을 전해주셔서…… 마음이 조금 진정되실 때까지만…… 부탁드립니다."

"네."

김미영 팀장님이 조용히 자리를 일으키는 모습이 눈에 보였다. 부은 눈을 바라보니 씁쓸한 기분이 든다.

김미영 팀장님이라고 슬프지 않을까. 부길드마스터와 가장 가까웠던 사람 중 한 명으로서 아마 그 누구보다 이 현실을 부정하고 싶은 사람일 것이다.

'여기까지 와서…… 그런 걸 상의하고 싶지 않을 텐데.'

간단한 문제다. 부길드마스터의 시신의 소유권에 대한 문제였다.

교단 측에서는 상징적인 의미로 베니고어의 아들의 시신을 직접 모시고 싶어 했다. 사실 모시고 싶다는 표현이 이상하기도 했지만…….

'상징성이 있다고 생각했을 테니까.'

교단 측에서도 양보하기 힘든 문제였을 것이다. 부길드마스터가 공식적으로 파란 길드를 탈퇴한 이후에 벌어진 일이었으니 결과적으로 파란 길드는 부길드마스터의 시신을 소유권을 주장할 수 없는 입장에 있었다.

공식적으로 명예추기경의 직위를 유지하고 있었기 때문에 교단에서는 시신이 자신들의 소유라고 주장했고 아직 남아 있는 대륙 보호 관리 위원회는 자신들이 시신을 인수인계하겠다고 주장했다.

추도식 전까지는 파란 길드에서 부길드마스터를 보관하고 있었지만 추도식이 끝난 이후에는 각기 집단들이 소유권을 주장할 것이다. 어쩌면 무력 충돌까지 일어날지도 모른다. 상상하기도 싫고 일어나서는 안 되는 일이지만 이미 자신을 포함한 몇몇은 무력 충돌이 일어났을 경우의 매뉴얼을 숙지하고 있다. 슬픔을 감당하기도 힘든 시기에도 머리 아픈 정치적인 문제를 직면한 것이다.

김미영 팀장님이라고 이런 일을 맡고 싶었을까. 본인 나름대로의 시간을 가지고 싶어 하셨지만 주변의 상황은 그것마저도 허락하지 않았다. 전쟁의 뒷정리는 물론이거니와 부길드마스터의 죽음을 둘러싼 의혹들에 대응해야 했고 파란 길드를 지켜야 했다.

그게 중요하다고 생각했을 것이다. 부길드마스터가 얼마나 길드를 사랑하는지 알고 계셨으니까. 그게 자신이 할 수 있는 최선의 애도라고 생각했을지도 모른다.

'쓸쓸해…… 이런 게…… 부길드마스터가 원하는 광경은 아니었을 텐데……'

이런 걸 원하지는 않았을 텐데…… 하는 생각이 들어와 꽂힌다.

천천히 몸을 일으키고 자리를 지나치자 유아영 님과 김창렬 님이 고개를 끄덕이는 것이 보인다.

김예리 님은 막 교단의 관계자에게 향하려는 김미영 팀장님을 붙잡고 이야기를 나누고 있다. 정확히 무슨 이야기를 나누는지는 알 수 없지만 아마 방금 건과 관련된 이야기일 것이다.

"지네들이 뭔데. 아저씨를. 달라고 그래? 그 새끼들이 한 게. 뭐가. 있다고. 시발 새끼들이."

"김예리 님. 지금 이 자리에서는…… 잠깐…… 따로……."

"나도. 같이 갈래."

하는 목소리가 들려오고 그 목소리를 들었는지 정하얀 님이 살짝 고개를 드는 것이 시야에 비친다.

잠깐 동안 한소라 님과 이야기를 나눈 이후에 다시 한번 고개를 아래로 내렸지만 갑작스레 이유를 알 수 없는 오한이 등 뒤를 스치고 지나갔다. 어째서 손발이 떨리는지는 알 수 없었지만 방금 뭔가가 터져도 이상하지 않았을 거라는 상상을 하게 된다.

숨을 몰아쉬는 한소라 님이 눈에 보인다.

황정연 님과 안기모 님도 자리에서 잠깐 일어나 김미영 팀장님과 이야기를 주고받는 모습이다.

그 끝에 조용히 앉아 눈물을 흘리고 있는 조혜진 님이 눈에 띈다. 천천히 다가가 옆자리에 몸을 앉아봤지만 뭐라고 위로를 건네야 할지 알 수가 없었다.

내가 할 수 있는 일을 하는 게 맞겠지. 조용히 손을 꽉 잡아주는 것 말고는 할 수 있는 것이 없다.

"……꼴불견이었군요."

"……."

"정말로…… 꼴불견이었습니다."

"모두 이해할 거예요."

"괜한 고집을 부리지 말았어야 했는데…… 마지막까지 폐를…… 끼친 것 같습니다. 부길드마스터는…… 저를 비웃을 게 분명합니다. 그렇게밖에 못하냐며 저를 비웃고 있겠네요."

"……."

"읽을 수 없었습니다."

"……."

"그의 희생을 기리고 딛고 일어서야 한다고, 그게 대륙의 성자가 원하는 모습일 거라고 도저히 이야기할 수가 없었습니다. 그가 얼마만큼 대륙을 진심으로 사랑했는지에 대해서도, 어떤 삶을 살았는지도 말할 수가 없었습니다."

"……."

"눈앞에 있는 걸…… 그대로 읽으면…… 그대로 읽으면 끝일 텐데…… 그걸 읽을 수가 없었습니다. 흐윽…… 그것 하나 제대로 할 수 없었어요. 마지막까지…… 제대로 할 수 있는 게…… 흐으윽…… 없었습니다."

고개를 숙이고 다시 한번 울음을 터뜨리는 모습이 눈에 띄었다.

괜스레 시선을 아래로 내리자 허벅지에서 번지고 있는 피가 보인다. 검은색 하의를 물들이고 있는 붉은색이 그녀의 심정을 대변하는 것만 같다.

저번과 마찬가지다. 잠깐 동안 입술을 꽉 깨물게 된다. 이걸 다시 한번 언급하는 게 맞나 싶기도 했지만 입을 열 수밖에 없었다.

"조혜진 님. 혹시……"

"……."

"혹시……"

"걱정해 주셔서 감사합니다. 하지만 이번이 마지막이에요. 이렇게라도 하지 않으면…… 이걸…… 끝마칠 수 없을 것 같아서……."

"아무리 그렇다고는 해도……."

"감사합니다. 덕분에 조금은…… 힘이 된 것 같습니다. 이만 자리로 돌아가세요. 저는 이걸 끝마쳐야 하니까요. 네. 이제 할 수 있을 것 같습니다."

다시 한번 단상 위로 올라가는 모습이 눈에 보인다. 조용히 말을 잇고 있는 것이 눈에 띈다.

몇 번이고 멈추고 억지로 눈물을 삼키고 있었지만 끝끝내 말을 이어 나간다.

-그의…… 그의 희생은 의미 있는 희생이었습니다.

의미 있는 죽음 같은 것은 없다.

-분명히 이겨낼 수 있다고…… 네. 견딜 수 있다고, 별것 아니라고…… 이야기할 것입니다. 그 누구보다도 우리를 사랑했던 제 친구는 미소 지으며 눈을 감았던 마지막 순간…… 순간처럼…… 웃으며 우리를 지켜볼 것입니다.

누군가의 죽음을 이겨낸다거나 그 죽음을 딛고 일어선다는 선택지는 없다. 죽음은 항상 괴롭고 저주스러웠으며 많은 사람을 갉아먹는다.

-슬픔을…… 딛고 일어섭시다. 그가 우리와 함께했다는 사실을 기억합시다.

"……."

-빛의 성자는, 베니고어의 아들은, 제 친구는 대륙을 비추는 빛이 되어 우리와 함께할 것입니다. 우리의 가슴속에…… 영원히 남아 있을 것입니다.

감고 있던 눈을 뜨고.

천천히 몸을 일으키자 평소와 같은 풍경이 시야에 비쳤다.

"길드마스터?"

누군가의 목소리가 들려오기는 했지만 곧바로 발걸음을 옮긴다.

-빛의 성자는, 베니고어의 아들은, 제 친구는 대륙을 비추는 빛이 되어 우리와 함께할 것⋯⋯.

여신의 거울을 통해 새어 나오는 소리가 들려왔지만 이윽고 사라져 버렸다.

잠깐 동안 여러 가지 소리가 섞여 들려왔던 길드하우스 안이 조용해지기까지 그리 오랜 시간이 걸리지 않았다.

텅 빈 공간이 눈에 보인다. 아무런 소리도 들려오지 않았고 눈에 보이는 것은 아무것도 없다.

적막함이 감도는 공간이 괜스레 더 어두워 보였다. 천천히 문 앞에 선 이후에는 문을 두드렸다.

'들어오세요.'

아무런 소리도 들려오지 않은 방이 시야에 들어왔다. 조용히 의자에 앉아 방을 바라보다 이내 고개를 저어버렸다.

'무슨 일이십니까?'

한동안 방 안을 서성이다 몸을 일으켰지만 여전히 아무런 목소리도 들려오지 않는다. 괜스레 책상에 있는 책들을 쓰다듬었다.

그가 읽던 책이었다. 그는 항상 이곳에 앉아 업무를 처리하거나 책을 읽고는 했다. 할 일이 없을 때는 연금 키트를 가져와 이해하지 못하는 실험들을 하기도 했고, 조용히 앉아 시간을 보내기도 했다. 급할 때는 식사를 이곳에서 하기도 했던 것으로 기억한다.

흔적들이 많이 남아 있는 곳이다.

이곳에서 보내는 시간을 즐거워 한 것 같기도 했다. 한참이나 방 안을 둘러봤지만 여전히 아무런 목소리도 들려오지 않았다.

'아, 네. 식사라면…… 이제 막 먹으려던 참이었습니다. 마침 좋은 타이밍이었네요.'

다시 한번 발걸음을 옮기자 테이블이 눈에 들어왔다.

간단히 할 수 있는 음식이 뭐가 있을까 떠올리다 이내 식재료 보관 창고에 손을 집어넣었다.

'좋네요.'

간단한 생선 요리 정도가 괜찮을 것 같다.

그가 가장 좋아했던 것으로 기억한다.

'와인도 괜찮겠네요.'

아무런 목소리도 들려오지 않았지만 고개를 끄덕였다.

접시 두 개를 테이블 위에 놓은 이후에는 요리된 것을 입으로 밀어 넣었다. 맛이 잘 느껴지지 않았다. 예전에 했던 것은 훨씬 더 괜찮았던 걸로 기억하는데. 아무런 맛도 느껴지지 않는다.

와인을 조금 마신 이후에는 다시 한번 몸을 움직였다. 어디로 향하는지는 자신도 알 수 없었지만 일단은 걷는 게 좋을 것 같다. 길드를 한번 둘러보는 것도 좋겠지.

문을 열고 밖으로 나서자 훈련장이 시야에 비쳤다.

사실 그는 이곳으로는 잘 내려오지 않았다. 테라스에 나와 조용히 커피를 마시며 길드원들이 훈련하는 모습을 내려다보기는 했지만 이곳을 밟지는 않았다.

생각해 보면 몸을 움직이는 걸 좋아하지 않았던 것 같다.

체력 훈련이라도 했으면 하는 바람이 있었지만 선천적으로 몸이 약했던 탓인지 금방 녹초가 되어버렸다. 거친 숨을 몰아쉬며 조용히 웃고는 했다. 잘 어울리지 않는 것 같다고, 너무 힘든 것 아니냐고 웃으며 이야기하고는 했다. 쓴웃음을 지으며 목검을 한 번 들고 휘둘러 봤지만 금방 흥미를 잃어버렸다.

그러고 보니 이곳에서는 간혹 파티를 했던 것도 같다. 따로 연회장이 만들어진 길드하우스였지만 훈련을 하고 난 이후에 모여 맥주를 마시고 이야기를 하다 곧바로 자리를 만든 경우가 많았다.

떠들썩한 분위기에 자연스레 자리가 만들어진 것 같았지만 지금 생각해 보면 그게 아니었던 것 같기도 했다. 훈련하던 모습을 내려다보던 그가 길드 직원들에게 넌지시 이야기를 건넸던 것이 분명할 것이다.

간이 테이블이 만들어지고 자리가 만들어지고, 준비가 끝나면 조용히 내려와 이야기를 건네고는 했다.

'오늘도 고생 많았다, 덕구야. 현성 씨도…… 고생하셨습니다.'

"저는……."

즐겁게 떠들고 웃다 보면 어느새 시간이 많이 흘러가 있었다. 너무 순식간에 시간이 흘러가 버려 조금 아쉽게 느껴지기도 했고 신기하게도 느껴지기도 했다.

다음 날의 스케줄에 지장을 줄까 걱정되기도 했지만 그래도 당시에는 자리를 즐겼던 것으로 기억한다.

실제로 몇몇은 다음 날 훈련장에 모습을 드러내지 않았다. 하지만 그는 항상 같은 시간에 나와 커피를 마시며 신문을 읽고는 했다. 잠깐 눈을 마주치면 손을 들어 올렸고 조용히 고개를 끄덕이며 눈인사를 건넸다.

가끔 하얀 씨와 함께 나와 있기도 했다. 무슨 이야기를 하는지 제대로 들을 수는 없었지만 크게 웃는 모습을 본 적이 많다.

개인적인 친분이 있는 손님들도 저곳에서 함께 시간을 보냈던 것 같다. 교국의 의원들, 캐슬락 의원이나 카트린 의원, 교단의 손님들도 많이 왔던 것으로 기억한다.

규모가 큰 티 파티를 열 때면 항상 테라스가 떠들썩했었다. 그럴 때면 아래에서 훈련을 하는 길드원들은 조용히 훈련에 임하거나 실내 훈련장으로 들어갔었다. 티 파티에 방해가 될까 걱정이 됐던 탓이다.

하지만 대부분은 이곳에서 시간을 보냈던 것으로 기억한다. 아마 모두가 그랬던 것 같았다. 서로 이야기를 나누지는 않았지만 모두가 같은 생각을 했었던 것 같다.

여러 사람과 그가 조용히 이야기를 나누는 소리, 잔잔하게 울려 퍼지는 음악 소리와 웃음소리, 간혹 새소리가 들려오거나 가벼운 해프닝에 소란스러운 소리는 이상할 정도로 마음을 편하게 했으니 말이다.

정확히 뭐라고 표현해야 할지 모르겠지만 아마 평화롭다는 걸 실감했기 때문인 것 같다.

오늘도 일상이 시작됐구나, 이런 게 일상이구나 하는 것 같은 느낌을 받았던 것 같다.

물론 파티에 초대된 적도 있었다. 아니, 사실 거의 대부분 초대받았었지만 굳이 위로 올라가지는 않았다. 방해가 될 수도 있다고 생각했기 때문이다. 어쩌면 실수를 할 수도 있지 않을까 곤란하게 하지 않을까 따위를 고민했지만 지금 생각해 보면 참석하는 게 훨씬 좋았던 것 같다. 참석해야 했던 것 같다.

'그러게 제가 뭐라고 말했어요. 현성 씨도 여러 사람과 친분을 다져놓는 게 좋을 거라고 말하지 않았습니까.'

"……."

'몇 주 뒤면 마를린 영애의 생일이라고 들었습니다. 아마 이곳에서…….'

"네."

조용히 고개를 끄덕인 이후에는 다시 한번 안으로 발걸음을 옮겼다. 누군가가 부르는 목소리가 들려오기는 했지만 멈추지 않고 발걸음을 옮긴다.

회의실에 잠깐 앉았다 일어선 이후에는 괜스레 책상 위로 올라가 몸을 뉘었다. 우스운 짓이라는 건 알고 있었지만 크게 상관하지 않았다.

조용히 고개를 옆으로 돌리자 다시 한번 텅 빈 공간이 눈에 들어온다.

'오늘 회의는…….'

아무런 목소리도 들려오지 않았지만 고개를 끄덕였다.

'원정이 얼마 남지 않았습니다. 김미영 팀장님이 다시 한번 브리핑을……'

김미영 팀장님이 앞자리에서 이야기를 꺼낼 때면 항상 웃고 있었던 것 같다. 아니, 모두가 저마다 말을 건넬 때도 즐거워 했었던 것 같다.

심각한 회의가 쓸데없는 농담 때문에 옆길로 샐 때도 기분 좋다는 듯이 미소 지었다. 불편하다는 듯한 모습을 보일 때도 있었지만 대부분은 웃고 있었던 것 같다.

'뭔가 하실 말씀이라도 있으십니까? 현성 씨?'

"아니요. 저는…… 네…… 괜찮습니다."

'그럼 오늘 회의는 이만 끝내는 게 좋겠네요. 커피라도 한잔 할까요?'

다시 한번 발걸음을 옮긴다. 어디가 어딘지 잘 모르겠지만 일단은 걷자.

도서관. 창고. 그리폰 우리. 공방. 연회장.

천천히 거닐다 위를 올려다 바라보자 어느새 붉어지고 있는 하늘이 눈에 비친다. 아무런 목소리도 들려오지 않았지만 계속해서 발걸음을 옮겼다.

길드하우스의 옥상에 올라서자 린델의 정경이 한눈에 들어왔다.

전쟁이 일어났다고는 믿기지 않을 정도의 모습이 눈에 들어온다. 린델의 풍경은 이전과 다를 바 없다. 저 멀리서도 보이는 붉은 용병과 검은 백조의 길드하우스. 모험가들이 모여 만든

린델의 광장. 커다란 분수대. 규모가 크지는 않지만 경매장도 눈에 보인다. 그가 즐겨 찾던 레스토랑이나 카페도 이전 그대로다.

항상 떠들썩했던 광장이었지만 오늘따라 유독 조용했다. 아무런 소리도 들려오지 않는다.

조용히 하늘을 바라보자 점점 더 붉어지고 있는 하늘이 눈에 보인다. 날이 저물고 있다.

'아름다운 풍경이네요.'

"네. 아름다운…… 풍경입니다."

'약속을 지키게 돼서 다행입니다.'

"약속."

'언젠가 다시 함께하자는…….'

"네…… 다시 함께……."

오늘따라 정말로 이 풍경이 아름다워 보인다. 조금씩 조금씩 변하기 시작하는 하늘을 바라보는 것만으로도 미소가 지어진다.

조용히 옆을 바라보자 고개를 끄덕이고 있는 모습이 눈에 보인다. 하지만 눈을 깜빡이자 이내 아무것도 보이지 않게 되어버렸다.

다시 한번 하늘을 올려다보고 옆을 바라보자 아무렇게나 놓여 있는 검이 시야에 비쳤다.

"다시 함께."

천천히 검을 들어 올린다.

위를 올려다본다. 붉은색 풍경에 휩싸인 하늘이 세상을 비추고 있는 것이 시야에 비쳤다.

아마 그가 비추고 있는 것일지도 모른다. 틀림없이 그럴 것이다.

목에 서늘한 감촉이 느껴진다.

팔에 힘을 주고 검을 그대로 긋는다. 하지만 아무 일도 일어나지 않는다. 제대로 힘이 들어가기 전에, 날이 목을 파고들기 전에 몸이 움직이지 않는다.

[신화 등급의 특성 회귀자 사용설명서가 발동됩니다.]

"······."

[신화 등급의 특성 회귀자 사용설명서가 발동됩니다.]

"흐으윽······ 흐으윽······ 제발······."

[신화 등급의 특성 회귀자 사용설명서가 발동됩니다.]

"제발······ 이러지 마세요. 제발······."

[신화 등급의 특성 회귀자 사용설명서가 발동됩니다.]

"이 저주에서 벗어나게 해주세요. 제발…… 제발……."

검 면에 비친 금색의 눈동자가 보인다.

이미 예전에 바뀌어 버린 본래의 색은 돌아오지 않는다.

"제발…… 부탁입니다. 제발…… 이제 풀어주세요. 제발…… 이제 매듭을 짓게 해주세요. 기영 씨. 제발…… 제발…… 제가 속죄할 수 있게 해주세요……."

[신화 등급의 특성 회귀자 사용설명서가 발동됩니다.]

누군가가 몸을 부여잡고 있는 것이 느껴진다. 다시 한번 검을 뽑었지만 손에 힘이 들어가지 않는다. 의지와는 상관없이 검이 손에서 떨어져 내린다. 금색의 눈동자에서 빛이 뿜어져 나오는 것이 검 면에 비친다.

아무것도 느껴지는 것이 없다. 연결되어 있는 감각도, 유대감도, 그가 살아 있다는 것도. 그 무엇 하나 느껴지지 않았지만 이 빌어먹을 주박은 여전히 자신을 옭아매고 있었다

"제발…… 제발…… 흐으으윽…… 흐윽……."

아무런 목소리도 들려오지 않는다.

'살아가세요.'

"제발…… 제발…… 흐으윽…… 이제…… 됐어요. 이제 지쳤다고요. 흐윽…… 제발…… 다시 한번……."

아무런 목소리도 들려오지 않는다.

'살아가세요.'

"제발……."

'살아가세요.'

하늘이 저문다. 붉은색의 빛나는 하늘에 검은색 장막이 덮인다.

손으로 얼굴을 한 번 훔친 이후에는 다시 한번 몸을 일으킨다. 아무 일도 없었던 것처럼 검이 손에 잡힌다.

천천히 검을 허리춤으로 집어넣은 이후에는 다시 한번 발걸음을 옮겼다.

"내일은…… 반드시 함께."

'살아가세요.'

"반드시."

'살아가세요.'

"함께……."

발걸음을 옮긴다.

방문을 열고 들어간 이후에. 천천히 눈을 감는다.

그리고.

[살아가세요.]

목소리가 들렸다.

to be continued

Wish
Books

임제열 퓨전 판타지 장편소설
WISHBOOKS FUSION FANTASY STORY

뽑기 게임에서 살아남는 법

"빌어먹을 인생."

정말 쓰레기 같은 인생이었다.
친구도, 가족도, 연인도 없었다.

어차피 망해 버린 그런 인생.

"그냥 폰 게임이나 해야지."

뽑기 게임에서 살아남는 법

지랄맞은 현실이 되어버린 게임 속에서
다시 한번 최고가 되겠다.

Wish Books

밥만 먹고 레벨업

박민규 게임 판타지 장편소설
WISHBOOKS GAME FANTASY STORY

바사삭, 치킨. 새벽 1시에 먹는 라면!
그런데 먹기만 해도 생명이 위험하다고?

가상현실게임 아테네.
먹고 싶은 음식을 먹을 수 있는 유일한 방법!

[식신의 진가가 발동됩니다.]
[힘 1, 체력 1을 획득합니다.]

「밥만 먹고 레벨업」

"천년설삼으로 삼계탕 국물 내는 놈이 세상에 어디 있냐!"
"여기."

9클래스 소드 마스터

이형석 퓨전 판타지 장편소설
WISHBOOKS FUSION FANTASY STORY

검성(劍聖), 카릴 맥거번.
검으로 바꾸지 못한 미래를 다시 쓰기 위해
과거로 돌아오다.

이민족의 피로 인해 전생에 얻지 못한 힘.

'이번 생에 그걸 깨주겠다.'

오직 제국인들만이 사용할 수 있었던,
그 힘을!

'나는 마법을 익힐 것이다.'

이제, 검(劍)과 마법(魔法).
두 가지의 길 모두 정점에 서겠다.

9클래스 소드 마스터: 검의 구도자

Wish Books

나는 될 놈이다

글쓰는기계 게임 판타지 장편소설

WISHBOOKS GAME FANTASY STOR

판타지 온라인의 투기장.
대장장이로 PVP 랭킹을 휩쓴 남자가 있다?

"아니, 어디서 이런 미친놈이 나타나서……."

랭킹 20위, 일대일 싸움 특화형 도적, 패배!

"항복!"

'바퀴벌레'라고 불릴 정도로
끈질긴 생명력을 가진 성기사조차 패배!

"판타지 온라인 2, 다음 달에 나온다고 했지?"

평범함을 거부하는 남자, 김태현!
그가 써내려가는 신개념 게임 정복기!